소박한 정원

소박한 정원

1판 1쇄 펴냄 2019년 8월 14일
1판 2쇄 펴냄 2020년 5월 25일

지은이 오경아

주간 김현숙 | **편집** 변효현, 김주희
디자인 이현정, 전미혜 | **본문그림** Hard&Bold
영업 백국현, 정강석 | **관리** 오유나

펴낸곳 궁리출판 | **펴낸이** 이갑수

등록 1999년 3월 29일 제300-2004-162호
주소 10881 경기도 파주시 회동길 325-12
전화 031-955-9818 | **팩스** 031-955-9848
홈페이지 www.kungree.com | **전자우편** kungree@kungree.com
페이스북 /kungreepress | **트위터** @kungreepress

ISBN 978-89-5820-604-0 03810

값 15,000원

소박한 정원

Four Seasons
of a Dreaming Gardener

꿈꾸는
정원사의
사계

오경아 지음

궁리
KungRee

식물들과 나눈 대화를
훔쳐 읽는 재미

외도 보타니아 대표
최호숙

제게 큰 감명을 준 책들 중에서도 첫손에 꼽을 만한 것이 바로 장 지오노의 『나무를 심는 사람』입니다. 백 마디의 외침보다 묵묵히, 미련스러워 보일 정도로 도토리를 땅에 심고 또 심던 부피에의 행동이 얼마나 감동적이었는지 마치 진짜로 제가 잘 알고 있던 사람처럼 생각이 들었습니다. 남들이 하지 않는 일, 잘 알아주지도 않는 일을 먼저 앞서 나가며 해내는 사람은 그 자체로 감동적입니다.

그처럼 나무와 꽃, 자연의 소중함을 일깨워주는 감동을 최근 또 만날 수 있었습니다. 이 책 『소박한 정원』을 읽고 먼저 떠오른 사람이 바로 부피에였습니다. 이 책을 쓴 오경아 씨는 말하자면 21세기의, 한국의 부피에가 아닐까 합니다. 몇 년 전 어떤 모임에서 그이를 처음 보고 호리한 그의 몸과 얼굴을 보면서 즉흥적으로 '똑똑이'라는 별명을 붙여주었습니다. 다부진 말투와 처신 같은 것 때문에 그렇게 부른 것 같았는데 그 별명이 얼마나 잘 맞는지 이번 책을 읽으면서 저의 안목에 만족했습니다.

정원에 온 사람들은 잘 가꾸어진 나무나 화초를 보면서 좋아합니다. 그러나 좋게 보일수록 그 정원을 돌보는 사람들의 노고 역시 비례하기 마련입니다. 정원 일은 나무와 풀, 꼭 그렇게 식물들과 몸으로 대화하는 일입니다. 내 몸을 송두리째 바치겠다는 정성이 없으면, 적당히 편안하게 가꾸려고 한다면 맨 먼저 식물들이 대번 압니다.

원고를 읽다 보면 그이가 흙을 일구면서, 나무를 다듬으면서, 농기구를 다루면서 흘린 땀방울들이 진지하고도 감동적으로 전달됩니다. 어떻게 보면 제가 보낸 30년을 그는 3년 만에 훌쩍 넘어온 셈입니다. 글 잘 쓰는 사람이 일도 잘하는구나 싶었는데 이제 이 책을 읽다 보니 거꾸로 일 잘하는 사람이 글도 잘 쓰는구나 싶어 고개가 끄덕여집니다.

그래서 이 책 『소박한 정원』을 읽는 것은 마치 잘 가꾸어놓은 정원을 둘러보는 기분입니다. 구석구석 공감이 가고 미소도 짓고 탄성도 울리는 그런 정원. 이처럼 정원에 대한 휴머니티가 진정으로 담긴 책은 없었습니다. 일기를 보는 듯 현장 기록이 이토록 생생하고 흥미진진한 책을 읽을 수 있는 건 큰 즐거움입니다. 읽다 보면 제 이야기를 대신 해주는 듯해서 혼자 웃고 혼자 한숨도 쉬고 그랬습니다. 정원 일을 아무리 많이 했다고 하더라도 적절히 글로 표현

해내지 못하면 그것도 좀 아쉬운 일이지요. 예리한 작가의 눈과 손맛은 역시 다르구나 싶습니다. 저는 고생이 단지 고생으로 끝나지 않고 멋으로 승화될 때, 경험이 혼자만의 것이 아니라 주변과 나누어질 때 그 가치를 얻는다고 여깁니다.

우리의 삶에 올바른 해석이나 모범답안은 없겠지요. 펜대를 쥐고 있던 그가 삽과 가위를 들고서 정원 여기저기를 누비는 모습, 여우를 만나 지었을 표정, 꽃망울 하나에도 깊은 사랑을 담는 눈……. 그런 오경아 씨의 모습이 제가 생각하는 우리 삶의 한 길이요 답일지도 모른다고 생각하니 가슴이 또다시 훈훈해집니다. 저는 외도의 정원에서 나무와 꽃 사이를 거닐며 행복해하는 사람들을 보면서 그게 기쁨이고 보람이기도 한데 그들에게도 이 책 『소박한 정원』이 더욱 진한 감동을 주리라 믿어 의심치 않습니다. 오경아 씨가 우리 정원 문화의 큰 나무, 멋진 꽃이 되어주길 간절히 바랍니다.

10년 만에 『소박한 정원』을 다시 출간하며

2005년 7월부터 시작한 영국에서의 유학생활은 2012년 봄이 돼서야 끝이 났다. 길다 하면 긴 8년이라는 남의 나라 생활 동안, 우리 가족의 하루하루는 느닷없이 뚝뚝 떨어지는 낯섦과 당황스러움을 이겨내려는 안간힘의 시간이기도 했다. 그 8년의 예측할 수 없는 삶 중 2006년에서 2007년 사이는 가장 두렵고 무서웠던 시기였다 하지만 돌이켜보면 가장 설렜던 시간이기도 하다. 그때 나는 동도 트지 않은 새벽길을 걸어 첫차를 타고, 전철을 두 번 갈아타며 2시간 가까운 출근길에 올라 정원 일을 하러 갔다.

시리고 푸른 하늘 밑에 쪼그려 앉아 잡초를 뽑고, 온실에서 라벤더 줄기를 잘라 재배시키고, 벌이 꿀을 모은 상자를 열어 꿀을 채취하고, 식충식물에게 물을 주며 보낸 시간들. 같이 일하는 동료 정원사가 있어도 어떤 날에는 하루 종일 누군가와 이야기를 나눌 기회가 없었다. 끊임없던 타인과의 대화가 끊기자 나를 향한 생각이 찾아왔다.

'나는 이곳에서 무엇을 하고 있나', '내 삶에는 어떤 미래가 남아 있으려나.' 그러나 이도 익숙해지니 생각이 멈추었고, 생각이 멈추니 시간이 흐르지 않는 듯한 진공의 차원이 찾아왔다. 세세한 기억은 어느덧 지워져 남아 있지 않지만 그 진공의 느낌만은 두고두고 생각이 난다. 그때 나는 시간 속에서 나의 삶을 잠시 멈추었던 것 같다.

2008년 6월에 첫 책이 발간되었고, 10년이 지나 2019년에 다시 꼼꼼히 읽는 시간을 가졌다. 10년 후의 내가 10년 전의 나를 다시 만나는 기분 좋은 시간 여행이었다. 방송 일을 할 때 원로가수들이 자신의 예전 곡을 스스로 리메이크하는 경우를 많이 봤다. 오래된 것은 오래된 맛이 있을 텐데 왜 새로 다시 편곡을 하고 재발매를 할까요, 궁금해서 언제가 물은 적이 있다. 국민가수로 일컬어지는 그가 답해주었다. "그때는 그때대로 보존이 필요하지만, 좀 더 늙었지만 좀 더 많은 것을 알게 된 내가 지금의 나를 다시 표현하는 방법이지." 10년 전 출간했던 『소박한 정원』을 다시 들여다보는 동안 그분의 말씀이 내내 생각났다.

파릇했지만 성글고 거칠었던 그때의 나를 더 늙어버렸지만 조금 더 삶을 본 내가 다시 바라본 소중한 시간이었다. 새로운 판형과 새로운 종이에 다시 글을 담았고, 그때는 글로만 가득했던 '소박한 정원'에 오래된 사진들을 꺼내 보며 삽화를 입혔다. 같은 글이지만 뭔가 달라진 새로운 『소박한 정원』이 되었다. 꿈꾸고 도전하고 싶지만 망설이고 있는 지금의 독자들에게 심장을 다시 뛰게 하는, 살짝 주먹을 다시 쥐게 하는, '그래 해보자'라는 작은 계기가 되기를 바라본다.

2019년 6월

오경아

차례

프롤로그

영국인들은 우리가 상상할 수 없을 만큼 정원에 대한 사랑이 깊다. 정원 속에서 그들은 지극한 행복을 느끼며 살아가고, 정원 속에서 수많은 삶의 지혜를 얻는다. 영국에서는 찰스 황태자가 자신이 가꾼 정원을 소재로 한 권의 책을 발표했다. 그는 황태자가 아니었다면 정원사가 되었을 것이라고 말할 만큼 정원 일을 좋아하는 것으로 알려져 있다. 비단 찰스 황태자뿐 아니라 영국 왕실은 전통적으로 왕가의 어린 자녀들에게 정원 관리 수업을 의무적으로 시킬 정도로 식물 사랑이 극진하다. 영국은 인구당 개인 정원의 면적이 가장 넓은 나라로 꼽히기도 하는데, 이들이 얼마나 정원을 사랑하는지는 "정원이 없는 집에서 사는 것은 영혼 없이 사는 것과 같다"라는 속담이 잘 말해준다. 영국은 대형 슈퍼마켓보다도 더 많은 가든 센터(정원용품과 식물을 파는 일종의 정원백화점)가 운영되고 있는 나라이기도 하다. 주말이면 사람들은 가든 센터를 찾아 새로운 식물을 만나고, 화분을 골라내고, 정원 장식품을 산다.

영국의 대학에서 가든 디자인 공부를 하면서 1년간 정원사로 일하는 현장실습 기회를 가질 수 있었다. 튜더 왕조 시절의 정원에서, 영국 최고의 식물원인 영국왕립식물원 큐 가든Kew Garden에서 일하면서 영국의 정원사들로부터 전문적인 식물 지식과 정원 관리법을 습득할 수 있었다. 그러나 그들에게서 진정으로 배운 것은 식물학적 지식보다는 흙과 식물을 통해 선량한 삶을 배운 그들의 정신이었다. 식물이 인간에게 무엇을 해주느냐고 물으면 마땅한 표현을 못 찾겠다. 그건 말로 표현할 수 있는 것이 아니라 에너지이고 감동일 따름이다. 내 몸을 훑고 지나가는 여름 바람이 무엇이냐고 물으면 표현할 길이 없고, 이제 막 피어난 꽃들이 만들어내는 기쁨을 언어로 표현하기는 참으로 힘들다. 가든 디자인 공부를 하겠다고 한국을 떠나온 건 어쩌면 빛 좋은 핑계였을지도 모른다. 16년 동안 방송작가로 일하면서 매일 써대는 방송 원고가 내 삶이고, 힘이고, 돈이고, 명예라고 생각하며 살았다. 그런데 마흔의 나이가 소리도 없이 다가오는 어디쯤에 참 많이 지치고 망가져 있는 나를 발견했다. 아이들의 작은 실수를 참아주지 못하고, 작고 사소한 것들을 용서할 수 없어 괴로워하고, 불쑥불쑥 찾아오는 조급증은 늘 심장을 불안하게 뛰뛰게 했다.

아파트가 싫어 일산에 집을 짓고 들어간 뒤 작은 마당을 선물로 받았다. 그 손바닥만 한 정원에 나무를 심고, 꽃을 심고, 계절이 들어오고 나가는 것을 지켜보며 여섯 해를 보낸 어느 12월의 새벽, 밤새 내린 눈이 소복이 쌓인 마당에 서서 가을에 맺힌 고염을 먹으려고 찾아온 새들 속에서 문득 알았다. 이 작은 정원에서 지극한 고요함과 평화로움을 느끼고 있는 나 자신을. 이게 영국으로까지 나를 떠나오게 한 진짜 이유고 변명이다.

2008년 6월

오경아

근심에 가득 차 가던 길 멈춰 서서
잠시 주위를 바라볼 틈도 없다면 얼마나 슬픈 인생일까
나무 아래 서 있는 양이나 젖소처럼
한가로이 오랫동안 바라볼 틈도 없다면
숲을 지날 때 다람쥐가 풀숲에
개암 감추는 것을 바라볼 틈도 없다면
햇빛 눈부신 한낮, 밤하늘처럼
별들 반짝이는 강물을 바라볼 틈도 없다면
눈가에서 시작한 그녀의 미소가
입술로 번질 것을 기다릴 틈도 없다면
그런 인생은 불쌍한 인생
근심으로 가득 차 가던 길 멈춰 서서
잠시 주위를 바라볼 틈도 없다면

— 가던 길 멈춰 서서, 윌리엄 헨리 데이비스

봄 그리고 여름

유채꽃 향기는
바람에 날리고

바람의 소리, 바람의 은총

창밖은 30분째 노랑 초록의 반복이다. 초록 초원에 노란 유채. 영국의 봄은 유채가 그야말로 지천이다. 유채꽃은 내게 제주도의 추억이었다. 성산 일출봉을 찾아가는 길에 만났던 유채 밭에서 사진 한 장을 박고 사 먹었던 천 원짜리 유자차 한 잔. 그때 봤던 유채가 며칠이 지나도 쥐어짜면 노랑 물 뚝뚝 떨어질 것처럼 기억 속에 선명했는데 영국의 봄에 다시 만난 유채는 온 세상을 다 노랗게 물들일 기세다. 어쩌자고 이렇게 많은 유채를 심었을까.

유채가 피워내는 노란 꽃은 낱낱이 살펴보면 보잘것없다. 뭐 그리 뾰족하게 예쁘다 할 만한 구석이 없다. 유채는 향기도 검소하다. 장미처럼 달콤하지도, 백합처럼 머리를 가득 채우는 잔향을 뿜지도, 연꽃처럼 초연하지도 않다. 그러나 이런 유채가 한꺼번에 수십

만 평을 채우며 와아 달려들면 말이 달라진다.

큐 가든Kew Garden의 정원 일을 마치고 집으로 돌아오는 기차 안. 새벽에 억지로 끊어내야 했던 잠을 보충하려고 선잠에 빠졌는데 화하게 스미는 유채꽃 향기에 눈이 번쩍 뜨였다. 고개를 들어 차창 밖을 보니 건너편 평야가 온통 노랗다. 유채 밭의 꽃들이 바람에 향기를 날리고, 그 바람이 기차를 타고 나에게로 불어오고, 잠도 확 달아나 버렸고, 주렁주렁 머릿속에 매달려 있던 걱정들도 다 떨어져버린 듯하다. 문득 마음에 들어오는 느긋한 생각 하나가 날 편안하게 한다.

'그래, 인생 별 거 있나. 유채꽃 향기도 모른 채 죽었으면 얼마나 억울했겠어. 이 눈부신 4월에 유채꽃이 만발하니 이것만으로도 참 행복하다.'

우리 눈에 보이는 것, 우리 귀에 들리는 것, 우리가 느끼는 것이 세상의 전부일까.
꽃들은 우리가 보지 못하는 자외선을 본다.
꽃들은 우리가 들을 수 없는 박쥐의 초음파를 듣는다.
꽃들은 우리가 느낄 수 없는 흙의 맛을 안다.
우리가 알고 있는 것이 전부는 아니다.
그래서 함부로 자연에게 우리가 아는 걸 전부라고 말해선 안 된다.
우리가 만물의 영장이라고 턱없이 고개를 빳빳이 들 일도 아니다.

광활하게 넓은 큐 가든의 한 구석, 듀크스 가든Duke's garden 화단 한 모퉁이다. 봄이면 극성스럽게 올라오는 잡초를 뽑기 위해 화단 속에 몸을 웅크리고 앉았다. 손에 든 포크로 흙을 뒤집는데 자꾸만 로빈robin(영국의 대표적인 텃새)이 내 뒤를 졸졸 따라온다. 누가 봄나들이 가잤나, 엄마 좇아 봄나들이 나온 병아리처럼 생김도 전혀 다른 나를 그렇게 따라다닌다. 뒤집혀진 흙과 함께 올라온 벌레를 먹을 속셈 때문이다. 세상에 둘도 없는 겁쟁이 새도 정원사는 만만히 본다. 로빈만이 아니다. 비틀즈가 사랑했다는 블랙버드blackbird(참새보다 조금 큰 크기로 수컷은 온몸이 까만색이어서 블랙버드로 불린다)도 금방이라도 내 엉덩이를 쪼을 듯이 바짝 붙어 다닌다.

영국 속담에 씨앗을 심을 때 네 알을 심으라고 했다. 하나는 꿩을 위해, 하나는 까마귀를 위해, 하나는 썩을 수 있으니 조바심 내지 않게 할 내 마음을 위해, 그리고 마지막 하나를 잘 키워 먹으라고 했다. 참 고마운 말이다. 이런 마음이 없다면 씨앗 뿌려놓은 꽃밭에 새들이 날아와 쪼아 먹는 꼴을 두 눈 뜨고 어떻게 볼까. 내 정원에 찾아오는 새를 억지로 쫓을 일은 아니다. 내 것만을 위해 씨앗을 심지 않고 한 알쯤은 새들을 위해 심어주자.

네덜란드가 튤립의 나라라면 영국은 단연 수선화의 나라다. 이른 봄, 아직은 겨울이 그냥 가기 아쉬워 발을 들여놨다 뺐다 할 즈음, 영국의 너른 초록 잔디 위에 수도 없이 피어오르는 수선화는 일대 장관이다. 그 잔디밭 길을 아이와 함께 걷고 싶은 조급한 엄마들은 겨울 점퍼 차림으로 유모차를 끌고 정원과 공원으로 나선다. 춥긴 해도 그야말로 수선화 가득 찬 너른 잔디밭을 걷는 맛은 머리와 마음에 느낌표를 수도 없이 찍어주는 청량제다.

어느 지역이든 사계절을 뚜렷이 가진 나라는 크나큰 축복을 받은 것임에 틀림없지만, 영국의 봄은 자연만이 만든 것이 아니라 인간이 힘을 보탠 찬란한 행복의 봄이다. 버스 정류장 근처 가로수 밑에 누가 심었는지도 모르는 수선화가 쑥 고개를 내밀고, 하이드 파크Hyde Park의 수선화 밭에는 사람들이 드러누워 얼굴만 살짝 내밀었다 들어가버리는 봄볕을 즐긴다. 그냥 봄이 수선화고 수선화가 봄인 나라가 영국이다.

수선화의 공식 식물명은 나르시수스*narcissus*다. 영국에서는 이 수선화를 대포딜daffodil이라고 부르기도 하는데, 정확히 따지면 대포딜은 나르시수스의 한 종류를 말하는 것으로 이게 전체 수선화를 대표하는 말로 굳어졌다. 나르시수스의 꽃대를 자르면 진득한 수액이 흘러나오는데, 로마 사람들은 이 수액이 상처를 치유하는 효과가 있다고 믿었다.

그러나 오늘날의 과학적 분석에 따르면 수선화의 수액 속에는 날카로운 육각형 결정체가 있고 여기에 칼슘옥살레이트(수산염)가 함유돼 있다. 그래서 먹거나 피부에 닿으면 통증이나 피부 가려움을 일으킬 수 있다. 수선화는 수액을 주변에 떨어뜨려 다른 식물들의 생장을 억제하므로 심을 때 주의가 필요하다. 야생의 너른 잔디나 숲속에 심는다면 별 상관이 없지만 개인집 정원에 수선화를 심을 때는 반드시 어떤 곳에 심을지, 주변에 피는 다른 꽃은 없는지 확인해야 한다. 수선화는 참 기특하게도 한 알의 구근이 80년 가까이 산다.

정원의 지극한 고요함은 바깥세상이 얼마나 시끄러운지를 늘 깨닫게 해준다. 정원은 고요하다. 그래서 아무 소리가 없는 줄 알지만 정원은 실은 동물과 식물이 내는 소리가 가득한 곳이기도 하다. 그 소리가 들리지 않는 건 우리가 내는 소리가 너무 크기 때문이다. 식물과 동물의 입장에서 보면 인간이 내는 소리는 지독하게 크고 거칠다.

영국의 한 신문에서 자연 관련 기사를 읽은 적이 있는데, 50년 전과 비교해 요즘 새들의 울음소리가 훨씬 크다는 연구 결과가 나왔다. 원인은 자동차나 기차, 비행기 혹은 인간이 내는 각종 소음이 점점 커지면서 새들도 서로간의 의사소통을 위해 목소리를 높이게 됐다는 것이다. 그게 사실이라면, 이렇게 서로 소리를 점점 높이다가 지구는 온통 시끄러운 별이 되지 않을까 걱정이다.

바람은 소리가 없지만 나뭇잎을 스치면서 수백, 수천 가지의 서로 다른 소리를 만들어낸다. 정원에서 일하면서 가끔씩 장난 삼아 눈을 감고 지금 이 바람이 어떤 나무를 스치고 있는 중일까 짐작해 보곤 한다. 자동차 소음 대신 들리는 바람소리, 핏대 세운 외침 대신 플루트의 연주처럼 운율을 타며 날아드는 새소리, 조글조글 울어대는 벌레들의 소리들, 나비의 날갯짓, 벌들의 웅웅거림, 꽃들이 잔뜩 부푼 꽃망울을 터뜨리는 소리. 신기하게도 시간이 조금 흐르면 배 속이 헛헛할 정도로 힘 빠지게 떠들어대던 내 목소리가 사라지고, 대신 대장과 소장 그 어디쯤에서 들려오는 마음의 소리까지 들린다는 것이다. 그 마음의 소리에 귀를 기울이면 지독하게 근심스럽고 골치 아팠던 문제가 나도 모르는 사이에 잊히거나 쉽게 정리되곤 한다.

정원엔 소리가 가득하다. 그 소리에 귀를 기울여보면 우리 삶이 얼마나 시끄럽게 뒤엉켜 있는지를 알아가게 된다.

garden tips

땅을 알아야 식물을 키울 수 있다

소나무 밑에 철쭉이 심겨 있는 광경을 많이 보게 된다. 단순히 소나무와 철쭉의 배합이 잘 어울려서일 것도 같지만 실은 과학적인 이유가 있다. 소나무는 송진을 떨어뜨려 주변의 땅을 산성으로 바꾸는 특징이 있는데 대부분의 식물은 산성 땅에서 잘 자라지 못한다. 그러나 진달래과의 식물들은 산성 땅을 좋아한다. 결론적으로 소나무 밑에 심을 만한 식물로는 진달래과의 철쭉, 진달래, 크랜베리, 블루베리 등이 적합하다.

정원사는 흙에 대해 잘 알아야 한다. 그리고 식물을 심기 전에 먼저 땅의 특징부터 조사해야 한다. pH농도 테스트도 그중 하나다. pH농도 7이 중성이고 이보다 낮으면 산성, 높으면 알칼리성이다. 보통의 식물은 6.7pH에서 가장 잘 자란다. 일부 식물은 산성이나 알칼리를 특별히 좋아하기도 한다. 채소와 허브는 대부분 알칼리를 좋아하는 식물이다. 만약 산성의 땅에 채소를 심어 기르고 싶다면 반드시 거름을 주어 땅을 알칼리로 바꿔줘야 한다. pH농도 테스트는 아주 간단하다. 문방구에서 과학 실험용 pH농도 테스트 세트를 구입해 사용하면 된다.

새벽은 생각보다 춥지만 깊고, 푸르고, 분주하다. 영국에 와서는 종종 밤을 새는 일이 생겨났다. 모두 잠들어 있는 밤에 내 상상력만이 혼자 깨어 세상을 휘젓기도 하고 흔들기도 한다. 그러다 요란한 새소리에 커튼을 젖히면 날이 훤히 밝아 있곤 했다. 내가 알아낸 영국

8년간 머물렀던 마을, 영국 인게이트스톤의 마을 입구 모습.

새들의 기상 시간은 새벽 5시다.

6시 30분까지 기다렸다가 주섬주섬 스웨터를 걸치고 아이들이 깨지 않도록 조용히 집을 나와 어스름 공원길을 따라 걷는다. 그 길은 라임나무 무성한 붉은 벽돌 교회 앞으로 이어진다. 라임나무는 영국에서 처음 만난 나무였다. 넓적한 나뭇잎이 초록 그늘을 만들면 그 밑에 서 있는 것만으로도 초록 물이 들 것 같다. 그 길 끝 건너편에 내가 사는 영국의 작은 마을, 인게이트스톤의 유일한 베이커리가 보인다.

새벽에 가장 먼저 불을 밝혀놓은 베이커리는 거친 바다 한가운데서 어둠을 밝혀주는 등대처럼 따사롭다. 베이커리의 빅토리아풍 유리문을 열고 들어서면 이제 막 오븐에서 구워낸 빵 냄새가 후끈하다. 늘 하던 대로 곡물이 들어가지 않은 뽀얀 버터 빵에 크루아상 세 개를 사서 가슴에 안고 돌아온다. 갓 구운 빵은 뜨끈거리며 새벽의 쌀쌀함에 오들거리는 내 몸을 진정시킨다.

딱 좋다. 삶의 온도도 이 갓 구운 빵의 온도만큼이면 충분하다 싶다. 세상이 아직 새벽의 쌀쌀맞음으로 손발 시리게 해도 딱 이만큼의 온기로 아직은 따뜻하다고 말해줄 무엇이 있다면 충분히 견뎌볼 만하겠다.

바람 없이 크는 나무는 없다. 바람이 없었다면 지구상의 식물들은 오래전에 일찌감치 멸종했을 게 분명하다. 바람에도 성품이 있다. 도시에 부는 바람과 정원에 부는 바람은 맛이 다르다. 누구를 만나고 왔느냐에 따라 바람은 그 품성도 달라진다. 바다를 만나고 온 바람은 바다의 추억을 고스란히 담아온다. 산을 만나고 온 바람은 산 냄새 진하고, 사막의 모래를 만나고 온 바람은 모래의 서걱거림을 품는다. 그러니 연꽃을 만나고 온 바람은 연한 연꽃 향이 은은할 테고, 시원하기로는 한여름 사각거리는 자작나무를 휘감고 온 바람만 할까. 라벤더를 훑고 온 바람은 내가 너무 사랑하는 바람이다.

향기도 맛도 없는 바람이지만 이렇게 바람은 향기와 맛을 몸에 담는다. 사람도 바람을 닮아서 내가 만난 인연들이 내게 향기를 입히고 나 또한 누군가에게 향기를 덧입힌다. 인연의 향기를 서로에게 입히는 셈이다. 그러니 내 몸의 향기를 위해서라도 순하고 향기롭게 살 일이다.

garden tips

잎을 통해 식물의 습성 알아내기

식물의 습성을 아는 것은 정원사에게 중요한 과제다. 그러나 식물의 개

별적 성향을 알기 힘들다면 자연 상태에서 손쉽게 습성을 분류해볼 수 있다.

일단 식물이 얼마나 물을 많이 필요로 할까를 알아내는 방법으로, 식물 잎의 크기와 모양을 본다. 잎이 작고 바늘처럼 가는 형태, 예를 들면 라벤더, 산토리나, 로즈마리 등은 물을 많이 필요로 하지 않는다. 잎을 통해 수분을 빼내는 증산작용이 잎이 넓적한 식물보다 훨씬 덜하기 때문에 햇볕이 많이 들고 건조한 땅에서도 잘 자란다. 또 잎이 통통하게 살쪄 있는 다육식물류도 물을 많이 필요로 하지 않는다. 잎 속에 필요한 물을 담고 있을 수 있기 때문이다. 세듐이나 스타치스와 같이 잎이 털로 뒤덮여 있거나 두껍고 윤이 나는 식물도 건조한 지역에서 잘 자란다.

채소류의 식물처럼 잎 자체가 부드럽고, 손으로 만졌을 때 물기가 촉촉하게 느껴지는 식물들은 모두 물을 많이 필요로 한다.

3월 들어 바람이 사자처럼 으르렁거리고 거칠다. 그러다 어느 순간 양처럼 순해지고 따스해지는 날의 반복이다. 쉴 새 없이 불어오는 이 바람은 대체 어디서 다 오는 걸까.

3월의 바람은 사자처럼
하늘에 포효하며 우리 곁을 스쳐가고
그 바람에 몸을 떨게 한다.

바람이 부드러워지고,
날들이 따스하게, 깨끗하게,
양처럼 순해지면
거기에 봄이 있다.
- 작자 미상

함께 일하는 정원사 중 어제 두 명, 오늘도 두 명이 꽃가루 알레르기로 조퇴를 했다. 봄은 바람의 계절이고, 꽃가루 계절이기도 하다. 꽃가루 알레르기가 있는 정원사는 봄에 지독한 콧물과 눈물, 재채기를 달고 산다. 눈에 보이지도 않는 꽃가루를 무슨 수로 잡고 막을 수가 있나. 별 방법 없이 눈물을 줄줄 흘리면서도 정원사들은 묵묵히 봄을 견딘다.

모든 꽃들이 꽃가루를 뿌려대는 건 아니다. 잔디나 곡물류의 식물이 대표적으로 꽃가루를 날리는 식물인데 이들에겐 꽃이 없다. 곤충에 의해서가 아니라 바람에 꽃가루를 날려 수분을 하므로 꽃을 피울 이유가 없는 셈이다. 꽃을 피우는 식물은 식물학적으로 지구상에 가장 늦게 나타난 식물군이고 상당히 영리하게 진화한 식물이다. 쉽게 말해서 공룡이 뛰어놀았던 그 당시 지구에는 지금처럼 아름다운 꽃을 피우는 식물이 없었고 대부분 잔디나 곡물류처럼 꽃가루를 날려 번식하는 덜 진화된 식물만이 있었다.

꽃가루를 바람에 날려 수분하는 식물에게는 위험요소가 많다. 바람이 언제 어떻게 불어줄지, 어느 방향으로 갈지 알 수가 없으니 그야말로 축제날 옥상에서 뿌리는 색종이처럼 꽃가루를 엄청나게 뿌려야 한다. 그래도 암수를 갖춰 피는 꽃식물에 비하면 수분될 확률이 적다.

인간만이 바쁘고 힘들게 살아가는 게 아니라 식물도 살아남기 위해 피나는 노력을 한다. 산다는 건 모두 다 이런 모양이다. 그러니나 혼자 이 세상 모든 짐 짊어지고 가는 불행한 사람처럼 살 일도 아니다. 어느 인생, 어느 삶이든 속을 들여다보면 아프지 않고 힘들지 않고 어렵지 않은 삶이 없다.

· garden tips ·

잡초 뽑기 좋은 날

식물을 심은 뒤 흙을 그대로 두면 그 흙에서는 잡초가 쉽게 자라게 된다. 특히 한해살이를 하는 잡초들은 맹렬한 기세로 올라와서 애써 가꾸어놓은 정원을 망가뜨리곤 한다. 잡초들은 뿌리를 뽑아 아무 데나 던져놓아도 촉촉한 물기만 있으면 다시 싹을 틔워내기 때문에 비 오는 날 잡초를 뽑는 일은 다분히 헛수고가 될 확률이 높다(여러해살이 잡초의 경우는 예외가 될 수 있다). 잡초를 뽑기에 효과적인 날은 건조하면서 햇볕이 쨍쨍 나는 날로, 바람이 좀 강하게 불어도 좋은 조건이 된다. 바람은 수분을 빠르게 증발시키기 때문에 뽑아놓은 잡초가 더 이상 뿌리를 내리지 못하게 한다.

고맙다, 장미야

3월에서 4월 사이. 아직은 때가 아니다. 좀 더 기다렸다 씨를 뿌려야 하는데 자꾸만 몸이 들썩인다. 얼른 씨를 뿌리고, 싹이 돋아나는 걸 보고 싶고, 꽃이 피어나면 얼마나 환상적일까 상상한다. 조급증에 흙을 손가락으로 꾹꾹 눌러보지만 아직은 설익은 감자처럼 딱딱하고 서걱거린다. 씨를 뿌리기에 가장 적절한 때는 흙이 먼저 안다. 씨를 받아 싹을 틔울 준비가 된 흙은 어느 새 부풀어 보송거린다. 이때는 모종삽으로 흙을 찔러보면 정말 잘 익은 감자처럼 쑤욱 잘 들어간다.

모든 준비가 잘돼 씨를 뿌리면 이제 기다림이 남는다. 햇볕과 바람과 비가 씨앗에게 무엇인가를 해줄 때까지, 씨앗이 그 에너지를 받아 스스로 무엇인가를 할 때까지 기다려야 한다. 이 기다림은 생각보다 길어질 때도 있다. 언젠가 한번은 잔뜩 기대를 안고 뿌린 씨가 그해에 전혀 싹을 틔우지 않더니 이듬해 죄다 싹을 틔우기도 했다.

노련한 정원사들은 씨앗이 죽지만 않았다면 대지가 이 씨앗에게 무엇이 필요한지를 찾아내 해결해줄 것을 잘 안다. 그래서 기다림에 능숙하고 조급해하지 않는다. 어떤 씨앗은 심자마자 바로 싹을 내기도 하지만, 더러는 2년 혹은 그 이상 땅속에서 기다리며 모든 조건이 완벽해졌을 때 싹을 내기도 한다. 늘 덜 여문 열매를 따서 먹을 수 없게 만드는 것처럼, 조급함은 시간이 필요한 씨앗을 걷어내 쓰레기통에 버리는 것처럼 모든 걸 망치고 아무것도 아니게 만들어버린다. 그래서 낭패를 본 게 어디 한두 번이었을까. 매년 씨앗을 심어놓고 조급해하지 말자고 다짐하지만 참 쉽지 않다.

오늘 보니 자갈 정원gravel garden에 심겨 있는 로즈마리 잎마다 로즈마리 비틀beetle(로즈마리 혹은 라벤더를 주로 공격하는 딱정벌레)이 자리를 잡고 잎을 갉아대고 있다. 매니저인 알리슨에게 어떻게 해야 되냐고 물으니 약을 치는 것보다는 직접 손으로 잡아서 처리하는 편이 낫겠다고 한다. 그 일을 수요일마다 자원봉사해주는 바브라가 맡아서 했다.

정원에 함께 살고 있는 식물 중에는 참 씩씩하게 별 탈 없이 잘 자라는 식물도 있지만 더러는 유난스럽게 질병과 벌레에 힘들어하는 식물도 있다. 태생이 순해서 유난히 벌레의 공격을 많이 받는 종류도 있지만 자세히 보면 이들에겐 공통점이 있다. 스트레스를 많이 받는 식물은 유난히 병충해의 공격을 많이 받고 또 이겨내지 못한다. 식물에게도 분명 스트레스가 있다. 식물마다 취향이 달라서 좋아하는 흙과 싫어하는 흙이 있고, 물을 많이 주면 좋아하는 식물이 있는가 하면, 물기 없이 메마른 땅을 좋아하는 식물도 있다. 식물에게도 나이를 먹어간다는 건 스트레스의 원인이 되고, 너무 깊거나 너무 얇게 심어놓는 것도 나무에게 큰 부담이 된다.

결론적으로 식물 고유의 습성에서 벗어난 환경은 식물에게 엄청난 스트레스가 된다. 정신적 육체적 스트레스 속에서 식물은 기운을 잃게 되고, 이 증상은 바로 질병과 병충해의 공격 목표가 된다. 나이 든 정원사들은 식물 스스로가 병충해를 이겨낼 힘이 충분하다고 믿는다. 정원사들이 해줘야 하는 일은 식물 스스로 해낼 수 있도록 도와주는 역할이라고 말한다. 식물을 도와주는 길은 아주 분명하다. 식물의 본성에 맞게 환경을 만들어주는 것뿐이다. 나머지는 식물이 알아서 한다.

벌레의 공격을 받은 로즈마리는 나무 그늘 밑 응달에 자리를 잡고 있었다. 햇볕을 좋아하는 로즈마리가 그늘 속에서 햇볕을 갈망하며 그동안 많이 시달렸을 게 분명하다. 가장 좋은 방법은 그늘 속의 로즈마리를 캐내서 햇볕이 잘 드는 장소로 옮겨주는 일이지만 쉬운 결정은 아니다. 알리슨도 이미 그 사실을 알고 있는지, 아무래도 로즈마리 자리를 옮겨줘야 할 것 같다는 말로 미안한 마음을 드러냈다.

사람이라고 다를 거 없지 싶다. 타고난 본성대로 사는 것이 가장 건강하고 행복한 일인데 거기에서 멀어지면서 아프고 힘들고 불행해한다.

· garden tips ·

꽃보다 잎?!

일반적으로 식물을 고를 때 우리는 어떤 꽃이 피는가를 판단 기준으로 삼지만 실제로 꽃이 피어 있는 시간은 매우 짧다. 그렇기 때문에 꽃만을 고려해서 정원에 식물을 심으면 1년 동안 보기 싫은 광경을 봐야 할 수도 있고 실망하기 십상이다. 그래서 정원사들은 1년 사계절을 즐길 수 있는 식물을 고르라고 권장하는데, 꽃만큼이나 잎의 색상이나 형태, 질감 그리고 계절에 따라 열리게 되는 과일의 색감이나 낙엽의 색깔까지도 고려해야 사계절 동안 풍요로운 정원을 감상할 수 있게 된다.

암스테르담 중앙역에서 기차를 타고 45분을 달려 리세Lisse 역에 내렸다. 말로만 듣던 꿈의 튤립공원 쾨켄호프Keukenhof를 찾아가는 길이다. 역사는 벌써 히아신스 향기로 가득했다. 대형 화분에 심긴 흰색과 파란색의 히아신스가 나를 더욱 들뜨게 했다.

쾨켄호프는 1년 중 딱 두 달, 3월 말에서 5월 중순까지만 문을 연다. 실내 전시도 있지만 야외공원에서는 수백만 알의 튤립이 꽃을 피우고 무스카리, 블루벨, 히아신스 등이 전시된다. 리세 역 앞에서 쾨켄호프로 가는 버스를 타고 드디어 공원에 도착했다. 세계에서 가장 크다는 꽃 공원. 들어서자마자 눈을 깜빡거리는 것조차 아까울 정도로 아름다운 튤립 꽃이 천지에 가득했다. 네덜란드에 몰아쳤다는 튤립 광풍. 튤립 알뿌리 하나를 사기 위해 집을 팔고, 농지를 팔았던 네덜란드인들의 광기 한 자락을 충분히 느끼겠다. 그 어떤 꽃보다 크고 강렬한 색상을 지닌 꽃 튤립은 수많은 변종 재배로 지구상 어떤 꽃보다도 많은 색채를 지니게 됐다.

튤립은 백합과 식물로 온대성 지역에서 자생하는 식물이다. 페르시아 왕족이 썼던 터번의 모양과 비슷해서 처음에는 '터번'으로 불리다가 차츰 튤립으로 변화되었다고 한다. 보통 튤립하면 네덜란드가 떠오르기 때문에 네덜란드를 원산지로 오해하기 쉽지만 튤립의 원산지는 중앙아시아다. 터키가 중앙아시아로부터 튤립을 가장 먼저 수입했고, 이것이 다시 유럽으로 전해졌다.

네덜란드의 튤립 광풍은 정말 심각한 수준이었다. 16세기 네덜란드에서 희귀종의 튤립 알뿌리 하나가 당시 네덜란드 돈으로 3,000길더에 거래되었는데, 당시 암스테르담의 집 한 채를 살 수 있는 돈이었다. 전해오는 얘기에 따르면 네덜란드의 가난한 고아원에서 돈을 벌기 위해 튤립 재배를 시작했는데 9만 길더를 벌었다고 한다. 오늘날의 돈으로 환산하면 100만 유로에 달한다. 렘브란트의 그림 〈야경Night watch〉이 당시 1,600길더에 팔렸다는 기록과 비교해 보면 튤립의 가치가 어느 정도였는지 충분히 짐작이 간다. 그러나 끝내 튤립 광풍이 네덜란드 경제를 붕괴시키고 만다. 당시까지 튤립 바이러스를 몰랐던 상인들은 희귀종 튤립이 죽어나가자 부도를 내기 시작했고 이것이 걷잡을 수 없는 연쇄 부도 사태로 이어지면서 결국 네덜란드 왕실은 튤립 거래를 법으로 금지시킨다.

아무리 꽃에 대한 사랑이라지만 욕심은 늘 큰 화를 불러들인다는 교훈을 튤립이 준 셈이다.

좁고 구불거린다. 90도 각의 회전은 예사고 가끔 고약스럽게 걸리면 270도 회전도 불사한다. 그 흔한 고개도 없는 평평한 나라에서 길은 꼭 소달구지 끌고 다니는 우리 옛 시골길을 영락없이 빼닮았다. 좁고 구불거리는 영국의 시골길. 이제 우리는 마을길도 쭉쭉 넓혀 찾아보기도 힘들게 됐건만 영국은 아직도 고스란히 그 모습이다.

세상을 바람처럼 떠돌지는 못했지만, 이리저리 여러 나라 다녀보니 신기하게 처음에는 건물이 보이더니 다음에는 길이 보이기 시작했다. 건물이야 꾸미고 치장하고 얼마든지 거짓을 보탤 수 있어도 길만큼은 그게 참 어렵다. 길을 보면 사람들의 심성이 보이고 더 멀리는 그 나라가 보인다. 영국의 길도 꼭 영국 사람을 그대로 닮았다. 길을 넓히자고 들을 깎고, 숲을 치고, 오래된 돌집을 허물지 않는다. 생긴 그대로 둔다. 때론 불편하고 성가셔도 그게 사라져버리는 것보다 낫다고 생각하기 때문이다.

금발 머리가 찰랑거렸던 미미 인형을 갖게 된 날, 몇 년을 끌어안고 물고 빨았던 털실 넣어 만든 헝겊 인형을 미련 없이 버렸던 일을 지금도 참 많이 후회한다. 솜씨 좋은 할머니가 치마저고리 뜯어 만들어준 인형을 어쩌자고 플라스틱 금발 머리랑 바꿔 먹어버린 건지. 지금도 우린 그 금발에 혹해서 소중한 우리 것들을 다 내다버리는지도 모른다. 오래됐다고 다 허물고 버려야 할 것들은 아니다. 새것이라고 다 좋은 것도 결코 아니다. 영국은 그 오래된 진리를 참 멋있게 잘 보여준다.

6월에 접어들자 큐 가든은 온통 장미 잔치다. 장미로 뒤덮인 파고라(나무나 쇠로 아치 등을 만들어 넝쿨식물이 자랄 수 있도록 만든 정원 구조물) 길에선 6월 내내 장미향이 분수처럼 뿜어져 내려왔다. 좀 더 빠른 길이 있어도 이 길을 걷고 싶어 바쁜 출근 시간에도 휘휘 돌아 장미 파고라 길을 택하곤 했다. 새벽잠 쫓으면 온 먼 길이지만

큐 가든의 장미 파고라 터널. 5월부터 9월까지
터널엔 각양각색의 장미가 하늘을 덮는다.

조금이라도 일찍 정원에 도착하고 싶은 건 아무도 없는 이 새벽을 즐기고 싶어서다. 새벽의 장미 향기는 더없이 진하다. 이대로 다 날아가버릴 것 같은 장미향이 너무 아까워서 한껏 고개를 꺾어 장미향을 다 마셔버릴 것처럼 코를 벌름거린다.

장미 향수는 장미 기름을 희석해서 만드는데, 장미 기름은 장미 꽃잎에서 추출한다. 약 2,000개의 꽃을 따서 증류를 시키면 1그램의 장미 기름이 생긴다고 하니 장미 향수가 왜 세계 최고의 향수 가격을 자랑하는지 알 만한다. 이 방법은 고대 페르시아에서부터 시작되어 아라비아, 인디아로 퍼져나갔다. 그러나 현재 장미 원액essential oil의 최대 생산지는 불가리아의 장미의 계곡Rose Valley이다. 여기서 전 세계에서 유통되는 70퍼센트의 장미 원액이 생산된다.

유럽 사람들이 가장 사랑하는 꽃인 장미는 인간이 재배 방법을 터득하면서 수많은 새로운 종을 탄생시켰다. 재배 방법을 유럽에 전수시켜준 것이 실은 중국이다.

장미는 인간에 의해 수많은 상징을 부여받은 꽃이기도 하다. 그리스 로마 신화에 따르면 장미는 아프로디테의 상징으로 사랑과 아름다움을 의미하고, 크리스트교에서는 아름다움과 순결, 번영의 상징이자 성모 마리아를 뜻한다. 로마에서는 비밀스러운 회의가 열리는 장소의 방문 앞에 들장미를 꽂아두어 '비밀을 지키겠다'는 의미로 사용했다. 라틴어의 'sub rosa'와 영어의 'under the rose'라는 숙어는 '비밀을 지킨다keep a secret'는 의미로서 지금도 문학적 표현으로 사용된다. 유럽의 고딕 성당에 가보면 둥근 원형에 방사선이 펼쳐져 있는 창문을 보게 되는데 이 창문 또한 장미꽃의 형태를 빌려 디자인된 것으로 흔히 로즈 윈도rose window라고 부른다.

장미가 없었다면 이 세상은 얼마나 재미없고 지루했을까. 장미로 인해 인간 세상은 서너 단계쯤 문화적 향상을 이루었고, 정신적 사회적으로 아름다워질 수 있었다. 정말 절이라도 해야 할 귀중한 꽃이다.

· garden tips ·

장미의 열매, 로즈힙 이야기

로즈힙rose hip은 장미꽃이 지고 난 뒤에 생겨나는 장미의 열매다. 서양에서는 로즈힙 혹은 로즈호rose haw라 불린다. 일반적으로 붉은 사과색을 띠지만 더러는 주황빛이나 노란빛, 진한 자주색도 있다. 사실 장미꽃이 그 아름다움으로 꽃의 여왕 칭호를 받았다면 로즈힙은 비타민 C가 풍부한 귀중한 식재료다. 이미 서양에서는 로즈힙을 이용한 다양한 요리가 많이 개발되었는데, 주로 말려서 차로 마시지만 오일을 만들거나 잼, 젤리의 원료로 쓰며, 스웨덴에서는 수프를 만들기도 한다. 특히 요즘에는 로즈힙에서 추출한 기름을 피부 미용제로 쓰는데 비타민 C뿐 아니라 비타민 A, D, E가 다량 함유돼 있어 피부를 탱탱하고 부드럽게 해준다.

영국에서는 제2차 세계대전 중 독일의 공습으로 도시가 황폐화됐을 때 로즈힙이 중요한 식량자원이 돼주었다. 당시 학교에서는 방과 후 학생들에게 로즈힙을 따 오라는 과제를 내주고 학생들이 따온 로즈힙으로 수프를 끓이거나 차를 만들어 부족해질 수 있는 비타민 C를 공급했다고 한다.

만약 누군가 내게 아무것도 하지 않아도 되는 하루, 내 맘대로 쓸 수 있는 하루를 오롯이 떼어준다면! 밥, 찬거리를 걱정하지 않아도 되고, 아이들 오는 시간에 줄달음을 치지 않아도 되고, 뭔가 해야 할 일에 쫓기지 않아도 되고, 먼지가 눈처럼 소복이 내려앉은 집 안을 바라보지 않아도 되고, 해야 할 것들을 모조리 잊고 내가 원하는 것만 할 수 있는 하루를 준다면…….

나는 장미가 넝쿨져 만발한 파고라 밑 벤치에서 늘어지게 누워볼 것이다. 읽을 책 한 권이 가방에 들어 있긴 하지만 안 읽을지도 모른다. 이어폰에서 들려오는 음악을 들어도 그만이지만 그냥 바람의 소리를 듣는 편이 낫겠다. 장미 향기에 내 몸이 푹 담가졌으면 좋겠다. 소금에 배추가 절여지듯 삼투압이라도 좋겠고 모세관 현상이라도 좋고 내 혈관 곳곳에 장미향이 돌았으면 좋겠다. 하루해가 어떤 길을 밟아 가는지 그 느릿한 길을 따라가보고, 내 손끝에 들어온 바람의 방향을 손을 뒤집어 바꾸어볼 참이다. 눈을 감으면 좀 더 새소리가 잘 들려올지도 모른다. 설핏 잠이 들면 그 꿈길도 향기로웠으면 좋겠다. 아무것도 하지 않아도 절대 내 마음에 미안해하지 않을 것이다. 아직은 해보지 못한 그날, 그런 날이 내게 주어진다면…….

· garden tips ·

암수가 다른 나무들

식물은 인간과는 다른 생물학적 구조를 지니고 있다. 인간은 여성과 남성으로 엄격하게 분리되지만 식물의 경우는 암수가 분리돼 있는 종류와 암수가 한 몸에 있는 종류로 구별된다. 흔히 암수가 분리된 식물군을 자웅이주식물dioecious plant, 암수가 함께 있는 식물군을 자웅동주식물monoecious plant이라 부른다. dioecious는 그리스어로 두 집이라는 의미고, monoecious는 한 집이라는 뜻이다. 암수가 분리된 식물로는 식나무, 은행나무, 뽕나무, 삼나무, 시금치, 초피나무, 양치류 등이 있다. 암수가 분리된 식물을 심을 때는 암수가 근방에 함께 있을 수 있도록 배려해야 한다. 그렇지 않으면 열매를 보기 힘들다.

시드는 꽃의 열정

에스키모들은 눈을 부르는 이름이 서른 가지가 넘는다. 정원을 사랑하는 영국이고 보니 우리는 그냥 화단花壇, 꽃밭이라고 부르는 이름이 특징별로 열댓 개가 넘는다. 그중 단순하게 분리를 하자면 배경 없이 단독으로 평평하게 조성된 화단을 베드bed라고 하고, 담이나 울타리 앞에 만들어놓은 화단은 보더border, 색채와 질감을 고려해 예술적으로 꾸민 화단은 파테르parterre라고 한다.

큐 가든의 가장 화려한 화단 중 하나인 팜 하우스 앞의 파테르 조성 작업이 일주일 넘게 진행되고 있다. 흙일은 아무리 규모가 작아도 만만히 볼 수 없다. 매일 열댓 명이 넘는 사람이 달라붙었는데도 심겨 있던 튤립을 거둬내는 데만 꼬박 이틀이 걸렸고 화단 흙을 일구고 다시 식물을 바꿔 심어주는 데 한 달이 소요됐다.

여름용으로 새롭게 조성되는 화단은 해마다 디자인이 달라지는데, 2007년 여름 화단의 주제는 '채소로 꾸미는 지중해풍 화단'이다. 토마토, 로즈마리, 샐비어, 바질, 수박, 참외, 고추, 후추, 올리브나무를 화단에 심었다. 일반적으로 화단은 꽃이 중심이 되는데 이번 채소 화단은 다소 모험성이 강했다. 이미 10년 전에 시도를 했었는데 그때는 사람들의 혹평이 쏟아졌다고 했다. 그러나 올해 사람들의 시각은 많이 달라져 있었다. 채소로 화단을 꾸민다는 것을 많이 신기해하고 채소로 색감을 낸 것에도 호기심을 보였다.

이 화단의 책임자인 스티브의 말이 신선했다. 10년 전 채소 화단 조성으로 비난을 많이 받았다는 그는 새로운 시도는 언제나 늘 절반의 성공이 될 수밖에 없다고 말했다. 절반의 비난을 받아들이고, 그 비난의 목소리 속에서 발전의 요소를 찾아낼 때 새로운 시도는 완성된다고 했다. 생각해보면 세상의 모든 새로움은 비난을 무릅쓴 모험적 사고에서 탄생했을 거다. 비난은 두려워할 일이 아니다. 거기서 나를 살찌우는 영양분을 찾을 수만 있다면.

· garden tips ·

약이 되고 음식이 되는 허브

바질 *ocimum basilicum*

바질basil은 흔히 '허브의 왕'이라고 불린다. 바질이라는 이름은 그리스어의 Basileus에서 비롯된 것으로 왕이라는 뜻이다. 원산지는 인도와 동남아시아 등의 열대 지방으로 인도, 태국, 베트남, 라오스에서는 요리에 바질이 많이 쓰인다. 바질은 신선한 상태로 요리에 사용하는 것이 가장 좋다. 건조해서 사용하기도 하지만 건조 과정에서 대부분의 향이 사라진다. 가능하면 초록의 잎을 그대로 사용하거나 냉장고에 얼려두었다가 사용하는 것이 좋다.

카모마일*matricaria chamomilla*

차로 끓여 먹는 카모마일chamomile의 종은 *matricaria recutita*로 독일 카모마일이라고도 불린다. 카모마일은 유럽과 온대성 아시아 지역, 뉴질랜드, 호주 등에서 광범위하게 자생하고 있는 야생의 식물이다. 카모마일은 의학용으로 많이 쓰이는데 배앓이와 피부염증, 불면증 해소에 좋다. 꽃을 말려 차로 끓여 마시는데 보통 티스푼 두 개를 한 컵에 타서 먹는다. 배앓이가 있는 경우에는 매일 아침 공복에 차로 두세 달 복용하면 낫는다고 한다. 인간뿐 아니라 식물의 의사로도 불리는데 카모마일에서 떨어지는 오일은 다른 식물을 더 건강하게 자라게 한다. 허브 화단에 카모마일을 심으면 실제로 민트와 세이지, 오레가노 등이 훨씬 잘 자라는 걸 볼 수 있다.

타임*thymus vulgaris*

고대 이집트에서는 미라를 방부하는 데 타임을 이용했다고 전해진다. 그리스에서는 목욕할 때 타임을 이용했고 잎을 말려 향으로 태우기도 했다. 유럽 사람들은 타임의 향기가 용기를 심어준다고 믿었다. 전쟁에 참여하는 기사와 병사에게 타임을 넣은 꽃을 선물했던 것도 용기를 얻어 전쟁에 승리하고 돌아오라는 의미였다. 타임은 프랑스, 이탈리아, 레바논, 카리브 해안 지방의 요리에도 많이 쓰인다. 다른 허브보다는 말렸을 때 향기가 많다. 그래서 흔히 말려서 저장한다. 의학적 용도로도 많이 쓰이는데 목이 부었을 때 타임을 물에 끓여 식힌 뒤 그 물로 하루에 세 번 정도 가글을 해주면 3~5일 사이에 염증이 가라앉는다. 자메이카에서는 갓 출산한 임산부에게 타임차를 먹이는데 가능한 빨리 태반이 나올 수 있도록 돕는다고 전해진다.

세이지*salvia officinalis*

요리에 흔히 쓰이는 세이지는 지중해 지역이 원산지로 흔히 키친 세이지kitchen sage, 가든 세이지garden sage, 더러는 달마시안 세이지dalmatian sage라고도 불린다. 주로 목의 염증과 소화를 돕는 용도로 이용돼왔다. 유럽에서는 치즈의 향을 내는 데도 세이지를 이용했고 양파와 함께 돼지고기 요리에도 쓰였다. 독일에서는 소시지 요리에 전통적으로 세이지를 이용해왔다. 식물학명은 *salvia*로, 라틴어로 '치료하다'는 뜻이다. 이름처럼 세이지는 치료용으로 광범위하게 쓰였는데 내복용으로는 소화불량, 땀이나 침이 많이 분비되는 질환, 우울증에 이용돼왔고, 외상용으로는 벌레에 물렸을 때 바르는 용도로 사용되었다.

로즈마리*rosmarinus officinalis*

로즈마리라는 이름은 라틴어의 rosemarinus에서 유래한 말로 장미rose나 마이라maria와는 아무 관련이 없다. 로즈마리는 육류나 기름진 생선을 요리하는 데 광범위하게 쓰이는데, 바비큐를 할 때는 로즈마리를 태워서 그 향이 고기에 배도록 한다. 신선한 상태보다 말렸을 때 철, 칼슘, 비타민 B6가 많아지는 것으로 알려져 있다. 가뭄에는 잘 견디지만 물기가 많은 땅에서는 잘 자라지 못한다. 다 자라면 1.5미터까지 이르러서 유럽에서는 키 낮은 울타리 용도로 많이 길렀다.

민트*mentha species*

민트의 가장 유명한 종류로는 페퍼민트*mentha x piperita*, 스피아민트*mentha spicata*, 파인애플민트*mentha suaveolens*가 있다. 민트는 토마토와 고추 등의 야채와 함께 심어주면 진딧물과 같은 해충을 쫓는 역할을 한다. 뿌리를 뻗어 번식하기 때문에 관리를 잘못하면 잡초처럼 쉽게 번지므로 주의해야 한다. 차뿐만 아니라 주스, 음료수, 젤리, 시럽, 아이스크림의 향을 내는 데 많이 이용된다. 의학적으로는 복통과 가슴 통증에 쓰이기도 했다. 민트는 햇볕이 쨍쨍 내리쬐는 곳보다는 약간 그늘진 장소, 선선하고 습기가 많은 곳을 좋아한다.

펜넬*foeniculum vulgare*

펜넬fennel은 이미 그리스 시대부터 사람들에게 독특한 향기와 약효로 사랑받아왔다. 펜넬의 줄기는 꼭 대나무처럼 생겼는데 속이 비어 있다. 프로메테우스가 인간에게 주려고 불을 훔칠 때 바로 이 펜넬의 줄기 속에 숨겼다고 한다. 펜넬의 향기는 벌레를 내쫓는 효과가 있다. 요즘은 비누나 향수의 재료로 쓰고 에센스 오일을 추출해서 아로마 치료용으로도 쓴다. 특히 여성에게 아주 요긴해서 갱년기 증상이나 이뇨작용 또는 불안증과 불면증 효과가 좋다. 물에 에센스 오일을 한두 방울 떨어뜨리고 뭉근하게 가열해주면(촛불이 적당) 물이 끓으면서 온 집 안에 향기가 은은히 밴다. 그러나 아로마 요법은 약효가 강하기 때문에 반드시 전문가와 상담한 후에 사용해야 한다.

서양당귀*angelica archangelica*

서양당귀라고 불리는 안젤리카는 원산지가 알프스 같은 산지 지형의 추운 유럽이다. 뿌리와 잎, 씨가 음식과 의학용으로 쓰이는데, 주로 자양강장제로 이용된다. 샐러리와 비슷하게 날로 먹는 채소지만 뿌리를 삶아서 그 물을 여성들을 위한 진정제나 강장제로 쓰기도 한다. 또한 연한 줄기와 잎자루를 말려서 케이크 장식에 이용하기도 했고 뿌리는 샤트루즈chartreuse 술의 재료로 쓰였다.

탠지*tanacetum vulgare*

쑥과 비슷한 잎 모양에 무릎 정도 높이로 키가 자라는 탠지tangy는 금단추 모양의 꽃이 핀다. 국화과에 속하는데 작은 단추처럼 생겼지만 자세히 들여다보면 국화꽃의 형태가 보인다. 탠지는 영국 사람들이 좋아하는 허브 중 하나로 꽃이 피기 직전에 따서 드라이플라워로 만든다. 그 향기가 무척이나 오래간다. 탠지도 다른 허브와 마찬가지로 약용과 식용으로 이용되었지만 지금은 식용으로 거의 사용하지 않는다. 워낙 독성이 강해 의약용으로 사용할 때는 반드시 전문가의 조언이 필요하다. 향이 강해서 벌레 퇴치용으로 많이 이용된다. 탠지 잎을 티백 종이에 담아 옷장에 넣어두면 방충 효과를 볼 수 있고 식품창고나 부엌 창문에 매달아놓으면 파리의 접근을 막을 수 있다. 또한 벼룩 퇴치에도 아주 효과가 좋아서 침대 밑에 넣어주면 벼룩의 기생을 막을 수 있다.

산시금치*rumex acetosa*

잎을 먹는 채소이면서 허브이기도 하다. 잎을 따서 싱싱한 날것으로 샐러드를 만들거나 수프나 소스로 만들기도 한다. 잎에 즙이 많아서 음료로 만들기도 한다. 특히 이뇨작용을 촉진시켜서 신장결석, 요로결석 등을 치료하는 데 요긴하게 쓰였다. 산시금치에는 산딸기의 신맛이 들어 있는데 이 신맛이 갈증을 해소시켜준다.

오레가노*origanum vulgare*

지중해가 원산지인 것과 멕시코가 원산지인 두 종류가 있는데, 비슷한 향을 지녔지만 전혀 다른 종의 식물이다(보통은 멕시코 오레가노가 쓴맛과 향이 더 강하다. 멕시코 오레가노의 식물학명은 *lippia graveolens*로 오레가노보다는 오히려 레몬 버베나lemon verbena와 연관이 깊다). 지중해가 원산지인 오레가노는 고산시대에서 자란다. 오레가노라는 이름은 그리스어로 '산의 즐거움'이라는 의미다. 이탈리아와 그리스에서는 오레가노가 빠지는 요리가 없을 정도로 중요한 허브다. 피자와 스파게티, 토마토소스 등에 자주 쓰인다. 필리핀에서도 오레가노를 키우는데 요리보다는 의학용으로 주로 쓰인다. 어린이의 잔기침에 효과를 보인다고 한다.

집에서 20분 거리에 있는 정원 나들이를 즐긴다. 왕실원예협회가 운영하는 정원 중 하나인 하이드 홀Hyde Hall이다. 주차장에 차를 대고 매표소로 올라서면 돌과 바위 사이마다 온갖 종류의 알파인 꽃들을 심어놓은 드라이 가든dry garden이 보인다. 계절을 안배해서 심어놓은 식물들이 다른 빛깔, 다른 꽃, 다른 모양으로 매번 정원을 바꿔놓는다.

드라이 가든은 이 정원이 인공적으로 전혀 물을 주지 않고 자연 상태의 비로만 유지가 되는 정원이라는 의미에서 붙인 이름이다. 최근 영국 정원사와 가든 디자이너들이 즐기는 정원의 형태다. 영국이 자생지인 토종 식물도 일부 있지만 전 세계에서 수집한 외래종 꽃으로 가득하다. 영국인들은 토종과 외래종을 특별히 차별하지 않는다. 자신의 나라에 자리 잡아 아름다움을 주는 식물이라면 감탄하고 즐거워하고 고마워한다. 그게 어쩌면 이 작은 나라 영국이 자신들의 자생 식물보다 수십 배나 많은 식물을 보유하게 된 원천일지도 모르다.

정원에 꽃이 없다면 얼마나 허전하고 심심할까. 꽃 없는 정원을 이젠 상상할 수조차 없지만 정원에 꽃이 자리 잡기 시작한 것은 그리 오래된 일이 아니다. 중세 시절에 그려진 그림을 보면 폐쇄 정원hortus conclusus(사방이 울타리로 둘러싸여 있는 작은 크기의 중정. 보통은 정원 안 의자에 성모 마리아나 예수가 앉아 있다)에 꽃이 심긴 것을 볼 수 있다. 하지만 그건 꽃 정원이라 할 수는 없다. 성모 마리아를 상징하는 바이올렛, 매발톱, 백합, 장미, 아이리스만이 심겨 있기 때문에 종교적 의미로 파악하는 것이 낫다.

서양 역사를 놓고 보면 18세기가 되어서야 이른바 꽃의 정원이 등장하는데, 여성의 덕택이라고 말하기도 한다. 그전까지는 정원 조성은 남성에 의해 이뤄졌고, 여성이 정원 디자인에 관여하기 시작한 것이 이 즈음부터다. 여성이 디자인한 화려한 화단의 정원은 귀부인들에게 큰 사랑을 받았다. 이로 인해 꽃 정원은 흔히 '숙녀의 정원my lady's garden'으로 불리기도 했다.

거트루드 지킬Gertrude Jekyll, 1843~1932과 노라 린지Norah Lindsay, 1876~1948가 대표적인 여성 정원 디자이너이다. 이들에 의해 새롭게 시도된 꽃 정원은 20세기까지 영향을 미쳤고 영국과 유럽, 미국 정원 디자인의 주류를 형성하게 된다.

· garden tips ·

영국 식물학의 메카 큐 가든과 왕립원예학회

영국의 식물학, 원예학을 선도하는 두 단체가 있다. 하나는 왕립식물원 큐 가든Botanical Gardens, Kew이고 다른 하나는 왕립원예학회Royal Horticulture Society다. 가든 문화를 이끌어가는 점에서 두 단체는 매우 유사한 특징을 지니고 있지만 전문 분야에서는 색채가 많이 다르다.

큐 가든은 과학적 측면에서 식물의 형태와 특징을 연구하고, 인간과의 관계를 연구하는 게 목적이다. 왕립원예학회는 말 그대로 식물을 잘 기르고 가꾸는 원예학적 측면에 초점을 맞추고 있다. 왕립원예학회의 자료에 따르면 영국 내 식물 시장에서 거래되는 식물 종류는 8만여 종이 넘고 큐 가든이 단독으로 보유한 식물종만 해도 희귀 열대 · 아열대 식물을 포함해 2만여 종이 넘는다. 이 보유 종수는 영국 내 자생 식물의 숫자를 열 배나 뛰어넘는 수치다.

식물은 좋지만 곤충은 너무 싫다고 몸서리를 치는 사람도 많다. 실은 나도 그러했던 사람이다. 그러나 식물을 좋아하는 사람이라면 어느 순간 자기도 모르게 곤충과 더불어 살아야 한다는 걸 깨닫게 된다. 식물이 꽃을 피우고 현란한 아름다움을 뽐내는 건 인간이 아니라 곤충에게 잘 보이고 싶어서다. 오죽하면 난蘭과의 어떤 종은 파리를 유혹하기 위해 아예 꽃 모양을 암파리 모양으로 만들어버렸을까.

땅속의 벌레들도 식물들에게 더없이 소중한 존재들이다. 지렁이는 척박한 흙을 맛이 기가 막힌 흙으로 바꿔놓는다. 그러니 식물은 지렁이가 뿌리를 이리저리 훑고 다녀도 더없이 사랑스러운 간지럼으로 느낄 것이다. 식물과 곤충은 서로를 지극히 사랑하며 열심히 잘 살고 있는데 쓸데없이 인간이 꽃과 곤충을 떼어놓으려고 애를 쓴다.

식물과 곤충 입장에서는 인간이 골칫덩어리다. 지구 전체를 놓고 봤을 때도 인간만큼 독특한 짓, 이상한 짓, 나쁜 짓만 골라서 하는 생명체를 찾아보기 힘들다. 식물을 사랑한다면 곤충도 지극히 사랑할 줄 알아야 하고 더 나아가 자연이 얼마나 소중한지도 알아야 한다. 그게 자연의 섭리다.

인간이 먹고 있는 음식물 가운데 상당수가 곤충에 의해 수분된 식물이다. 곤충이 없었다면 우리가 먹는 채소의 3분의 1이 이미 사라졌을 것이다.

· garden tips ·

꽃들에게 인기 있는 곤충들

꽃들은 곤충을 사랑한다. 곤충의 힘으로 수분이 되기 때문에 곤충을 불러들이려고 온갖 노력을 다한다. 꽃들의 수분을 도와주는 곤충은 우리가 생각하는 것보다 다양하다. 그중에서도 꽃들이 인기투표를 한다면 그 순위가 벌, 나비, 나방 그리고 의외로 파리가 될 것이다.

벌이 꽃으로부터 꿀을 모으기 때문에 벌을 불러들이는 꽃의 향기가 진할 것이라고 생각하기 쉽지만 의외로 벌을 불러들이는 꽃은 향기가 없는 편이다. 오히려 나비를 불러들이는 꽃인 히아신스, 라일락 등의 향기가 진하다.

나비와 나방이 가진 긴 빨대는 더듬이가 아니고 혀가 변형된 것으로 이 빨대를 통해 꿀을 빨아들인다. 세상에서 가장 진한 향기를 뿜어내는 식물 중 하나인 인동초는 나방에 의해 수분이 된다. 인동초가 밤이 되면 더욱 진하게 향기를 뿜는 이유는 나방의 활동 시간이 바로 밤이기 때문이다.

나무처럼 고요히 살고 싶다 하면, 그건 오해다. 1년 내내 나무도 사느라 힘들다. 타들어가는 가뭄에, 미친 듯이 쏟아지는 비에, 생명에 치명적인 거친 바람을 이겨내며 산다. 껍질을 파고드는 곤충과 잎을 갉아먹는 벌레도 참고 이겨내면서……. 그리고 봄이 오면 꽃망울을 피우고 열매 맺어 열심히 후손을 퍼트린다. 생각해보면 어느 한순간도 고요치 않다.

나무처럼 느리게 살고 싶다 하면 이것도 오해다. 어느 봄날, 벚꽃이 터지기 직전이기에 꽃그늘 밑에 자리 잡고 하염없이 쳐다봤다. 그러다 어느 순간 펑 하고 꽃망울이 터져 놀랐다. 꽃망울을 맺고 꽃을 피워내고 지는 속도는 순식간이다. 결코 느리다 할 속도가 아니다.

나무처럼 그 모습 그대로 몇 백 년, 몇 천 년을 살고 싶다 하면 그도 맞지 않다. 나무는 끊임없이 변해왔다. 한때 대나무는 북방 한계선이 있어서 경기 북부 지역에서는 자랄 수 없었다. 하지만 추위에 부단히 적응한 대나무는 이제 가뿐히 경기 북부 지역을 뛰어넘었다.

침엽수는 원래부터 잎이 뾰족했던 게 아니다. 원래는 낙엽수처럼 넓적한 잎을 가졌지만 추운 지방에 살아야 하는 처지에기에 부단히 잎을 뾰족하고 가늘게 만들었다. 그래야 추운 겨울에도 얼지 않고 견딜 수 있다. 상록수가 인간에게 독야청청 푸른 기개를 보여주자고 겨울에도 초록으로 견디는 건 아니다. 겨울이 길고 햇볕이 부족

한 지역에서 살아야 하는 침엽수는 일조량이 턱없이 부족해 겨울이 와도 잎을 떨어뜨릴 수가 없다. 선인장이라고 잎 대신 가시를 달고 싶었던 것은 아니다. 잎이 있어봐야 비 한 방울 내리지 않는 사막에서 필요치 않으니 잎 대신 단단한 껍질을 발달시키고 그 안에 수분을 보관한다. 살자고 바꾸고 새로 만들어내는 것이다. 어지간히 신속하지 않으면 견디기 힘들다.

지금도 각박한 지구환경에 적응해야 하는 식물은 부단히 노력하는 중이다. 거저 오는 삶은 없다. 다 힘들고 어렵다.

· garden tips ·

어떻게 식물의 이름을 붙이는가

식물을 어떻게 불러야 할 것인가는 그간 식물학자들 사이에서 가장 중요한 과제였다. 식물은 자라고 있는 지역마다 그 지역 사람들에게 불리는 이름common name이 달라서 한 식물을 두고도 부르는 이름이 수백 개가 넘기도 한다. Myosotis라는 이름의 식물이 있다. 우리나라와 일본에서는 물망초勿忘草로 불리지만 영국에서는 forget-me-not으로 독일에서는 Vergissmeinnicht라는 이름으로 불린다.
이런 복잡한 문제를 해결하기 위해 전 세계 사람들에게 통용될 수 있는 유일한 식물학 이름이 필요했다. 그걸 고안해낸 사람이 스웨덴의 식물학자 칼 폰 린네Carl von Linne, 1707~1778였다. 그는 식물 이름에 라틴어를 사용해 과科 family, 속屬 genus, 종種 species의 분류로 식물에 이름을 부여했다. 예를 들면 우리가 흔히 부르는 장미의 공식 식물학 이름은 *Rosaceae*과 *rosa*속이다. 그리고 여기서 다시 꽃의 색상이나 잎의 모양, 특징에 따라

종이 달라진다. 혹 인간에 의해 새롭게 재배된 종의 경우는 뒤에 재배자의 이름이나 재배종의 특징을 밝히는 이름이 따라 붙는다. 다소 복잡하지만 식물학명을 아는 것은 식물을 이해하는 데 매우 중요한 요소이다.

땡볕이다. 얼굴을 다 덮을 만큼 큰 밀짚모자를 눌러쓰고 앉아 있어도 등으로 쏟아지고 땅에서 펄펄 끓어오르는 열기를 감당하기 힘들다. 너무 뜨거워지면 잠시 그늘을 찾는다. 산들바람이 불어 목덜미의 땀을 식혀준다. 영국에는 바람이 참 많다. 여름에도 바람이 많아 땡볕만 벗어나면 곧 서늘하니 살갗에 돌기가 돋아난다.

그늘에 앉아 한숨을 돌리다 문득 알았다. 매미. 한국의 여름엔 지독하게 동심원을 그리며 울려퍼지던 매미 소리가 있었는데 영국의 여름엔 매미가 없었다. 그러고 보니 올해만 없는 게 아니라 작년에도 없었다. 그럼 영국엔 아예 매미가 없다는 것인가?

언제부터인가 슬그머니 그만두게 됐지만 어린 시절 여름 방학이 되면 늘 할머니 댁을 찾았다. 아흔아홉 칸은 아니어도 그 동네에선 제법 큰 기와집이었던 할머니 댁엔 커다란 마루가 있었다. 집 뒤로 야트막한 야산에 촘촘히 둘러 서 있던 대나무 숲. 대청마루에 벌렁 누우면 매미 소리가 맴을 돌듯 내 귓가에 윙윙거리고 대나무 숲을 빠져나온 바람이 국수 빠져나오듯 수십 가닥으로 갈라져 내 몸을 훑어냈다. 솔솔 잠도 잘 쏟아졌다. 배앓이 걱정하는 할머니는 빨랫줄에 걸린 이불 호청을 걷어 내 배를 덮어주고……. 여름이 제아무리 뜨겁게 지져대도 견딜 만했다. 시골 할머니 집이 아무리 거름 냄새 진동하고 파리 모기가 들끓고 푸세식 화장실이 파랑 휴지 줄까 빨간 휴지 줄까로 괴롭혔어도 행복했다.

점심시간, 큐 가든 너른 잔디에 동료들이 둘러앉아 샌드위치를 먹는다. 덩치 큰 애디는 벌써 바게트 빵 하나를 다 먹어치우고 잔디에 벌러덩 누워버렸다. 그리고 내 밀짚모자를 빌려 얼굴을 덮고 한숨 늘어지게 잔다. 애디뿐 아니라 여기저기 방문객들도 잔디를 카펫 삼아 누워버렸다. 영국의 여름엔 매미도 없고, 대청도 없고, 풀 먹여 널어놓은 하얀 이불 호청도, 할머니의 무릎베개도 없는데 묘하게 어린 시절 그 여름을 많이 닮았다.

하늘에 정말 큰 뭉게구름이 하얗게 흘러간다. 여름이 그렇게 흘러간다.

피어나는 꽃은 아름답지만 시드는 꽃은 아무리 좋게 표현하려 해도 아름답다 말하기는 힘들다. 그래서 서양의 어떤 시인은 시드는 꽃을 다 늙어 초라해진 인간에 비유하기도 했다. 살아 있는 것들은 불멸할 수 없다, 세상이 아무리 변해도 바꿀 수 없는 자연의 섭리다.

큐 가든의 유리 온실 팜 하우스와 그 앞의 연못.
팜 하우스는 세계 최초로 쇠구조와 유리를 이용해 만들어진 온실이기도 하다.
19세기에 들어온 세계 여러 나라의 열대식물이 아직도 자라고 있다.

태어나면 태어난 곳으로 다시 돌아가야 하는 것이 인간과 동물, 식물 모든 생명체가 가야 할 길이다.

꽃은 식물이 다음 세대를 이어가기 위해 만들어낸 노력의 결정판이다. 각양각색의 현란한 꽃잎을 만들어내고 모양을 다듬는 건 곤충을 유혹하기 위한 것이고, 곤충을 유혹하는 이유는 곤충으로 인해 암술과 수술이 서로 만나 수분이 되기 때문이다. 그러니 수분이 이미 다 되어버린 꽃은 자신이 할 일을 다 했으니 더 이상 꽃을 유지할 이유가 없다.

식물은 한 송이의 꽃을 피우기 위해 우리가 생각하는 것보다 훨씬 더 많은 에너지를 소모한다. 꽃이 지고 난 뒤에는 이제 그 자리에 생겨난 씨앗을 키우기 위해 다시 또 혼신의 힘을 다해 에너지를 모은다. 지는 꽃이 물기마저 쏙 빠진 채 쭈글쭈글 색채를 잃고 험하게 지는 건 남은 기운을 모두 씨앗에게 주고 가기 때문이다.

인간은 좀 더 우아하고 고고하게 빛을 잃지 않고 꽃잎이 져주길 바라지만 꽃들은 그 고고함을 버리고 마지막 힘을 다해 헌신한다.

"내가 죽었을 때 꽃을 보내지 말라. 대신 나를 좋아한다면 내가 살아 있는 동안 보내달라." 2004년 세상을 떠난 영국 축구 감독 브라이언 클로프의 말이다.

생일이면 꼭 받는 선물 중 하나가 꽃일 테고, 학교 선생님 찾아가는 길 어색한 손에 쥐게 되는 것도 꽃이다. 졸업식장에서, 무대에서, 심지어 인간이 죽고 난 다음에도 꽃은 함께해왔다. 대부분 정원사도 왜 정원사가 되었느냐고 물어보면 대답이 그냥 "꽃이 좋아서"라고 한다. 나 역시도 굳이 방송 일을 접고 왜 가든 디자인을 배우겠다고 머나먼 영국까지 떠나가야 했냐고 물으면 그냥 "꽃이 좋아서"라고 대답할 때가 많다. 뭔가 거창한 이유가 있을 것 같지만 실은 그렇다.

꽃은 인간에게 기쁨을 주자고 태어나지는 않았지만 분명 많은 즐거움과 행복을 준다. 가난한 동유럽의 주부들도 시장 나들이에서 식탁에 꽂을 꽃 한 다발을 잊지 않는다. 그런 의미에서 보자면 우리 주부들은 참 꽃에 인색하다. 식탁에 꽂아놓는 꽃 한 다발은 그냥 단순한 장식의 의미만은 아니다. 구체적으로 따지고 들자면 식욕 증진이겠지만 그보다는 그냥 예쁘고 그 어떤 장식보다 집 안을 화사하게 해준다.

한국을 떠나올 때, 손바닥만 했지만 꽃이 피고 지던 마당을 두고 오는 게 무엇보다 안타까웠다. 영국에 와 방을 얻어야 했는데 가난한 유학생 주제에 언감생신 정원 딸린 집을 고를 수 없어 마당 없는 작은 아파트를 잡았다. 그 아쉬움을 달래보려고 식탁 위 꽃병에 꽃 담아두는 일을 잊지 않았다.

꽃도 그냥 반찬이려니 한다. 식욕 없는 여름철엔 달콤한 향 뿜어주는 아이리스 보랏빛이 반찬이 되고, 춥고 시린 겨울철에는 노란 장미 한 다발이 보일러 한 번 돌려주는 것보다 집 안을 더 온화하게 해준다. 마음 심란한 날에는 일부러 화사한 백합을 고른다. 백합의 향기는 너무 진해서 머리를 아프게도 하지만 근심을 잊게도 한다. 꽃이 주는 기쁨은 헤아릴 수 없이 많지만 왜 꽃이 좋냐고 물으면 대답할 말이 하나도 떠오르지 않는다. 그냥 꽃이 좋다.

· garden tips ·

꽃을 방부제 없이 오랫동안 보관하는 방법

유럽에 내려오는 아주 오래된 방법으로 장례나 결혼 혹은 무대 장치용으로 오랫동안 꽃을 유지해야 할 때 쓰는 방법이다. 우선 얇은 종이 박스에 바짝 마른 모래를 깔고 거기에 꽃을 놓는다. 그다음 다시 모래로 완전히 꽃을 덮어준 다음 상자를 따뜻한 찬장 안이나 햇볕이 잘 드는 창가 또는 라디에이터 위에 2주 정도 그대로 놔둔다. 그러고 모래를 제거해 꺼내면 원래 형태 그대로 마른 것을 발견할 수 있다. 이렇게 건조된 꽃은 거의 반영구적으로 사용할 수 있다.

여름 소낙비, 정원에 듣는 비

소나기다. 유난히 비가 많고 추운 여름이다. 영국의 비는 10분 이상이 지속되지 않는다. 하루에도 수십 번씩 변하는 날씨가 꼭 내 맘속에서 볶아대는 콩처럼 심란해도 이도 곧 지나가리라 위로한다. 소나무 화단에서 잡초를 뽑다 서둘러 비를 피해 정자로 뛰어들었는데 옆 정원에서 잔디를 깎던 덩치 큰 애디가 뒤이어 발소리를 울리며 정자로 들어왔다. 내가 웃었더니 요크셔 출신의 수줍음 많은 애디도 말없이 따라 웃는다.

비가 오는 날에 정원의 색채가 살아 숨쉰다. 물기를 머금은 식물은 초록은 초록으로 밤색은 더욱 진한 밤색으로 촉촉이 젖어든다. 이 비에 새들은 다 어디로 피난을 갔을까. 동백나무 속에 둥지를 튼 블랙버드도 둥지 속에서 나처럼 빗소리를 듣고 있으려나. 정자 지붕을 타고 내린 물이 처마 밑으로 떨어진다. 자갈에 부딪친 빗물이 파편이 되어 갈라지는 소리가 경쾌하다. 음악처럼 리듬을 탄다. 톡톡토도독…….

뭐든 나쁘기만 한 건 없다. 비가 오니 이렇게 정자에 앉아 빗소리 듣는 휴식을 누린다. 무게를 못 이긴 먹구름이 정원에 한바탕 비를 쏟아내더니 가볍게 돌아선다. 북쪽 하늘에 먹구름이 몰려와도 너무 실망하거나 좌절하진 말자. 그 비 지나가면 정원에 더 맑은 깨끗함이 가득할 테니까.

꽃은 벌들을 유인해 자기 목적을 이루고, 대신 벌들의 음식이 되는 꿀을 준다. 꿀을 모으는 일은 일벌이 한다. 일벌들은 모두 암컷으로 4주에서 6주 정도를 사는데 태어나서 삶을 다하는 날까지 일벌이 모을 수 있는 꿀의 양은 고작 10분의 1티스푼 정도다. 벌은 침을 쏜다는 이유로 두려운 대상이 되기도 하지만, 실은 벌만큼 착하고 순한 곤충도 찾아보기 힘들다. 벌이 시도 때도 없이 침을 쏘는 줄 알지만 그렇지도 않다. 벌 입장에서는 침을 잘못 쏘면 침이 빠지지 않아 목숨을 잃을 수 있다. 생사가 걸린 어지간한 일이 아니라면 침을 들이대지 않는다.

큐 가든의 퀸스 가든Queen's Garden 언덕 뒤에는 꿀벌 통이 두 개 있다. 7월 초순에 알리슨과 나는 이 꿀통의 수거 작업을 함께 했다. 우주복 같은 차림으로 꿀통의 꿀을 내릴 때마다 수백 마리의 벌들이 오글오글 윙윙거렸다. 집을 지키는 경비병들은 엄청 화가 나서 알리슨과 내 주변을 위협적으로 공격하기도 했다. 하나의 꿀통 안에는 네 개의 상자가 있고 그 상자 안에 다시 열한 개의 판이 매달려 있다. 그 하나하나를 체크해 꿀로 가득 차 있는 상자 두 개를 교환했다.

육각형의 판 안에 꿀이 다 차면 일벌들이 반투명 소재로 벌집을 닫아놓아서 우선은 그걸 칼로 잘라내는 일을 했다. 그런 뒤 탈수기에 넣고 돌려서 꿀을 모았다. 두 개의 상자 속 스물두 개 판에서 모은 꿀이 20킬로그램 정도 됐다. 얼핏 계산해봐도 얼마나 많은 일벌이 얼마나 성실하게 이 꿀을 모았을지 짐작이 간다. 그걸 슬쩍하는 인간으로서 미안하기도 하고.

이 꿀을 팔지는 않고 큐 가든 식구들과 나눈다고 했다. 그날 나도 꿀 한 병을 받아와 구운 토스트에 발라 먹는 기쁨을 누렸다. 벌들에겐 참 미안한 일이지만 꿀은 정말 달고 맛있었다. 오죽하면 좋아 죽겠다는 표현을 꿀맛 같다고 했을까나. 얼마나 달콤하면 사랑하는 사람을 허니honey라고 불렀을까나. 곰돌이 푸가 왜 그렇게 꿀통을 향해 몸을 날렸는지도 충분히 알겠다. 아, 정말 꿀맛이다.

알리슨과 함께 온실에서 라벤더 프로파게인션propagation을 하고 있었다. 화단에 심긴 라벤더 줄기를 종류별로 자른 뒤 온실로 가져왔다. 재배용 거름을 준비하고 도마 위에 자른 라벤더 줄기를 놓고 잘 소독된 날카로운 칼로 줄기를 손가락 한 마디 정도로 자른다. 뿌리를 내리는 데 도움이 되는 파우더rooting powder를 찍어서 거름이 든 화분 속에 꽂아주면 1, 2주 뒤 라벤더 줄기에서 뿌리가 돋아난다. 이렇게 1년을 기른 뒤 다시 바깥 화단으로 내보낸다.

온실의 일은 바깥의 정원 일과는 다른 맛이 있다. 온실 일을 별로 좋아하지 않는 정원사도 있지만 나는 온실 일을 즐긴다. 작은 온실에서 식물을 재배시키고 어린 식물의 화분을 갈아주고, 물을 주며 기르다 보면 더없이 식물과 친해진다.

하루 종일 온실 안에만 있어서 더운 줄 알았는데 바깥 날씨도 푹푹 찌고 있었다. 그러다 갑가지 하늘이 어두워지더니 정말 어찌 해볼 틈도 없이 천둥, 비바람, 우박이 쏟아졌다. 온실 창 위로 번쩍이는 번개와 지독하게 울려대는 천둥, 우박은 거의 온실 창을 모조리 깨버릴 기세였다. 나도 모르게 온실 바닥에 쭈그리고 앉아 귀를 막았다. 그렇게 5분 정도 정신없이 몰아치더니 하늘은 언제 그랬냐는 듯이 말끔해졌다. 5분간이었지만 그 공포와 두려움은 말로 표현하기도 힘들었다.

라벤더는 줄기를 잘라 배양토에 다시 심어주는 방식으로 재배를 한다.
향기가 강한 잉글리시 라벤더와 관상효과가 뛰어난
프렌치 라벤더로 나누기도 한다.

아무리 과학이 발달해도, 인간이 별짓을 다 해도 안 되는 일이 있다. 하늘이 어디 내 맘대로 되나. 비, 구름, 바람, 햇살이 우리 뜻대로 불어주고 그쳐주나. 우리 맘대로 안 되는 하늘이라서 때로는 두렵고 무섭다. 자연이 무섭게 몰아치고 나면 드는 생각이 있다. 겸손해지자. 세상 모든 것이 다 내 뜻대로 되지는 않는다. 요즘 들어 머릿속에서 꼬여드는 생각들이 풀 길 없는 실타래가 되어간다. 그래서 애써 마음에 빗질 한 번 하고 추슬러 하늘을 본다. 비를 막을 길이 없다면 그냥 맞자. 그리고 겸손하게 견디자. 그러다 보면 다시 이 햇살을 보게 될 테니까.

여름 정원 일의 절반은 데드 헤딩dead heading 작업이다. 시들어버린 꽃이나 잎을 잘라주거나 따주는 작업이다. 데드 헤딩을 해주는 이유는 시들어버린 꽃이 씨를 맺기 위해 영양분을 흡수하는 것을 막으면서 다음 꽃이 다시 피어날 수 있도록 해주기 위해서다. 더불어 시든 꽃이나 잎에 모여들 수 있는 병충해를 예방하고 화단을 좀 더 단정하게 가꾸는 효과도 볼 수 있다.

모든 종류의 꽃에 데드 헤딩을 해줄 수 있지만 효과를 많이 보는 것이 진달래속*rhododendron* 식물, 동백꽃camellia, 라일락lilac, 작약peony, 장미다. 특히 장미는 데드 헤딩을 해주면 봄부터 여름까지 늘 새롭게 피어나는 꽃을 감상할 수 있다. 그 외에도 달리아dahlia 같은 구근식물과 금잔화calendula, 타제츠tagetes, 펠라르고늄pelargonium, 수령초fuchsia 등의 초본식물에 데드 헤딩을 해주면 좋다. 데드 헤딩을 할 때는 손가락을 이용해 가지의 마디 부분을 잘라주기도 하지만, 가지치기 가위로 봉오리 바로 밑을 잘라주는 것이 좋다. 자를 때에는 그 밑의 작은 눈이 손상되지 않도록 주의해야 한다.

데드 헤딩으로 모은 꽃과 줄기는 종종 드라이플라워로 만들어 집안을 장식하기도 한다. 라벤더는 7월에서 8월 사이에 꽃이 피면 꽃대를 잘라 모은 뒤 실로 묶어 벽이나 기둥에 거꾸로 매달아 말리면서 향기를 즐길 수 있다. 마麻로 주머니를 만들어 그 속에 라벤더 씨앗이나 꽃을 담아 옷장 속에 넣어두면 은은한 향이 옷에 밴다. 가을의 여왕이라고 불리는 국화는 데드 헤딩의 즐거움을 만끽할 수 있는 꽃이다. 국화는 꽃을 말려서 베갯속으로 사용하면 불면증 해소에 좋은 효과를 볼 수 있고 몇몇 종류는 꽃을 말려 차로 마실 수도 있다.

여우를 만나다

정원사의 일은 자연을 잘 이해해야 하는 일이기도 하지만 역설적으로 전혀 자연스럽지 않은 직업이기도 하다. 때로는 인위적으로 꽃이 피는 기간을 늘이기도 하고 성장의 속도를 조절하기도 한다. 가지치기도 그런 일 중의 하나로 상당한 과학적, 식물학적 지식을 요구한다. 가지치기의 일차적 목적은 나무가 잘 자랄 수 있도록 하는 것이지만, 인간이 원하는 크기와 모양으로 식물을 다듬으려는 노력도 들어가 있다.

정원에 나무를 심어놓으면 때론 지나치게 가지가 무성해지기도 하고 정원을 다 덮을 정도로 키가 커지거나 들쭉날쭉 심란한 모양으로 커나가기도 한다. 특히 완전히 다 자라기 전의 어린 나무는 가지치기를 어떻게 해주었느냐에 따라 다 자란 뒤 나무의 품위와 기품이 달라지기도 한다. 정규적으로 가지치기를 잘해준 나무는 늘씬하게 뻗은 8등신 모델처럼 자태가 남다를 수밖에 없다. 가지가 잘려나가는 건 식물에게 엄청난 고통이고 스트레스지만 식물은 상처를 잘 회복하고 다음 해에 더욱 튼튼해진다.

7월 내내 큐 가든 담장을 따라 늘어서 있는 동백나무와 아키비아akebia, 포도나무의 가지치기가 이어졌다. 나는 매번 가지치기 가위를 들고 나무 앞에 서면 긴장이 되곤 했다. 자를 가지와 남길 가지를 선별하는 건 생각보다 어려운 일이고, 남은 가지가 다음 해에 어떻게 자랄지 그려보는 작업에 시간이 많이 소요된다.

가지치기의 시기는 보통 꽃이 지고 난 후가 적합하다. 식물에 따라 가지치기를 하면 안 되는 식물도 있기 때문에 반드시 전문서적이나 전문가의 조언을 구해야 한다. 그러나 일반적으로 화분이나 정원에 심은 나무나 여러해살이풀은 기초 상식만 갖추면 비전문가도 어렵지 않게 할 수 있다.

- 먼저 식물의 형태를 어떻게 잡아줄 것인가를 결정한다.
- 결정된 형태에 따라 식물의 가지를 잘라주는데 반드시 식물의 눈을 확인하고 잘라야 한다. 자르는 위치가 무엇보다 중요한데 새롭게 가지가 뻗어나갈 수 있는 눈 바로 윗부분을 잘라주어야 하고 자라는 방향은 눈과 반대여야 한다.
- 눈의 방향을 잘 살펴서 내년에 가지가 어떤 방향으로 뻗게 될

는지를 머릿속에 그려야 한다.

- 가장 좋은 가지치기는 가지치기를 한 뒤에도 티가 나지 않는 것이다. 툭툭 자른 티가 많이 나는 가지치기는 식물에게도 좋지 않고 보기에도 안 좋다.
- 가지치기를 한 뒤에는 정기적으로 식물의 상태를 점검해줘야 한다. 스트레스를 이겨내지 못하고 가지가 죽는 경우도 많이 발생한다.

꽃시장 나들이는 언제나 기분이 좋다. 마음에 드는 꽃을 발견하고 살까 말까, 집 안 어디에 두면 좋을까 고민하고, 마침내 결정한 뒤 꽃다발이나 화분을 들고 집으로 오면 그 어떤 쇼핑보다 즐겁다. 그러나 우리가 흔히 보는 꽃이 오늘날 꽃시장에 등장하기까지 얼마나 많은 식물 탐험가들의 희생이 있었는지 짐작하기란 쉽지 않다.

식물 탐험가들의 활동은 서유럽 국가들이 신대륙을 발견한 때부터 본격적으로 시작됐다. 이들은 세계 오지를 찾아다니며 아직 세상에 소개되지 않은 식물을 채집하고 학명을 부여하고 씨를 받고 재배를 시켰다. 그들이 없었다면 지금 우리가 알고 있는 식물들의 수는 10분 1 정도로 줄었을 것이라고도 한다.

이들의 탐험에는 늘 위험이 뒤따랐다. 식물 탐험가로 잘 알려진 윌리엄 셰라드William Sherard는 식물을 채집하다 늑대의 공격을 받아 겨우 탈출했고, 존 로슨John Lawson은 원주민들에게 잡혀 고문을 받은 뒤 화형을 당했다. 리처드 커닝햄Richard Cunningham은 호주에서 원주민에 의해 살해됐고, 데이비드 더글러스David Douglas는 하와이에서, 조지 포레스트George Forrest는 티베트에서 산적의 습격을 피하려고 낭떠러지에 몸을 던졌다. 병마와 외로움, 야생동물과 벌레들, 원주민의 공격에도 이들은 탐험을 계속했다. 돈과 명예를 위해서가 아니라 당시 거의 무지의 영역이었던 식물 종을 탐구하고자 한 지적 열망 때문이었다. 이들이 죽음을 무릅쓰고 채집에 성공한 식물들은 지금도 그들의 이름을 종명에 달고 자라나고 있다.

아직도 식물학 분야는 여전히 미지의 과학 세상이다. 스웨덴의 식물학자 린네에 의해 식물들이 이른바 공식 이름을 갖게 된 것도 18세기에 들어와서의 일일 뿐이고, 우리는 아직 모르는 식물이 얼마나 되는지도 모르고 있다. 조금 더 안전해지고, 더 많은 지식을 갖추긴 했지만 여전히 많은 어려움 속에서 알려지지 않은 하나의 식물을 찾아 오지를 헤매는 식물 탐험가들이 있다. 그들 덕분에 우리가 얼마나 많은 즐거움을 누리고 있는지, 한 번쯤 그들의 희생을 기억하고 감사할 일이다.

· garden tips ·

식물의 과를 이해해야 하는 이유

영수네 집에는 영수도 살지만 영수네 부모님과 조부모님 그리고 형제자매도 함께 한다. 가족이라는 이름으로 묶여 있지만 성별도 다르고 성격도 다르고 모든 것이 다르다. 그럼에도 불구하고 분명히 영수네라는 유전적 공통점을 지니고 있다. 이런 맥락에서 식물의 과, 속, 종을 이해하면 쉽다.

식물로 다시 예를 들면 수선화의 식물학명은 *narcissus*다. 그런데 이 *narcissus*를 포함하는 좀 더 큰 의미의 속은 *amaryllidaceae*다. 이 속에는 *narcissus*뿐만 아니라 *galanthus*(스노드롭), *leucojum*(레우코줌), *amaryllis*(아마릴리스), *nerine*(네린)도 포함된다. 간단히 말하면 이들은 모두 한 집안 식구이기 때문에 꽃의 생김이나 형태, 습성에서 유전자적 공통점이 많다.

우리가 흔히 어떤 사람을 알아갈 때 누구의 아들이고, 그 집안 배경을 묻게 되는 건 그 사람을 이해하는 데 중요한 열쇠가 되기 때문이다. 같은 의미로 식물도 좀 더 멀리 집안 줄기를 찾아가다 보면 왜 그 식물이 그런 이름을 갖게 되었는지, 더불어 그 식물의 타고난 성품을 이해하는 데 도움이 된다.

템스 강변의 바람이 내 몸을 스친다. 습기가 없는 영국의 여름은 햇살이 온돌 아랫목처럼 뜨거워도 따끔거리기만 할 뿐 후텁하지는 않다. 강바람에 묻어 온 습기도 어느 새 날아가버렸는지 바람결이 바스락거린다. 참 깔끔하게 덥다.

테이트 모던에서 시작된 걸음이 셰익스피어 글러브를 지나 이제 강변에 늘어선 고급 고층 아파트를 지난다. 저 17평도 안 되는 아파트가 얼마라고 했던가. 숫자가 너무 많아서 헤아릴 엄두도 못 냈다. 그 고층 아파트 베란다마다 호기심에 고개를 잔뜩 내민 아이들처럼 화분 속 꽃들이 울긋불긋 목을 빼고 있어 지나가는 사람의 시선을 잡는다. 펠라고니움, 피튜니아, 팬지, 수령초, 금련화…… 참 다행이다. 저 꽃들이 없었다면 저 큰 덩치의 아파트가 얼마나 삭막하고 쓸쓸해 보일까. 강가에 늘어선 노천카페 천막과 가로등에 매달린 바구니 화분 안의 꽃들도 강가를 따뜻하게 살아나게 한다.

정원을 가질 수 없는 도시 사람들에겐 한 평도 안 되는 베란다라 해도 정원의 꿈을 품게 되는 곳이다. 테이블 하나를 두기에도 버거운 공간이지만 화분을 놓아두고 꽃을 심어 사계절을 즐긴다. 봄이면 그 작은 베란다 안에서 수선화, 튤립이 피고 여름이면 아가판투스와 라벤더가, 가을이면 국화, 코스모스가 작은 우주를 열어준다. 겨울 베란다가 쓸쓸하다고 마음 아플 것도 없다. 겨울이 있기 때문에 봄의 기다림도 있으니까.

유럽에서는 흙이 없이도 꾸밀 수 있는 베란다, 테라스 정원이 차별화된 정원의 한 분야로서 인기다. 서점에 가면 쉽게 찾아볼 수 있는 것이 바로 테라스, 베란다 정원 관련 책이기도 하다. 아파트 베란다에서 꽃을 보기 힘든 나라가 우리나라였던 것 같다. 그 소중한 베란다에 왜 이중 삼중 유리창을 달고 아예 거실로 만들어버려야 했을까. 더 좁은 평수에서 사는 유럽 사람들도 베란다를 터서 거실을 만들지 않는데……. 베란다는 꽉 막힌 아파트 속의 숨통과 같은 곳이다. 이곳으로 계절이 들어오고, 바람이 들어오고, 시간이 흘러간다. 그걸 막아버리고 없애버리는 건 정말 슬프고 답답한 일이다. 베란다를 열어두자. 그 안으로 자연이 조금이라도 들어올 수 있도록.

· garden tips ·

베란다에 적합한 알파인 정원

알파인 식물은 고산지대에 야생하는 식물군을 뜻하며, 보통은 키가 작은 여러해살이풀을 말한다. 최근 세계적으로 물 부족 현상을 겪게 되면서 정원사들은 물 낭비를 줄이는 동시에 정원 관리에 드는 시간과 비용도 줄일 수 있는 방법을 연구하기 시작했다. 그 대안으로 등장한 것이 바로 알파인 식물을 이용한 '알파인 정원alpine garden'이다. 알파인 정원을 만들 때 가장 중요한 요소는 물 빠짐이다. 진흙땅이라면 그 위에 두텁게 자갈이나 돌, 모래 등을 깔아 배수에 더 신경 써야 한다.

알파인 식물의 가장 큰 장점은 특별히 돌봐줄 필요가 없다는 점이다. 극심한 가뭄이 아니라면 물을 주지 않아도 되고 겨울 추위에도 잘 견딘다. 거름도 따로 필요 없다. 식물의 키가 대부분 30센티미터 이하이기 때문에 작은 정원에 적합하고 베란다에서 화분으로 키우기도 쉽다. 알파인 식물은 현재 우리나라에도 많이 보급돼 있다. 화원을 방문하면 손쉽게 구할 수 있다. 단 화단을 조성할 경우에는 잡초가 올라오지 않도록 잡초 제거를 철저히 해줘야 한다. 알파인 화단은 흙과 자갈을 반반의 비율로 섞어 밑흙으로 쓰고 표면은 자갈로만 덮어주는 것이 좋다.

큐 가든 언덕 위에 정자가 하나 있다. 둥근 지붕 밑에 기둥들이 원을 그리고 있다. 어느 곳 하나 막힌 곳이 없어 바람은 쉴 새 없이 들어왔다 휘 돌아나간다. 바람의 정자. 이름이 딱이다. 바람이 머물렀다 가라고 지은 정자일까, 바람을 불러들이려고 지은 정자일까. 봄에는 정자가 서 있는 언덕에 수선화가 만발했다. 여름이 되니 웃자란 잔디가 바람의 정자를 초원 위에 띄웠다. 겨울의 정자는 소복한 눈을 둥근 머리에 이고 있었다. 이 언덕에 정자가 없었다면 바람이 머물지도 못했을 것이고 이렇게 생명력을 뿜어내지도 못했을 듯싶다.

정자는 서양에서나 우리나라에서나 특별한 용도가 없다. 굳이 용도를 찾자면 휴식을 취하고, 명상을 하고, 책을 읽을 수 있는 장소가 되겠지만 뭘 딱히 하자고 짓는 건물은 아니다. 그런데 때로는 이런 용도 없음이 더없는 편안함을 준다. 일부러 앉으라고 만들어놓은 탁자와 의자보다, 일부러 공부를 하라고 만들어준 도서관의 자리보다 더 앉고 싶고 머물고 싶어진다. 그곳에 앉아 바람이 지나고 있음을, 시간이 흐르고 있음을, 내 삶이 지구 자전의 속도로 변해가고 있음을 느낄 뿐이다.

머물다 돌아가는 발걸음도 가뿐하다. 바람을 붙잡지 않듯 아무도 강요하지 않는다. 머무는 것도 내 마음 가는 대로 했듯이 떠나는 것도 내 마음 떠날 때 해도 된다. 없어도 그만이지만 있어서 자유로운

큐 가든의 바람의 언덕에 있는 정자. 매일 출근길 이 정자를 지나곤 했다.

공간이고 쉼이다.

이다음 정원을 만들 때는 언덕 위로 거침없이 달려온 바람이 한 번쯤 들러 쉬었다 가라고 정자 하나를 세워두고 싶다. 내 마음의 숨 가쁜 질주에도 쉼표 하나 찍어 갈 수 있는 정자 하나쯤 세우고 싶다.

눈이 마주치는 순간 덜컥 미안했다. 숨기고 싶어 하는 남의 비밀을 어쩔 수 없이 알아버린 뒤, 아는 척도 못하겠고 모른 척도 할 수 없는 그런 미안함처럼. 나보다 더 당황하고 있는 건 분명 여우였다. 들켰다는 낭패감이 여우의 눈빛에 역력했다. 망설이다 안 본 척 시치미를 떼려고 일부러 시선을 돌렸다. 눈은 하늘에 머물러도 신경은 온통 뒤통수 뒤 여우에게로 쏠려 있었다. 다시 고개를 돌려보니 그 자리에 여우가 없다. 하루에도 수백 명, 수천 명의 방문객이 드나드는 이 정원에 용케도 여우가 숨어 지내고 있었다. 여우가 사라진 나무 뒤 어느 쯤에 대고 마음으로 빌었다. '다음에 또 보자.'

정원 정자 뒤편에는 방문객들의 눈에 띄지 않게 숨겨놓은 오두막집이 있다. 그곳에 정원에서 쓰는 연장을 보관해놓는데 가지치기 가위를 찾으러 들어서는 순간 문앞에 있는 여우를 발견했다. 여우의 얼굴이 너무 예뻤다. 작은 얼굴에 오뚝한 콧날, 크고 까맣고 동그란 눈. 내가 본 동물 중에 제일 예쁜 얼굴이었다. 그래서 예쁜 여자들을 표현할 때 여우 같다고 했었구나.

영국에 여우가 많은 것은 지금도 비난을 사고 있는 귀족들의 여우 사냥 때문이다. 여우 사냥용으로 오스트리아에서 붉은 여우red fox 종을 수입했고, 그때 사냥에서 살아남은 여우가 지금도 영국의 산과 들에서 산다. 여우는 생긴 모습이 귀여워서 인간이 여러 차례 애완용으로 키워보려 노력했지만 실패한 동물이기도 하다. 자연 상태에서는 수명이 2, 3년 정도지만 장수하는 경우에는 10년까지도 생존이 가능하다. 영어의 'fox'는 '꼬리tail'를 의미한다. 여우는 꼬리에 유난히 털이 많고, 그 털은 부드럽고 풍성하다. 이 꼬리털 때문에 인간으로부터 참 많은 수난을 당했고 지금도 당하고 있다. 세계적으로 스물일곱 종이 서식하고 있는데 그 수가 급격히 줄어 보호 동물로 지정돼 있다.

그날 이후 이상하게 오두막에 들어설 때마다 여우 생각이 났다. 어떤 날은 다시 한 번 만날 수 있지 않을까, 기대감에 일부러 숨어서 오두막 앞을 지키기도 했다. 큐 가든 일을 마칠 때까지 두 번 다시 그 여우를 만나지 못했지만 지금도 그 예쁜 얼굴, 겁먹어 나를 바라보던 눈동자가 종종 떠오른다. 이럴 줄 알았으면 좀 더 자세히 얼굴 한 번 더 봐둘걸…….

이상하게도 이곳에서 12년째 일하고 있는 알리슨도 정원에서 여우를 직접 본 적은 없다고 것이다. 생텍쥐페리의 『어린 왕자』 속 여우의 말이 정말인지도 모르겠다. "네가 나를 길들인다면 나는 너에겐 이 세상에서 오직 하나밖에 없는 존재가 될 거야." "네가 오후 네 시에 온다면 난 세 시부터 행복해지겠지." 그날은 내 마음속에 한 번도 생각해본 적 없는 여우란 놈이 텀벙 뛰어든 날이었다.

빅토리아 시절은 영국인들에게 그리움의 시간이다. 영국이라는 나라가 '해가 지지 않는 나라'라는 별칭을 얻을 정도로 부강했던 시절이었기에 그렇겠지만, 어떤 면으로는 그 시절만큼 문화적으로 풍성했던 때가 없었기 때문이 아닌가 싶어진다. 정원 문화 역시 빅토리아 시절을 빼놓고는 말을 할 수 없다. 식민지에서 들여온 수많은 새로운 종의 식물들이 영국에 선을 보이면서 열대풍 정원은 물론이고 중국풍, 프랑스 양식 등 전 세계의 문화가 정원에서 어우러졌던 시기이기도 하다.

그중에서도 빅토리아 시대의 키친 가든kitchen garden을 정원 역사에서 빼놓을 수가 없다. 키친 가든은 풀이를 하자면 허브나 채소처럼 요리에 사용될 수 있는 식물을 이용해 꾸민 정원을 말한다. 그러나 우리가 흔히 떠올리는 채소밭과는 매우 다르다. 허브나 채소 등을 소재로 하지만 먹기 위해서가 아니라 화려한 장식을 위해 가꾸는 정원이 키친 가든이다. 일반적으로 키친 가든은 회양목 등을 이용해 기하학적 문양으로 화단을 만든 뒤 그 안에 채소와 허브를 심어 장식 효과를 높인다. 지금까지 남아 있는 키친 가든 중에 최고로 아름다운 정원으로 평가를 받고 있는 곳은 프랑스의 빌란드리 캐슬 정원Villandry Castle & Garden이다.

과연 채소와 허브로 정원을 만들면 어떤 형태의 정원이 만들어질까. 상상하기 힘들지도 모르지만 빌란드리 캐슬 정원을 보면 그 화려함과 현란함에 입을 다물 수가 없다. 보통의 경우 키친 가든은 채소와 허브 외에도 여러해살이 관목이나 꽃도 함께 이용하기 때문에 어떤 정원보다도 화려한 색채와 질감의 정원이 만들어진다. 게다가 이 모든 걸 먹을 수도 있다니, 한마디로 보기 좋은 정원이 몸에도 좋은 셈이다.

· garden tips ·

아이들에게 채소를 키우게 하자

채소를 싫어하는 아이들이 있는 가정이라면 정원에, 정원이 없다면 박스 화분 등에 채소를 심어 직접 키워보게 하면 좋은 효과를 거둘 수 있다. 채소는 생각보다 잘 자라기 때문에 물주기만 열심히 해도 좋은 성과를 거둘 수 있다. 우선 키우고 싶은 채소의 종류를 정하게 하고 스스로 모종을 사거나 씨앗을 뿌려 재배하도록 한다. 화분의 장식을 아이들에게 직접 맡겨도 좋다. 자신이 매일 보며 기른 채소에는 애정과 관심이 생기기 마련이다.

물론 물을 주는 방법, 거름을 왜 주는지, 식물이 잘 성장하기 위해서는 어떤 것들이 필요한지(빛, 영양분, 물), 잡초 제거와 달팽이의 피해를 줄일 수 있는 방법 등을 설명해주면 좋다. 키우기 쉬운 채소로는 상추, 감자, 콩, 시금치, 래디시, 아기당근 등이 있다.

여름과 가을엔 포플러나무 아래 꼭 서볼 일이다. 포플러는 소리가 참 예쁜 나무다. 바람이 포플러 나뭇잎을 지나며 들려주는 그 마찰의 아름다운 화음을 듣지 못한 채 여름을 보낸다면 누가 뭐래도 무의미한 여름이다. 포플러 잎은 줄기와 연결된 부분이 다른 나뭇잎보다 신축성이 훨씬 좋다. 그래서 약한 바람에도 앞뒤로 나뭇잎이 잘 뒤집어진다. 그 뒤집힘이 포플러의 소리를 만들어낸다. 그 소리는 바다의 파도 소리를 참 많이 닮았다. 태초의 모든 식물이 물속에서 와서일까. 파도의 소리를 닮은 포플러는 바다를 향한 그리움을 간직하고 있는 듯하다.

포플러는 빛나는 반짝거림의 나무다. 햇살 좋은 날 그 밑에 서면 햇별이 반짝거린다. 잔바람에 수시로 몸을 뒤집는 포플러는 한낮에도 반짝이는 별빛을 만들어낸다. 여름철엔 초록으로 가을엔 노란 별빛으로. 그 반짝거림 밑에 서 있으면 우주의 신비를 알 수도 있을 것 같다.

크게 세 종류의 나무를 포플러라고 지칭한다. 이 세 종류를 구별하는 방법은 나무껍질의 색깔이다. 나무껍질이 하얀 사시나무aspen종과 밤색인 코튼우드cottonwood tree(잎에 솜털이 붙어 있다), 일반적으로 포플러라고 부르는 좀 더 진한 검은색 나무가 모두 포플러다. 우리나라에서 가로수로 많이 심는 포플러는 줄기가 검은색인 양버들lombardy poplar이다.

garden tips

런던 가로수의 상징, 플라타너스

손바닥을 펼친 듯 잎이 다섯 장으로 갈라져 있어서 단풍나무로 착각하기 쉽지만 열매가 다르다. 단풍나무 열매는 프로펠러처럼 생겼지만 플라타너스 열매는 오돌토돌한 감촉의 공이 모양으로 그 안에 수많은 홀씨가 담겨 있다.

영국에서는 플라타너스를 특별히 런던 플레인London plane이라고 부른다. 1645년부터 런던 도심의 가로수로 플라타너스를 심었고 런던의 상징이 됐기 때문이다. 런던 플레인은 산업혁명 이후 그 진가를 발휘했는데, 대기오염으로 다른 나무가 모두 죽어가도 플라타너스는 씩씩하게 살아남아 런던을 더욱 푸르게 만들었다.

플라타너스가 런던에서 이렇게 성공을 거두자 세계 여러 대도시가 그걸 따라했다. 부에노스아이레스, 뉴욕, 파리……. 그래서 지금도 대부분 도시의 가로수로 플라타너스가 많다. 그러나 플라타너스에게도 치명적인 단점도 있다. 여름철에 날리는 솜털과 나뭇잎, 씨앗이 사람의 눈과 귀에 들어가면 통증을 유발한다. 그래서 어린이 놀이터 주변이나 집 안 정원에는 플라타너스를 심으면 안 된다. 뭐든 좋기만 한 건 없다.

일요일 점심, 주섬주섬 옷을 챙겨 입고 집을 나선다. 외식 문화가 거의 발달하지 않은 영국이라서 한 집 건너 한 집이 음식점이었던 한국이 시시때때로 그리워진다. 일요일 점심, 가끔이긴 하지만 집 근처에 있는 가든 센터에 들러 시간도 보내고 찻집에 앉아 차를 마시며 감자를 오븐에 구워서 치즈와 함께 주는 재킷 포테이토와 스프를 시켜 점심으로 먹는 게 거의 유일한 외식이기도 하다.

가든 센터는 일요일 나들이를 나온 사람들로 붐빈다. 천장까지 유리로 덮여 있는 온실 찻집에 앉아 한눈에 들어오는 가든 센터의 정원을 즐기며 점심을 먹는다. 배를 채우고 가든 센터의 외곽부터 구경을 시작한다. 봄을 맞아 막 내놓기 시작한 제비꽃, 팬지, 피튜니아가 한 가득이다. 한쪽 진열대에는 갖가지 모양과 색채의 화분들이 가득하고 연못가에 놔두면 그만일 돌로 만들어진 개구리, 오리, 고슴도치, 토끼가 눈을 잡아끈다.

가든 센터 안으로 들어서면 정원에서 쓸 수 있는 의자와 탁자, 겨울철에도 정원을 즐길 수 있도록 만들어진 야외 난로 등이 즐비하다. 정원 일을 하다 보니 유난스럽게 장갑 욕심이 생긴다. 가시 돋친 식물과 거친 흙을 만져야 하기 때문에 정원용 장갑을 정원 일의 필수다. 진열대 위에 있는 수십 종의 장갑은 일할 때가 아니라 외출할 때 끼고 가도 될 듯 꽃무늬가 화려하다. 가격이 만만치 않아 사고 싶은 마음을 몇 번이나 들었다 놓았다 한다. 쪼그려 앉아 일할 때가 많은 정원 일이라 무릎을 보호할 수 있는 방석이 요긴하다. 방석에 넣어진 무늬도 너무 예뻐서 깔고 앉기가 미안해진다.

한쪽 편에 꾸며진 연장 코너에서는 내 손에 꼭 맞는 정원용 삽이 마음을 흔든다. 정원사들뿐만 아니라 정원을 가진 사람들은 모두 자기 손에 맞는 낯익은 연장을 무척이나 아낀다. 생명이 없는 연장이라지만 오랜 세월 손에 길들여진 연장은 죽이 잘 맞는 친구와 함께 있는 것처럼 마음도 몸도 편안하게 해준다.

하루 종일 있어도 지루할 게 없다. 책도 보고, 차도 마시고, 꽃도 보고…….

정원은 단순히 예쁜 꽃을 심어놓고 그걸 보는 재미를 느끼는 공간은 아니다. 무얼 심을까 상상하는 즐거움, 심어놓은 식물이 잘 자라는 것을 지켜보는 시간의 즐거움, 흙을 일구며 땀 흘릴 수 있는 노동의 즐거움, 식물과 자연이 내게로 뭔가를 꾹꾹 넣어주는 충만의 즐거움. 정원은 그 모든 것을 즐기고 누리는 공간이다.

전능하신 신이 맨 처음 이 땅에 만든 것은 정원이었다. 그리고 진정으로 그것은 가장 순수한 인간의 즐거움이 되었다. 그것은 인간의 영혼에 가장 큰 상쾌함이 아닐 수 없고 정원이 없는 건물들과 궁전은 그저 난잡한 손재주에 불과하다. 인간은 알게 될 것이다. 문명이 발전할수록 더욱 견고한 건물을 만들겠지만 곧 그 눈은 아름다운 정원으로 향하게 된다는 것을, 정원을 가꾸는 일이야말로 가장 위대한 마지막 완성이 될 것이다.

— 프랜시스 베이컨

가을에서 겨울

정원에 울리는
시계 종소리

라벤더 씨를 받다

매시 정각이 되면 시간의 숫자만큼 시계탑의 종이 울린다. 지금보다 소음이 적었던 16세기에는 이 종소리가 인게이트스톤 마을 전체를 울렸다 한다. 시계를 머리에 이고 있는 건물은 2층 건물이다. 2층 지붕 위에 솟아 있는 사각형의 집 안에 둥근 시계가 들어 있다. 시계는 하얀 바탕에 까만 라틴 숫자를 따라 시침 분침을 걸쳐놓았다. 시계 밑으로 프랑스어인지 라틴어인지 모를 글귀가 보인다. 'SANS DIEU RIEN' 신 없이는 아무것도 없다는 뜻인 듯하다.

시계 위에 작은 종이 보인다. 종이 매달려 있다 해도 울릴 거라고는 생각도 못 했는데 매시간 종소리가 정원에 울려퍼졌다. 장미 정원에 물을 주며, 아가판투스 화단의 잡초를 뽑으며, 줄맞춰 선 라벤더의 꽃대를 자르며 시간의 흐름을 그 종소리와 함께 세어갔다.

살고 있던 집 근처에 있던 저택인 인게이트스톤 홀 정원의 입구 모습.
시계탑에선 매 시각 종이 울렸다.

정원 일은 시간을 잊게 한다. 흙일이 많으니 시계를 차지 않게 되고 휴대전화가 있긴 해도 시간 보자고 꺼내기가 번거롭다. 시간의 흐름이 없는 정원에서 시계 종소리만이 문득 시간을 깨닫게 해준다. 머릿속으로 세어지는 종소리가 열 번이면 오전에 있을 티타임이 다가온다는 의미고, 열두 번이면 점심 시장기가 느껴지고, 네 번이면 학교에서 돌아와 기다리고 있을 아이들 생각에 맘이 서둘러졌다. 지구의 자전속도로 움직이는 시계의 종소리는 생각보다 빨랐다.

정원에 울리는 시계 종소리와 함께 차곡차곡 쌓이는 시간들. 잔뜩 숙였던 고개를 들어 하늘을 올려다보면 영국의 구름은 한국보다 유난히 빠르게 흘러갔다. 나이 마흔에 영국의 푸른 하늘을 이렇게 바라볼 줄 몰랐지만, 그 하늘 밑에서 이렇게 일하고 있을 줄은 정말 몰랐는데 참 매번 삶이 신기하다.

내가 정원사로 일한 곳 중 하나인 인게이트스톤 홀Ingatestone Hall은 1539년에 만들어진 건물과 정원이 있는 곳이다. 총 면적 10헥타르(30만 평)로 시계탑이 있는 독특한 외곽 건물과 붉은 벽돌의 안채 건물 그리고 남쪽에 정원이 있다. 지어질 당시는 튜더 왕조 시대로 건물이나 정원 양식 모두 그때 형태 그대로다.

이 홀을 지은 사람은 헨리 8세 때 수상을 지낸 크롬웰의 수석 비서 윌리엄 피터다. 그는 여름별장으로 이 건물을 지었고, 그동안 세습되어 지금의 주인도 후손인 로드 경이다. 오랜 세월이 흘렀지만 건물과 정원의 보존 상태가 아주 좋다. 봄이 되면 어린 초등학생들의 견학이 이어졌고 가을과 겨울 홀에는 크고 작은 세미나가 개최되었다.

정원은 크게 네 부분으로 나뉘어 있다. 라임나무가 장승처럼 늘어선 입구 길, 붉은 벽돌담으로 둘러싸인 장미 화단의 폐쇄 정원, 지금도 주말이면 잔디 볼링을 치고 있다는 네모반듯한 잔디 정원, 숲속 산책길wildlife garden이 있다. 정원의 북쪽 숲은 옛날엔 꿩 사냥을 즐겼던 사냥터였다고 한다. 정원의 총책임자인 헤드 가드너는 스물아홉 살의 알렉스라는 청년이었다. 그 밑의 정원사로 나 그리고 같은 학교 출신인 로라, 파트타임으로 일하는 또 다른 알렉스(작은 알렉스라고 부름)가 있었다. 매일 아침 여덟 시에 정원에 도착하면 알렉스가 정원에서 해야 할 일을 말해줬고, 그 일의 필요에 대해서도 꼼꼼히 설명했다.

9월. 영국엔 슬슬 우기가 찾아오고 있었다. 비를 맞으면 유난히 더 초록이 짙어지는 영국 잔디에서 땅을 일구고, 잔디를 깎고, 꽃을 따고 말리고, 흙을 돌보고, 낙엽을 치우고……. 오랫동안 꿈꾸었던 초록의 삶을 영국의 남동쪽 작은 마을, 기찻길 옆 인게이트스톤 홀에서 이렇게 시작하고 있었다.

· garden tips ·

라임나무 이야기

라임나무lime tree로 불리는 나무의 식물학명은 *tilia*다. 라임나무는 독일과 미국에서 린든linden으로 불리기도 하는데, 아시아와 유럽의 온대성 기후 지역에서 자생하는 낙엽수로 30여 종이 있다. 레몬과 비슷한 열매인 라임이 열리는 나무와는 전혀 다른 종으로서, 열매 라임은 감귤류*citrus* 종인 *citrus aurantifolia* 나무에서 열리는 열매다.

라임나무는 독일인들이 가장 좋아하는 나무로, 독일에 린든이라는 이름을 가진 장소가 850군데가 넘는다고 한다. 북유럽에서는 라임나무에 미와 평화의 여신인 프레이야가 살고 있다고 믿었다. 라임나무에는 번개가 내려치지 않는다고 믿었는데 그건 천둥과 전쟁의 신인 토르가 프레이야를 아꼈기 때문이다. 또한 귀신과 재앙을 막는 힘이 라임나무에 있다고 믿어서 집 안에 심어두고 신성시했다.

라임나무에 피는 꽃은 완두콩 모양의 작은 꽃이지만 향기가 진해서 벌들이 아주 좋아한다. 그래서 라임나무를 이용해 양봉을 하기도 하는데 이때 모아진 꿀은 '라임꿀'이라는 이름으로 값비싼 가격으로 팔린다.

어느 날 로라가 혹시 시계탑에 올라가고 싶은 생각이 있느냐고 물었다. 물론이라고 했더니 두 알렉스가 "우~ 정말로 올라갈 생각이냐"고 겁을 줬다. 둘의 표정을 보니 시계탑은 뱀파이어나 드라큘라라도 불쑥 튀어나올 곳처럼 보였나 보다.

점심을 먹고 로라와 함께 시계탑으로 향했다. 아치 뒤편의 작은 문을 열고 가파른 계단을 오르는데 여기저기 얽힌 거미줄과 오랫동안 비어둔 건물에서 나는 쾌쾌한 냄새, 먼지도 가득했다. 계단이 끝나자 사각의 큰 공간이 이어졌다. 이곳이 밖에서 보던 시계탑 건물의 2층이었다.

회색빛 먼지가 뿌옇게 쌓인 공간에 버려진 의자와 탁자, 벽난로……. 겁먹은 눈이 공간 구석구석을 쫓느라 처음엔 눈치 채지 못했는데 이내 초점이 돌아오자 거실의 윤곽이 보였다. 로라가 옛날엔 이곳에서 홀의 정원사가 기거했다고 설명해주었다. 뿌연 회색 먼지를 털어내고, 벽난로에 불을 붙이고, 깨끗하게 청소한 탁자에 김이 나는 주전자를 올려놓고, 창문으로는 노랗게 물들어가는 쭉 뻗은 라임나무 가로수길이 보이고……. 상상을 보태니 아주 괜찮았을 거실이다.

거실을 지나니 부엌이다. 그 뒤쪽에 작은 문이 하나 더 보였다. 문을 열자 바로 시계탑으로 올라가는 비상계단이 나왔다. 거의 직각으로 놓여 있는 사다리를 타고 올라간 반 평 정도의 사각형 공간. 그곳이 시계의 내부였다. 피노키오의 아빠였던 제퍼드 영감이 들어가 본 고래 배 속도 이랬을까. 시계 내부는 복잡한 톱니바퀴와 긴 밧줄과 추, 시계의 규칙적인 소음만이 있었다.

로라는 매일 오후에 한 번씩 이곳에 와서 시계태엽을 감아준다고 했다. 무거운 추가 매달려 있는 밧줄을 잡아당겨 분침과 시침의 태엽을 한 번씩 감아주었다. 이 큰 시계가 16세기에 만들어졌으니 태양열로 돌아갈 리도 없고 수동으로 움직이고 있었을 텐데, 누군가 태엽을 감아주고 있었을 거란 생각을 한 번도 못했다. 시계탑을 내려오며 로라는 시계 태엽감기는 이곳 정원사들의 오래된 전통이라고 했다. 왜일까. 집사를 비롯한 건물 관리인들만 해도 수십 명에 달했을 곳인데 시계의 태엽을 감아주는 일이 왜 정원사의 몫이었을까. 시간과 정원사. 하긴 정원사보다 더 잘 어울렸을 사람도 없을 듯하다.

시간은 저절로 흘러가지만 시계는 저절로 가는 법이 없다. 태엽이든 배터리든 사람이 주는 에너지가 필요하다. 로라와 알렉스에 의해 하루에 한 번 이렇게 태엽이 감겨 돌아가는 이 시계처럼, 우리 삶의 시계도 실은 우리가 감아주는 만큼만 돌아가고 있는지 모른다.

정원 일은 보통 아침 8시에 시작한다. 10시 30분은 점심 전에 갖는 첫 번째 티타임이다. 영국 사람이라면 누구나 금쪽처럼 여기는 잉글리시 티타임. 처음엔 그냥 쉬는 시간이 생겨 좋았는데 석 달 넘게 그들과 함께 정원 일을 하면서 나도 잉글리시 티타임을 너무 좋아하게 되었다.

스태프들이 사용하는 티룸이 따로 있지만, 주로 알렉스의 한 평 정도 되는 작은 거실에서 티타임을 가졌다. 거기엔 작은 벽난로와 나무로 짠 4인용 작은 식탁과 의자가 놓여 있었다. 가을이 깊어지면서 티타임에 알렉스의 거실을 찾으면 전날 밤 벽난로에서 태운 나무 냄새가 집 안에 고소하게 배어 있곤 했다. 나무 탄 냄새는 참 구수하다. 누룽지 맛처럼.

달랑 세 사람인데도 차를 마시는 모습은 제각각이다. 난 홍차에 우유만 넣지만 작은 알렉스는 설탕도 넣어 먹는다. 큰 알렉스는 우유를 빼고 설탕만 넣는다. 집주인인 큰 알렉스는 티타임에 곁들어 먹을 과자를 늘 사다 놓는다. 비스킷을 좋아하지 않는 나도 이 차와 함께 먹는 비스킷 서너 개는 즐긴다. 티타임은 11시까지 딱 30분. 한숨 돌리며 두 알렉스와 이런저런 소소한 이야기를 나눈다.

영국 사람들을 사귀려면 한 잔의 티를 나누라는 말이 있다. 시간이 가면서 그 말의 의미를 자연스럽게 체득하게 되었다. 갈색 잉글리시 티 속에 담긴 것은 차가 아니라 대화였다. 지금도 습관처럼 10시 30분이 되면 잉글리시 티가 그리워진다. 아니 쓸데없는 그런저런 대화가 그리워진다.

garden tips

차 이야기

차는 차나무의 잎과 눈 혹은 잔가지 등을 따서 말리고 찌고, 다시 말리는 작업을 거쳐 만들어낸 것으로 뜨거운 물에 담가 우려먹는 것을 통칭한다. 차에는 크게 그린티, 우롱티, 블랙티가 있는데 재료가 다른 것은 아니고 어느 시점에 가공하느냐에 따라 구별한다. 찻잎을 따자마자 가공하면 그린티가 되고, 좀 더 산화를 시킨 뒤 가공하면 우롱티, 가장 오래 산화를 시킨 경우가 블랙티가 된다. 블랙티가 영국인이 즐겨 먹는 홍차다.

차나무의 공식 식물명은 *camellia sinensis*이며, 우리가 알고 있는 동백과 사촌지간이다. 원산지는 남아시아 혹은 동남아시아 지역이지만 지금은 전 세계적으로 열대와 아열대 기후에 접해 있는 지역에서 광범위하게 재배되고 있다. 차나무는 잎이 부드럽고 손으로 만졌을 때 물기가 촉촉이 느껴지는데, 이런 특징을 갖는 다른 식물들처럼 물을 많이 필요로 한다.

아침부터 비가 내린다. 정원에 비가 내리면 정원사들은 일단 하던 일을 멈춘다. 오두막집에 들어가 비가 그치기를 기다리며 이야기를 나눈다. 정원사라고 정원에 관련된 이야기만 나누지는 않는다. 큰 알렉스가 다가오는 크리스마스 때문에 스트레스를 받는다고 하자, 로라는 왜 크리스마스를 힘들어하냐며 즐기라고 한다. 작은 알렉스는 새로 고치고 있는 자기 집 부엌이 너무 기대된다고 한다. 난 크리스마스에 칠면조 요리 말고 뭘 먹느냐고 물었다.

얼마쯤 지나 비가 어느 정도 수그러들어 다시 정원으로 나갔다. 아직 부슬부슬 비가 내리고 있었지만 아랑곳없이 정원 일을 시작한다. 영국 속담에 "하느님은 정원사에게 휴일을 주기 위해 비를 만드셨다"고 한다. 그래서일까. 비 오는 날, 비에 젖은 정원은 좀 더 고요하고 내 마음도 더없이 고요하다.

정원에서 일을 하려면 몇 가지 기본 용품이 필요하다. 발등과 발 전체를 보호하는 안전화, 비옷, 작업용 가죽장갑이다. 정원 일이라는 게 대부분 포크, 갈고리, 삽처럼 무시무시한 연장을 쓰는 일이라서 자칫하면 발등을 깨거나 상처를 입을 수 있다. 그래서 안전화는 반드시 필요하다. 가시 많은 식물로부터 손을 보호하기 위해 가죽장갑은 필수다. 비 오는 날에도 정원 일을 하기 때문에 비옷도 필요하다.

속담과 달리 비 오는 날에도 제법 할 일이 많다. 흙은 바싹 마르면 한 삽 떠내기도 힘들지만 촉촉이 내리는 비라면 흙일에도 적당하다. 뿌리가 깊은 여러해살이 잡초를 제거하는 작업도 이때가 좋다.

· garden tips ·

식물을 지키고 키우는 미생물의 힘

간단히 말하면 식물이 자라는 데는 세 가지의 요소가 꼭 필요하다. 물, 공기, 영양. 그런데 거름은 이 세 가지 요소를 식물에게 공급해주는 중요한 역할을 한다. 거름은 정원사에게 가장 중요한 무기고 자원이다. 흔히 거름을 직접 만들어 쓰는 것은 매우 번거롭고 힘든 일이라고 생각하지만 실은 매우 단순하고 쉽다.

거름의 재료는 나뭇잎, 꽃잎, 나뭇가지, 우리가 먹다 남긴 채소와 달걀껍질, 심지어 종이까지도 포함된다. 다만 양념을 넣고 끓이거나 튀긴 음식의 찌꺼기는 거름이 되지 못한다. 가장 중요한 것은 기다림이다. 거름을 만들 장소를 정하고 거기에 이 모든 재료를 쌓아둔 다음, 잊고 지내면 박테리아와 균이 햇볕, 공기, 물을 이용해 이 쓰레기를 진한 밤색의 보드라운 거름으로 바꿔놓는다. 다만 거름을 모아놓는 장소가 지저분해 보이는 게 싫다면 용기를 이용해 보관하면 좋다.

가지치기 가위로 라벤더 꽃대를 자를 때마다 향기가 난다. 9월의 영국 햇살은 아직도 여름 기운이 그대로 남아 따갑다. 얼굴이 탈까 봐 살짝 해를 등지고 서서 라벤더 꽃대를 자른다. 바람이 마침 앞에서 불어 내 등 뒤로 날리면서 라벤더 향기가 내 온몸 구석구석으로 스민다. 내가 제일 좋아하는 향. 빨래를 할 때 넣는 세제와 섬유 유연제, 집 안에 뿌리는 방향제, 샴푸까지도 라벤더 향을 가장 좋아한다. 라벤더는 꽃 색깔 때문인지 향기에서도 보랏빛이 느껴진다.

인게이트스톤 홀 정원에서 일을 시작하던 첫날, 알렉스가 가장 먼저 내게 시킨 일은 가지치기 가위로 라벤더 꽃대를 잘라주고 거기에서 씨를 받아내는 일이었다. 큰 농장에서라면 물론 기계를 이용하지만 장미 정원의 가장자리를 둘러싼 30여 그루의 라벤더는 가위를 이용해 잘라야 했다.

라벤더의 식물학명은 *lavandula*이고 지중해 지역과 열대 아프리카 지역이 원산지로 25~30여 종이 존재한다. 생긴 모양에 따라 잉글리시 라벤더lavandula angustifolia와 프렌치 라벤더lavandula stoechas로 구별하기도 하는데, 잉글리시 라벤더는 둥근 공 모양의 깨알 같은 보랏빛 꽃이 피어나지만 프렌치 라벤더는 토끼 귀처럼 생긴 꽃잎(정확하게는 꽃잎이 아니라 포包, bract이다) 밑에 촘촘히 보랏빛 꽃이 달려 사람들의 눈길을 사로잡는다. 관상용으로는 프렌치 라벤더가 낫다고 볼 수 있지만 쓰임새는 잉글리시 라벤더가 더 많다. 프렌치 라벤더는 향기가 없기 때문에 오일을 짜거나 드라이플라워를 만들거나 라벤더 향수를 만드는 일에는 영 쓸모가 없다. 라벤더는 이미 고대 그리스, 로마 시절부터 빨래를 한 뒤 옷감에 향기를 입히는 천연 향신료로 사용해왔을 만큼 향기의 역사가 깊다. 방향제의 효시가 된 포푸리에도 라벤더가 중요한 재료였다. 유럽에서는 이 라벤더를 요리에도 많이 활용했는데 설탕lavender sugar을 만들거나 케이크를 장식하고 차를 만들어 먹기도 했다.

처음이라는 건 추억이 아니라 본능이라고 한다. 추억으로 남겨지는 것이 아니라 본능으로 뇌에 새겨지는 것이라는 뜻이다. 정원사로 맨 처음 한 일이 라벤더 씨를 모으는 일이었다는 것이 두고두고 고맙다. 지금도 정원 일을 생각하면 머릿속엔 라벤더 향기가 되살아난다. 만약 알렉스가 맨 처음으로 내게 준 일이 거름 주는 일이었다면 두고두고 정원 일을 떠올릴 때마다 거름 냄새를 맡았을지도 모른다. 물론 거름 냄새 또한 그리 싫은 것은 아니지만.

· garden tips ·

채소밭을 지키는 파수꾼 식물, 나스터튬과 메리골드

나스터튬*nasturtium*(한련화, 금련화)은 꽃과 잎이 모두 식용 가능한 식물이면서 더불어 메리골드와 함께 채소밭을 지키는 파수꾼으로도 중요한 역할을 한다. 최근 들어 전 세계적으로 무농약, 무공해 채소 재배와 정원 가꾸기가 유행하면서 해충의 접근을 막는 식물이 크게 인기를 끌고 있는데, 그중 가장 인기 높은 식물이 나스터튬과 프렌치 메리골드*tagetes*다. 이 두 식물은 지독한 향기와 뿌리의 특수 성분으로 해충이 채소밭으로 다가오는 것을 막아준다.

잔디는 바탕이다. 아무리 아름다운 꽃을 피워놓아도 바탕이 좋지 않으면 영 맛이 안 난다. 잘 자란 잔디를 배경으로 화단에 꽃이 피어나면 그 아름다움이 더 빛을 낸다. 나는 잘 깎아놓은 잔디를 보면 금방 이발한 남자 아이의 잘생긴 머리통을 보는 것처럼, 방금 면도를 마친 남자의 말끔한 턱선을 보는 것처럼 기분이 신선해진다.

어느 날 알렉스가 잔디 깎는 기계를 사용해봤냐고 물었다. 해본 적 없지만 꼭 하고 싶다고 했더니, 작은 차처럼 생긴 대형 기계를 내왔다. 간단한 작동법을 배우고, 깎은 잔디를 버릴 장소를 확인한 뒤 귀마개를 쓰고 잔디 깎기를 시작했다. 축구장 두 배쯤 되는 정원의 잔디를 오전 내내 깎았다. 잔디를 깎는 일은 기분을 좋게 한다. 치렁거렸던 머리를 반듯하게 자르는 것처럼.

정원의 역사를 보면 너른 평야를 잔디로만 뒤덮는 이른바 잔디 정원은 영국에서 시작됐다고 한다. 물론 그전에도 잔디를 정원에 심기는 했지만 일부 화단이나 작은 공간에 관상용으로 심었을 뿐, 잔디를 광활한 면적에 펼쳐놓는 정원의 형태는 발견되지 않는다. 영어의 잔디밭 혹은 잔디가 깔린 공간을 뜻하는 lawn은 로만어의 laund에서 유래한 말로 '열린 공간, 나무를 없애다'라는 뜻이다. 영국인들은 공원과 사냥터에서 나무를 쳐내고 잔디를 까는 독특한 정원 형태를 발전시켰는데, 초록의 잔디가 카펫처럼 깔려 있다고 해서 카펫 그라운드carpet ground 혹은 카펫 워크스carpet walks라 부르기도 했다. 빅토리아 시대로 들어오면 영국인들은 사각형 정원에 잔디를 깔고 여기에 화단을 조성하는 빅토리아식 정원을 발전시킨다.

18세기 영국의 잔디 정원이 절정에 달했을 때 유럽의 왕족과 귀족들은 영국의 잔디 정원을 극찬하면서 자신들의 정원에도 잔디 정원을 만들어달라고 정원사에게 요구했다. 이후 유럽의 정원에도 잔디 정원이 유행처럼 번지면서 오늘날까지 가장 보편적인 정원의 형태로 자리를 잡게 된다. 결론적으로 오늘날 정원에 잔디를 깔고 거기에 화단을 조성하는 방식은 영국 빅토리아 시대의 양식을 그대로 따온 것이라고 보면 된다.

영국하면 유난히 초록이 먼저 떠오르는 이유는 드넓은 공원과 초록의 잔디 들판 때문이다. 그 잔디에서 걷고, 뛰고 눕고 낮잠을 즐기고……. 영국인들에게 잔디는 보호해야 할 줄 안의 공간이 아니라 그저 즐김의 대상이다. 그게 난 너무 부럽고 좋다.

· garden tips ·

잔디 관리 요령

정원사들은 잔디만 보고도 정원사의 실력을 가늠하게 된다. 잔디는 그만큼 관리가 까다롭고 어려운 분야다. 일반적으로 잔디는 축구장, 테니스장 등 스포츠 경기를 하기 위한 질 높은 잔디fine lawn와 산책도 하고 걷고 즐기는 관상용 잔디ornamental lawn로 구별하는데 어떤 잔디를 원하느냐에 따라서 관리 방법도 달라진다.

스포츠용 잔디라면 잔디 길이가 6~13밀리미터 정도가 적당하고, 관상용 잔디는 13~40밀리미터까지 좀 더 길게 자라도록 놔둬도 된다. 잔디를 너무 짧게 자르는 것은 피해야 하는데 잔디의 뿌리가 얕아지면서 튼튼하게 뿌리를 내리지 못하는 원인이 된다. 또 너무 길게 자라도록 내버려두는 것 역시 듬성듬성 자라는 원인이 된다. 정기적인 잔디 깎기는 잔디 관리에서 가장 중요한 부분이다.

잔디를 깎아주는 간격은 지역과 계절에 따라 약간씩 달라지기는 하지만 사계절 에버그린 잔디의 경우는 3월부터 시작해 10월까지 여름에는 주 2회 정도(잔디가 촘촘할 경우), 봄과 가을에는 일주일에 한 번 정도 깎아주면 된다. 길이는 기존 길이의 3분의 1 정도를 잘라주는 것이 가장 적절하다.

겨울에 동면기를 갖는 우리나라 잔디의 경우는 10월이 되면 30~40밀리미터 정도가 되도록 길게 깎아주는 것이 좋다. 월동에 대비하야 하므로 너무 짧게 깎으면 잔디가 스트레스를 받는다. 깎은 잔디는 반드시 없애야 한다. 그대로 두면 썩어서 거름이 될 수도 있지만 그로 인해 잔디가 숨을 쉬지 못하고 썩거나 병원균이 서식하는 장소가 되기 십상이다.

울타리 이발시키기

라임나무가 파르테논 신전의 기둥처럼 늘어서 있다. 혼자 있어 고고한 나무도 있지만 여럿이 어우러져 더 힘이 나는 나무도 있다. 라임나무는 혼자보다는 여럿이 함께 줄을 맞춰 서 있으면 더 멋있고 힘차다.

인게이트스톤 홀의 입구. 장식이 화려한 철문 안으로 라임나무가 퍼레이드를 위해 정렬한 병사들처럼 늘어서서 오는 사람을 맞는다. 100미터는 족히 되는 큰 길 양쪽으로 늘어선 라임나무는 가로수로서 가장 사랑 받는 나무 중 하나다. 쭉 뻗은 큰 키와 우거진 나뭇잎이 가로수로서 안성맞춤이다.

큰 길을 사이에 두고 양 옆으로 정렬하듯 큰 나무를 늘어서게 하는 이른바 에비뉴 정원avenue garden 양식은 마차가 생겨나면서 새롭게 시도된 정원의 형태다. 사람들이 마차를 이용하기 시작하면서 집 건물은 더 안으로 들어갔다. 대문을 통과한 마차가 집으로 달려가는 동안 양 옆에 아름드리 가로수가 펼쳐진다. 그 길에 나무를 심기 시작한 건 저택이 훤히 보이는 걸 막기 위해서였다.

가로수는 길을 만들어 자연스럽게 저택으로 들어서는 통로를 만들어주는가 하면 무성한 잎으로 저택을 가려 신비감을 더해주는 역할을 하기도 한다. 원래는 유럽의 저택 정원에서 시작됐지만, 훗날 도심의 도로 가에 심어지면서 거리 나무street tree로 발전되어 오늘날 오래된 도심에서 쉽게 볼 수 있는 이 가로수 길이 생겨났다.

라임나무를 가장 사랑하는 사람들은 독일인인 듯하다. 독일 사람들은 라임나무에 미의 여신, 인간의 삶을 인도해주는 안내자의 여신 프레이야가 살고 있다고 믿었다. 여름 내내 그 멋진 잎으로 그늘을 만들어주던 라임나무는 가을이 되자 노란 연두로 잎을 바꾸어 입었다. 그 길을 매일 걸으며 라임나무가 언젠가 내게도 삶의 길을 인도해주지 않을까 기대하곤 한다. 내 삶이 어디서 시작됐고, 어떻게 가야 하고, 어디에 머물러야 하는지 알고 싶다고 늘 되뇐다.

하루 내내 산사나무의 가지치기를 했다. 알렉스가 웃자란 산사나무의 가지를 쳐내면 난 그걸 질질 끌어 트럭에 실어 올렸다. 산사나무에는 가시가 가득하다. 가시 많은 나무는 정원 일을 하는 사람에겐 더없이 고약하지만 집주인에게는 사랑을 많이 받는다. 우리나라나 영국이나 울타리 목으로는 가시 많은 나무가 주종이다. 엄나무, 탱자나무, 호랑가시나무……. 가시가 담장을 넘으려는 도둑의 마음을 싹 가시게 만든다. 귀신을 쫓는다는 표현은 실상 귀신처럼 남의 집 담을 넘는 밤손님을 겨냥한 말이었을 거다.

영국에서는 산사나무를 호손hawthorn이라고 부른다. 공식 식물학명은 *crataegus*. 가시가 있다는 것도 그렇고 꽃의 모양도 그렇고 자세히 보면 장미와 많이 닮았는데 유전학적으로도 장미과 나무다. 산사나무는 유럽과 아프리카, 아시아 지역에서 자라는데, 어린 나무는 줄기에 1~1.5센티미터의 매우 날카로운 가시를 지닌다. 하얀색 홑겹의 꽃이 5월에 피기 때문에 꽃 이름을 특별히 메이플라워may flower라고 부른다.

유럽에서는 산사나무가 우리와 다른 세상, 특히 요정의 세계로 안내해주는 나무라고 여겼다. 때문에 이 산사나무를 함부로 베어내는 것을 경계했고, 특히 꽃이 피어나는 시기에 베면 재앙이 온다고 믿었다. 맨 처음 영국 이민자들을 태우고 미국으로 떠났던 배 이름 또한 메이플라워 호였다. 배고픔에 지친 농부들이 대부분이었던 이민자의 배에 그런 이름을 붙인 이유는 산사나무의 꽃으로 부드러운 바람을 불러주고 산사나무의 날카로운 가시로 재앙을 막아달라는 간절한 소망 때문이었다.

하루 종일 그놈의 산사나무와 씨름하고 왔더니 기운이 쪽 빠져 손가락 하나 까딱하기가 힘들다. 조심했지만 어쩔 수 없이 가시에 찔린 자리가 욱신거린다. 가시는 나를 지키는 힘이기도 하지만 나를 해치는 무기이기도 하다. 그래서 내 몸에 가시를 돋울 때는 몇 번 쯤은 참아야 하고, 또 몇 번쯤은 망설이고 주저해야 한다.

· garden tips ·

산사나무와 새들의 공생

산사나무는 나무와 새들이 어떻게 서로 도우며 살아가는지를 잘 보여준다. 산사나무의 흰 꽃이 지고 나면 작은 열매가 열리는데 이것을 호haw라고 부른다. 이 열매는 지빠귀와 여새의 식량이 되는데 열매의 과즙은 새들의 배 속에서 영양분으로 흡수되지만 씨앗은 그대로 남아 배설을 통해 다시 밖으로 나온다. 하늘을 자유롭게 나는 새들은 멀리 날아갈 수 있고 새의 배설물과 함께 땅으로 떨어진 씨앗은 그곳에서 싹을 틔운다. 씨앗을 멀리 퍼뜨릴 수 없는 나무들의 선택이고, 식량을 확보해야 하는 새들의 결정이 만들어낸 아름다운 공생이다.

인게이트스톤 홀의 아치문을 지나 본관 건물로 들어오면 양 옆으로 반듯하게 잔디 깔린 중정이 보인다. 잔디는 본디 줄기에서 뿌리가 나와 번지는 습성 때문에 아무리 정갈하게 갈무리를 해놓아도 가장자리가 늘 지저분하다. 그래서 일 년에 두 번 정도 깔끔하게 가장자리 갈무리를 하는데 그걸 에징edging이라 한다.

9월이라고 하지만 날이 계속 덥다. 쨍쨍 내리쬐는 잔디에서 내내 일을 하자니 그늘이 아쉬워 물푸레나무 그늘을 찾았다. 참 희한하다. 물푸레나무라서 그런가. 나무 그늘조차 푸르름이 감돈다.

이곳에서는 물푸레나무를 재나무ash tree라 부른다. 식물학명은 *fraxinus*. 물푸레나무는 워낙 단단하고 강해서 연장의 손잡이나 야구방망이 그리고 악기의 몸통을 만드는 데 쓴다. 우리가 이 나무를 물푸레나무라 부르는 건 '물을 푸르게 하는 나무'라는 뜻 때문이다. 껍질을 벗겨보면 안쪽이 푸른데 이걸 물속에 담그면 물이 푸른색으로 변한다. 옛날 절에서는 스님들이 물푸레나무 껍질을 물에 담가 푸른 물이 나오면 여기에 재를 섞어 회색 승복을 만들어 입었다고 한다. 또 물푸레나무를 달인 물에 먹을 갈아 글을 쓰면 몇 백 년이 지나도 지워지지 않는다. 그래서 일본에서는 문신을 새기는 데도 물푸레나무 달인 물을 쓴다.

북유럽 신화에 따르면 우리가 살고 있는 우주인 위그드라실은 세계수인 물푸레나무에 의해 떠받쳐지고 있는데, 가지는 아홉 개의 서로 다른 세상으로 통하고, 줄기는 우주의 중심축인 미그라드를 관통하고, 뿌리는 지옥으로 이어진다고 한다. 일본 애니메이션 영화 〈천공의 성 라퓨타〉는 『걸리버 여행기』의 하늘을 나는 성에서 모티브를 따왔고, 이는 북유럽 신화에서 유래했다는 설이 있다.

그 크기와 정체를 밝혀낼 길 없는 우주는 정말 어떤 것일까. 그 속의 깨알보다 작은 우리는 과연 어떤 존재일까. 우주가 만약 살아 숨쉬는 어떤 생명체라면, 북유럽 사람들의 상상처럼 나무일지도 모르겠다.

영국에서 가장 흔히 보는 울타리 목 가운데 하나가 너도밤나무다. 흔히 비치beech라고 부르는데 식물학명은 *fagus*다. 인게이트스톤 홀의 건물 뒤쪽에도 너도밤나무 울타리가 내 키를 훌쩍 넘기며 늘어서 있다.

어느 햇살 좋은 날, 이 너도밤나무 정리에 들어갔다. 일단 웃자란 키를 줄여주고 좀 더 반듯하게 모양을 잡아주는 일이었다. 식물에게는 고통스러운 시간이겠지만 이렇게 해줘야 내년에도 튼튼하게 자란다.

트리밍trimming이라고 불리는 엔진 톱과 사다리, 귀마개를 준비하고 울타리 앞에 섰다. 큰 알렉스가 사다리 위에 올라가 톱으로 나뭇가지를 쳐내면 작은 알렉스가 밑에서 기다리고 있다가 떨어진 가지와 잎사귀를 갈고리로 모아 정리했다. 나는 트랙터를 몰아 수거한

가지와 잎들을 거름 만드는 장소로 옮겨줬다.

이름이 재미있다. 너도밤나무라니. 자세히 보면 정말 밤나무를 많이 닮긴 했다. 다른 점이 있다면 진짜 밤나무보다 잎 모양이 더 동글동글하고 열매도 밤송이보다 작다는 것뿐. 너도밤나무는 재질이 물러서 주로 장롱을 짜거나 책상, 탁자, 의자 등을 만드는 데 요긴하게 쓰인다. 연하고 고운 색상 때문에 바닥재로도 쓰인다.

어쩜 그렇게 이야기도 잘 만들어냈는지. 너도밤나무에 얽힌 전설은 이렇다. 귀한 집 아들이 태어났는데 산신령이 나타나 밤나무 백 그루를 심어야 아이가 무사하다고 말한다. 그래서 부부는 열심히 백 그루의 나무를 심었는데 그만 한 그루가 죽고 아흔아홉 그루만 살아남는다. 부부는 절망했다. 산신령이 다시 찾아와 하나가 빠진 아흔아홉 그루의 나무를 확인하는 순간 산골짜기 저 밑에서 웬 나무가 소리친다. "나도 밤나무요." 산신령이 확인하고 대답해준다. "너도 밤나무구나." 그래서 부부는 무사히 아들을 구할 수 있었다 한다.

왜 이런 전설이 생겼을지는 충분히 짐작이 간다. 밤나무와 닮았는데 진짜 밤나무는 아니다. 그리고 '나도밤나무'도 있는데 밤나무와는 전혀 상관없다. 얼핏 보면 잎사귀 모양이 밤나무인 듯싶지만 매달리는 열매의 형태나 나무의 습성이 밤나무와는 전혀 다르다.

결론적으로 너도밤나무는 밤나무과이지만 나도밤나무는 밤나무과가 아니다. '너'라는 의미는 나 아닌 다른 사람이 인정을 해준 것이고 '나'는 다른 사람과는 상관없이 내가 우겨댄 꼴이다. 결국 우리는 내가 아닌 다른 누군가에 의해 정의되는 존재라는 의미일까.

· garden tips ·

나무를 도끼로 찍어낸 에리직톤의 벌

그리스 시대에도 나무는 귀중한 것이었고 함부로 베어내는 것은 저주받을 행동으로 여겨졌다. 대지의 모든 나무와 풀, 곡식을 관장하는 여신 데메테르는 자연을 훼손하거나 보호하는 인간의 행동에 벌과 상을 정확히 내린 엄정한 여신으로 유명하다. 아마도 데메테르 여신으로부터 가장 잔혹한 벌을 받은 사람이 에리직톤일 것이다.

그는 사치에 눈이 멀어 궁전을 짓기 위해 무차별적으로 나무를 잘라낸 왕이다. 데메테르는 분노했고 에리직톤에게 배고픔의 저주를 내렸다. 그의 최후는 참으로 비참했다. 가진 재산을 먹는 데 다 탕진했을 뿐 아니라 하나밖에 없는 외동딸도 먹을 것을 얻기 위해 노예로 팔아버리고 만다. 하지만 끝내 배고픔에 허덕이다 자신의 팔을 뜯어 먹으면서 죽어간다. 끔찍한 이야기지만 나무를 훼손했다는 이유로 받은 벌이 이렇게 잔혹했다는 것은 그만큼 그리스인들이 나무를 소중히 여겼다는 것이리라.

우리의 경우도 아름드리나무는 마을을 지키는 수호신으로 보았다. 함부로 베는 것을 금하는 등 경외의 대상이었던 점을 보면 동서양을 막론하고 나무가 갖는 의미가 식물 그 이상인 듯싶다.

누른 오징어처럼 납작하게 벽에 붙어 있는 배나무에 주렁주렁 배가 가득하다. 오늘 하루는 작은 알렉스와 함께 배나무의 배를 모조리 따라는 명을 받았다. 작은 알렉스와 나는 배를 따기 시작했다. 배나무 한 그루쯤이야라고 생각했는데, 웬걸 오전 내내 따도 계속 배가 나왔다. 쓸 만한 배만 추렸는데 무려 일곱 박스. 반 넘게는 크기가 작거나 새가 쪼아 먹은 자국이 있어 버렸으니 다 모았으면 열네 박스는 충분히 될 양이다.

큰 알렉스가 헤드 가드너가 되기 전 이곳에서 40년간 일했다는 아서 할아버지가 배를 따고 있는 우리 곁으로 다가왔다. 특유의 억양으로(영국 사투리) 배로 설탕 만드는 방법을 아느냐고 물었다. 배를 반으로 갈라 물 약간을 넣고 붉은 포도주와 함께 끓여내면서 물을 완전히 증발시키면 거기에 설탕 결정이 남는다는 것이다. 그 설탕으로 케이크를 만들기도 하고, 그냥 간식으로 먹어도 그만이라면서 침까지 꿀떡 넘기는 아서 할아버지의 표정이 더 맛있어 보였다.

서양 배pear는 영국에서 흔히 유럽 배european pear라고도 불리는데 식물학명은 *pyrus communis*다. 유럽 배는 모양이 우리 배처럼 둥글지 않고 표주박 모양으로 생겼다. 폭이 좁은 쪽이 가지에 매달려 자란다. 하얀색 배꽃이 피는데 드물게는 노란색과 분홍색도 있다. 유럽에서는 배나무를 먹는 용도보다 장식 용도로 많이 심는다. 장

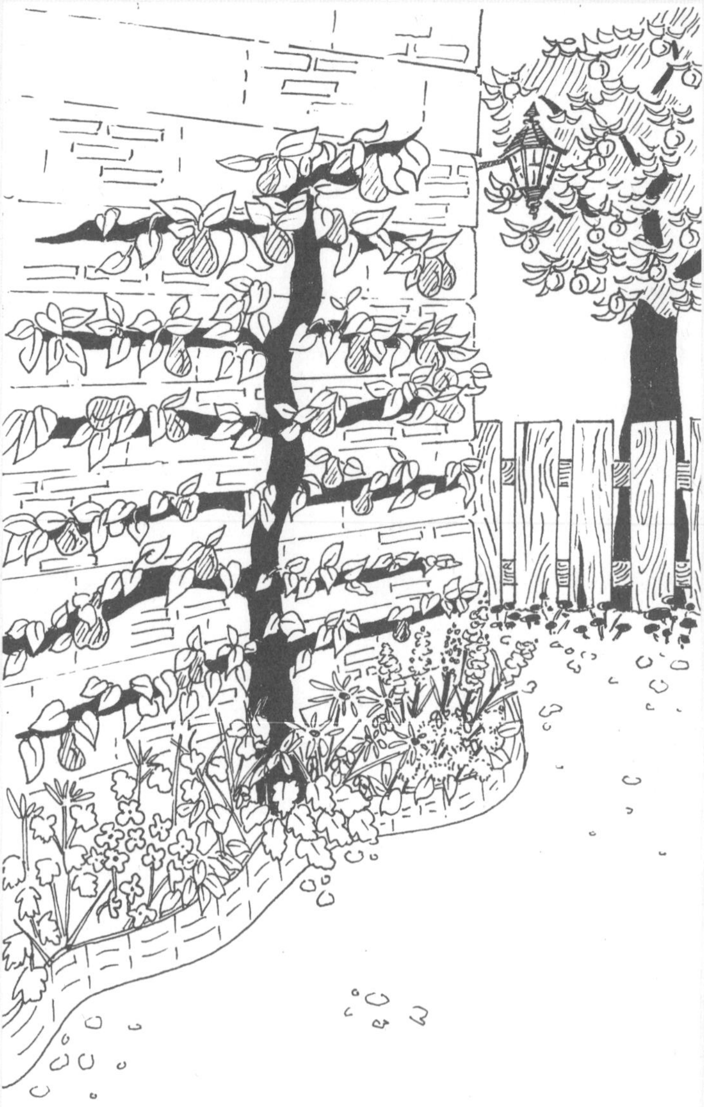

벽에 붙여서 배나무를 키웠던 인게이트스톤 홀의 정원.

식용 배나무는 벽에 철사를 30센티미터 간격으로 설치한 뒤 배나무 가지를 그곳에 고정시켜 자라게 해주면 된다. 물론 곁가지로 나오는 가지는 매년 적절한 가기치기를 해줘야 알맞고 보기 좋게 자란다.

영국에서는 이 배를 발효시켜 주스로 만들기도 하는데 특별히 페리perry라 부른다. 우리가 먹는 배는 이곳에서 사과 배apple pear 혹은 아시안 배asian pear로 불린다. 식물학명은 *pyrus pyrifolia*종이다. 과일 중 사과와 배만큼은 그 당도와 깊은 맛에서 한국산을 능가하는 게 없다는데, 이곳의 배를 먹어보면 그 말이 맞긴 하다. 서양 배는 우리의 배처럼 아삭거리는 맛이 아니라 한입 물면 이가 푸욱 들어가는 물렁한 단맛의 과일이다. 물기도 적은 편이고 아삭거리는 맛이 없기 때문에 굳이 냉장고에 넣어두고 시원하게 해서 먹지도 않는다.

비 오는 월요일. 아침에 정원에 와보니 알렉스가 다소 흥분한 얼굴이다. 잔디 정원 뒤쪽에 심긴 아름드리 버드나무의 가지가 부러졌다는 것이었다. 막상 가서 확인을 해보니 부러진 가지 하나가 어지간한 나무줄기보다 크다.

체인톱 두 개와 안전모, 가지치기 가위 같은 연장을 챙겨 수거 작업에 들어갔다. 작은 알렉스는 부러진 가지 모양이 꼭 괴물 같다고 했다. 부슬부슬 내리는 비 탓에 물기마저 먹은 버드나무를 제거하기란 쉽지 않았다. 큰 알렉스는 버드나무는 집 안 정원에 심기에 적합하지 않은 나무인데, 누가 여기에 심었는지 모르겠다고 한다.

버드나무는 물성이 연해서 목재로 쓰기에는 적합하지 않다. 절단해보면 나이테 부분이 얼마나 무른지 손톱으로 꾹 누르면 자국이 날 정도다. 알렉스의 말대로 보기 좋은 나무라고 해서 아무것이나 집 안에 들일 수는 없다. 소나무를 비롯한 침엽수가 대강 그렇고 버드나무 또한 그렇다. 버드나무는 워낙 빨리 자라는 데다 부러진 가지에서도 뿌리를 뻗어 싹을 틔울 만큼 번식력이 강하다. 그래서 작은 마당에는 어울리지 않는다. 게다가 오래 묵으면 오늘처럼 아무 일 없이도 부러질 수 있다. 큰 알렉스는 나무 밑에 사람이 있었다면 저세상에 갔을 거라고 호들갑이다.

버드나무의 식물학명은 *salix*. 'sal'이라는 말은 가깝다는 뜻이고 'lix'는 물이라는 뜻이다. 버드나무의 특성이 딱 나온다. 물 가까이에서 자라는 나무. 그래서 축축이 젖은 땅을 좋아한다. 전 세계적으로 버드나무는 350종이 넘으며, 종마다 특성이 달라서 정말 버드나무 맞나 하고 의문이 드는 것들도 수두룩하다. 간단히 정리하면 버드나무는 세 가지 범주로 정리가 가능하다. 하나는 말 그대로 아름드리 버드나무. 몸통이 굵고 키가 크다. 두 번째는 축축 늘어지는 종류로 수양버들, 능수버들이 여기에 속한다. 그리고 키 작은 종류가 있는데, 6센티미터 정도 되는 것도 있다.

버드나무는 소중한 의약제이기도 하다. 약효를 처음 안 사람들은 아시리아, 수메르, 이집트인들이었다. 이들은 버드나무 껍질에 통증과 열을 다스리는 약효가 있다는 것을 알았다. 세월이 흘러 1897년, 바이엘 사의 연구원 펠릭스 호프만이 버드나무를 이용해 그 유명한 아스피린의 원료를 만들어내는 데 성공한다.

누군가는 그랬다. "세상 모든 병이 이 지구에서 나왔으니 그 병을 고치는 것 또한 이 지구 안에 있을 수밖에 없다." 그리스 로마 시대는 물론이고 19세기까지도 내과 의사들은 대부분 식물학자이기도 했다. 세상의 병이 어디서 어떻게 생겨났는지는 알 수 없으나 과학자와 식물학자들은 그 병을 고칠 해답이 식물에 있다고 믿는다. 나 역시도 그렇게 믿는다.

오디가 열릴 때

퍼피는 알렉스가 키우는 까만 암캐다. 주인을 닮아 그런지 이 녀석도 순하디 순해서 나를 처음 보고도 짖지 않았다. 개를 별로 좋아하지 않지만 녀석은 그다지 싫지 않았다.

하루는 산사나무 가지치기를 하고 있는데 목수 일을 하고 있는 알렌이 뛰어와서 알렉스에게 뭔가를 말하고 있었다. 잠시 후 퍼피가 사고를 쳤다는 걸 알았다. 녀석이 까투리(암꿩) 한 마리를 잡아서 정원 여기저기를 질질 끌며 돌아다니는 중이었다. 유난히 홀 주변 숲속에 꿩들이 많이 살아서 지금도 주말이면 이 홀 주인인 피터경 일가가 꿩 사냥을 한다는 말을 듣긴 했다. 그런데 정말 이렇게 잡아올 줄이야.

알렉스 말에 따르면 총을 쏴서 맞춘 꿩이 떨어지면 물고 오곤 했는데 그 습관으로 꿩을 잡은 것 같다고 했다. 문제는 총에 맞은 꿩은 바로 주인한테 가져왔는데, 이번에는 자기가 직접 잡아서 그런지 꿩을 내줄 생각이 전혀 없다는 것이었다. 똑똑한 녀석. 생각해보면 녀석의 생각이 옳긴 하다. 알렉스는 퍼피가 더 이상 꿩을 해치지 않도록 안전하게 낚아채는 데 30분 이상 걸렸다. 녀석은 알렉스가 던져준 뼈다귀껌을 물고서도 아쉬움에 꿩에게서 눈을 떼지 못했다.

정원에서 애완동물을 키우는 일은 여러 가지로 조심할 점이 많다. 특히 나이가 어린 동물은 어린아이만큼이나 호기심이 왕성해 정원 여기저기를 건드리기 때문에 식물이 막 싹을 돋아내는 봄철에 특히 단속을 잘해야 한다. 더불어 개와 고양이는 야생 새들에게 가장 무서운 천적이다. 희생되는 새를 줄이려면 물통과 모이통을 개나 고양이가 뛰어오르지 못할 높이에 놔주어야 한다. 더불어 모이를 규칙적으로 공급해주는 것도 효과적인 방법이다. 그러면 그 시간에 새들이 무리 지어 모이를 먹으러 오기 때문에 서로 경계가 되어 희생될 확률도 적어진다.

· garden tips ·

개박하와 고양이

네페타nepeta는 흔히 우리나라에서 개박하로, 서양에서는 캣닢catnip 혹은 캣민트catmint라고 불린다. 이 네페타는 고양이에게 묘한 반응을 일으키

라벤더 꽃밭 너머로 인게이트스톤 홀의 모습이 보인다.
대저택으로 한때는 200명이 넘는 식솔이 거주했다고 한다.

는 식물로 유명하다. 고양이들은 이 식물 속에 뛰어들어 신음 소리를 내기도 하고 뒹굴며 때론 잎을 뜯어 먹기도 한다. 이것은 고양이의 신경을 자극하는 네페탈락톤nepetalactone이라는 물질이 네페타 안에 함유돼 있기 때문이다.

재미있게도 고양이가 이 꽃의 향기를 맡으면 일종의 신경 자극 반응을 일으키지만 씹어 먹으면 반대로 진정효과가 나타난다. 쥐오줌풀이라고 알려진 발레리안valerian 역시 네페타와 비슷한 작용을 고양이에게 일으킨다. 실제로 이 두 식물의 성분을 이용해 수면제와 진정제를 만든다. 만약 고양이를 키우고 있다면 이 두 식물을 심을 때 주의해야 한다. 그렇지 않으면 자신의 정원에서 정신이 나간 채로 꽃밭 속을 뒹구는 고양이를 볼 수도 있다.

알렉스가 손에 가득 오디를 따왔다. 연못 정원 근처에 심긴 뽕나무에 어느 새 오디가 열렸던 모양이다. 아직 시큼한 맛이 나지만 달콤하고 신선하다. 알렉스에게 우리나라에서는 이 나무를 뽕나무라 부른다고 말해줬더니 발음을 제대로 못한다. 뽕나무는 연못 정원에 한 그루, 중정에 세 그루가 나란히 심겨 있는데 모두 백 년이 넘어서 줄기가 꽤나 굵고 실하다.

10월로 접어들면서 머리 위에 높게 떠 있던 햇살이 키를 낮추며 정원으로 내려오고 있다. 햇살이 노란 뽕나무 잎에, 라임나무 잎에 떨어져 빛을 투과시킨다. 햇살이 만들어낸 가을색은 세상 그 어떤 것보다 따뜻하고 포근하다. 거기에 서 있으면 머리로부터 따뜻함의 에너지가 내 몸으로 스며들어 온다.

영국 정원사들은 이 뽕나무를 '지혜의 나무'라 부르기도 한다. 뽕나무가 농부에게 지혜를 준다고 믿었기 때문이다. 뽕나무는 봄이 와도 나무들 중 가장 늦게 잎을 틔우기 때문에 정원사들은 뽕나무 잎이 나오면 지혜의 나무가 잎을 피웠으니 이제 모든 추위가 사라졌다고 믿고 씨를 뿌렸다.

정원은 시간의 예술이다. 가든 디자인 공부를 시작할 때 맨 처음 교수가 던진 질문이 바로 시간과 정원이었다. 정원엔 시간이 흐르고 시간은 무엇을 만들어낸다. 봄에 싹을 틔운 잎이 무성한 나뭇잎이 되어 여름을 덮고, 가을이 되면 그 잎을 다시 노랗게 물들인다. 그리고 겨울이 오면 다시 모든 것을 없음으로 돌려보낸다. 우리보다 훨씬 오랜 삶을 살아온 나무들은 시간의 흐름에 우리보다 현명하다. 그해 봄은 우리에게 딱 한 번밖에 찾아오지 않지만 그 봄에 꽃을 피우지 못했다고 절망할 것은 없다. 이듬해 봄에 더 많은 꽃을 피울 수 있다고 나무들이 늘 내게 말해준다.

garden tips

뽕나무 이야기

뽕나무mulberry tree의 식물학명은 *morus*다. 이 뽕나무가 맺는 열매를 우리나라에서는 오디라 부르고 영국에서는 멀베리mulberry라 부른다.

뽕나무에 얽힌 그리스 신화가 있다. 피라모스와 티스베의 이야기로 이것은 훗날 셰익스피어에 의해 『로미오와 줄리엣』으로 다시 태어나게 된다. 피라모스와 티스베는 같은 마을에 사는 선남선녀로 서로를 무척이나 사랑했지만 집안 대대로 원수였던 상황 탓에 사랑을 이루지 못한다. 이들은 갈라진 벽 틈 사이로 애절한 사랑을 나누다 결국 함께 도망치기로 약속한다. 그런데 약속 장소로 가던 중 티스베는 사자를 만난다. 도망치던 티스베는 쓰고 있던 베일을 떨어뜨리고 사자는 티스베 대신 베일을 물어뜯는다. 잠시 후 약속 장소에 나타난 피라모스는 피로 물든 베일을 보고 자신의 여자가 사자에게 잡아먹혔다고 생각한다. 슬픔을 이기지 못한 피라모스는 그 자리에서 자신의 칼로 자살한다. 티스베가 다시 돌아왔을 때 피라모스가 이미 죽고 난 후였다. 슬픔 속에 그녀도 피라모스를 따라 죽고 만다. 두 젊은 연인은 그렇게 죽음으로 사랑을 완성한다.

신기한 것은 이들이 만나기로 했던 장소가 바로 뽕나무 아래였다는 것이다. 비단 이 신화 말고도 많은 문학작품에서 뽕나무 밑은 연인들이 사랑을 나누는 장소로 그려지곤 한다. 우연의 일치일지도 모르지만 뽕나무가 동서를 막론하고 다산과 사랑의 상징인 것만 봐도 이 나무에 신비한 힘이 있는 듯하다. 한 가지 확실한 것은 여름철, 넓은 잎으로 햇볕을 가려 그늘을 만들어주고, 달콤한 오디 열매를 언제든 따먹으라고 내주는 뽕나무가 연인들의 더없는 데이트 장소라는 사실이다.

정원에서 일하는 정원사는 나를 포함해 넷이지만 정작 일은 여섯이 한다. 알렉스가 키우는 까만 털의 개 퍼피, 로라가 키우는 하얀 털의 개 버스터까지 합해 우린 여섯이다. 일을 하는 동안 두 개들은 정원을 뛰어다니며 논다. 사람도 저마다 성격이 다르겠지만 개도 견성(?)이 참 다르다. 퍼피는 이제 8개월 된 암캐로 호기심이 대단하다. 잠시도 가만히 있지 않고 정원 이곳저곳을 뒤져 토끼도 잡아오고 꿩도 잡아온다. 그때마다 알렉스는 손사래를 치며 야단을 치지만 퍼피는 아랑곳이 없다. 그에 반해 퍼피보다 한 살 많은 버스터는 불도그와 테리어가 혼합된 종인데 너무 내성적이다.

버스터의 원래 주인은 어떤 할아버지였다고 한다. 할아버지가 암으로 돌아가신 뒤 맡아 기를 사람을 찾다 로라에게 온 모양인데 로라가 가만히 있으라고 하면 그 자리에서 한 시간 이상 그대로 있는 순둥이기도 하다. 버스터는 끔찍이도 로라를 따르는데 나중에서야 그게 주인을 잃은 아픈 기억 때문이라는 걸 알았다. 애완동물을 키우는 사람에겐 키우던 동물이 먼저 죽는 경우가 가장 힘들다고 하는데, 주인을 잃은 동물에게도 그 상실감은 같은 듯싶다. 버스터는 정원 일을 보는 예순 넘은 목수 아저씨 알렌을 유난히 좋아했다. 어쩌면 알렌이 전 주인 할아버지와 비슷하게 생겼을지도 모른다고 우리는 짐작해보았다.

사람과 사람 사이에만 정이 흐르는 건 아니다. 동물과 인간 사이에도, 식물과 동물 사이에도 정은 분명히 흐른다. 이 많은 인연 중에 우리가 서로 얽혀 만났다는 것만으로도 내 곁에 잠시 머물다 가는 사람, 동물, 식물……. 헛된 것은 없다. 그게 슬픔을 남기든 기쁨을 남기든.

정원 구성에서 중요한 요소 중 하나는 균형이다. 꽃 좋다고 꽃으로만 정원을 가득 채우면 현란함은 있어도 단조롭다. 그렇다고 키 큰 나무로만 정원을 장식하면 거대할 뿐 재미없고 지루하다. 그래서 키 큰 나무와 키 작은 나무, 꽃이 화려한 식물과 잎이 좋은 식물을 적절히 배치해야 지루하지 않고 아름다운 정원이 만들어진다. 그렇다 해도 개인적 취향은 있기 마련이다. 나의 경우는 사람도 키가 큰 편을 좋아하는데 나무도 키 크고 우람한 나무가 좋다.

키 큰 나무는 덩치가 좋으니 너른 잔디에 심어놓으면 품이 정말 든든하다. 봄이면 그 많은 가지마다 초록 잎을 틔우고, 나무를 뒤덮는 꽃까지 피우면 키 작은 식물들의 꽃과는 차원이 다르다. 나무가 피우는 꽃의 느낌은 뭐랄까, 묵직하고도 중후하다. 여름이 되면 짙은 초록으로 땡볕 속에서 초록 그늘을 만들고 가을이 오면 온 잎을 붉고 노란색으로 지져댄다. 겨울이 와도 좋다. 가지가 만들어내는 나무의 태는 잘 빠진 몸매를 보는 것처럼 환상적이다.

내가 일하는 인게이트스톤 홀 정원에도 키 큰 나무 여러 종이 있다. 호스체스넛, 플라타너스, 뽕나무, 버드나무, 라임나무, 포플러……. 어제는 하루 종일 이 키 큰 나무 밑에 소복이 쌓인 낙엽을 치웠다. 바람으로 쓸어내는 블로어blower를 이용해 치웠는데도 정말 많은 시간이 걸렸다. 반밖에 안 떨어진 플라타너스 낙엽을 걷어내는데 작은 트럭을 네 번이나 가득 채웠다. 구부리고 낙엽을 치웠더니 허리가 시큰거리고 어깨도 결리는데 그래도 용서가 된다. 가을 한철 번거롭긴 해도 봄, 여름, 가을, 겨울 이렇게 기쁨을 주니까.

· garden tips ·

헤이즐넛 이야기

커피에 향을 내는 재료로 유명한 헤이즐넛hazelnut은 헤이즐이라는 나무에서 자라는 열매를 말한다. 식물학명은 *corylus*로 자작나무속betulaceae에 속한다(일부 식물학자들은 별도로 독립을 시켜 *colylaceae*속으로 분리하기도 한다). 우리나라에서는 흔히 개암나무라고 부르는데 우리나라의 자생종은 *corylus heterophylla*이고 유럽의 헤이즐종은 *corylus avellana*이다.

헤이즐넛은 달걀보다 두 배나 많은 단백질과 여섯 배나 많은 지방, 다섯 배나 많은 탄수화물을 함유하고 있다. 헤이즐나무는 내구력이 강해서 고고학자들은 종종 수천 년 전의 헤이즐나무를 늪지에서 발견하기도 한다. 어린 헤이즐나무의 줄기는 단단할 뿐 아니라 부러지지 않는 유연함이 있어서 낚싯대나 바구니 혹은 담장을 엮는 데 이용되기도 했다.

집 안에 헤이즐나무가 있다면 가을에 열매를 따서 헤이즐넛 초콜릿을 만들어 먹을 수 있다. 기름을 두른 뜨거운 프라이팬에 헤이즐넛을 넣어 10분 정도 볶거나 튀겨준다. 그런 다음 헤이즐넛을 갈아서 소금, 버터와 함께 녹인 뒤 검은 초콜릿에 넣어 풀처럼 서로 뭉쳐지게 하면 된다. 열기가 식으면 자연스럽게 초콜릿이 굳어서 맛있는 헤이즐넛 초콜릿을 즐길 수 있다.

큰 알렉스는 요즘 새롭게 만들 화단 구상에 여념이 없다. 티타임에 그의 집 거실에 들어서면 식물 카탈로그와 정원 관련 서적이 탁자 위에 가득했다. 새로 만들 화단은 홀 건물 뒤, 길쭉한 형태의 화단으로 지금은 그냥 채소밭으로 쓰고 있지만 내년엔 여기에 꽃꽂이를 위한 화단을 만들 계획이라고 한다. 아직 정확히 어떤 식물을 어떻게 심어야 할지 구상을 끝내지는 못했지만 우선 겨울이 오기 전에 땅부터 준비해야 한다. 딱딱하게 굳은 흙을 삽으로 뒤집어 갈아주고, 거기에 말똥, 닭똥과 지푸라기, 나뭇잎 등을 섞어 만든 거름을 넣어준 뒤 겨울을 나게 하면 이듬해 봄에 식물을 심기 딱 좋은 흙이 된다. 하루 종일 이 일을 하느라 삽으로 흙을 뒤집고, 트랙터로 거름을 날라 화단에 뿌려주고, 일이 많았다.

꽃꽂이용 화단은 꽃병에 담길 화려한 식물 위주로 조성한다. 알렉스는 봄을 생각해서 수선화, 튤립, 히아신스, 크로커스 등의 구근을 심고, 여름을 위해 카네이션, 아가판투스, 백합, 달리아, 글라디올러스를, 가을을 배려해 들국화와 세듐, 메리골드를 심을 작정이다.

화단은 정원의 힘이다. 작은 공간이지만 이 안에 화려한 꽃식물로 색감과 형태를 줄 수 있기 때문에 정원에 엄청난 에너지를 만들어낸다. 정원에 화단을 만들고 싶을 때는 처음부터 무작정 삽을 들면 안 된다. 우선 어떤 용도의 화단을 만들지 머릿속에 밑그림을 그려야 한다. 예를 들면 한해살이 꽃식물로 화려하게 장식한 뒤 꽃이 지면 캐내고 다른 식물을 심어주는 계절 화단seasonal bed을 만들 수 있고, 일단 심어놓으면 뽑아내지 않고 사계절을 나는 나무와 여러해살이 꽃식물을 혼합시켜 만든 혼합 화단mixed border을 조성할 수도 있고, 나무 없이 식물로만 만드는 초본식물 화단herbaceous border을 조성할 수도 있다.

영국에서는 옛날에 장식이 화려한 계절용 화단이 주를 이뤘지만 워낙 많은 노동을 필요로 하는 데다 식물 구입에 따른 경제적 부담도 있어서, 오늘날에는 사계절을 볼 수 있는 혼합 화단이나 초본식물 화단이 인기다. 각각의 특징과 장단점을 고려한 뒤 내가 어떤 화단을 원하는지, 얼마나 관리를 잘할 수 있는지, 계절별로 정원에 지출할 수 있는 돈이 얼마나 되는지 등을 따져 화단의 구성을 결정하면 된다.

노동의 온도

11월을 두고 영국 사람들은 흔히 '과일도 꽃도 나뭇잎도 새도 없는 달'이라고 쓸쓸하게 표현한다. 어떤 의미에서는 맞는 말이지만 어떤 의미에서는 그렇지도 않다. 식물들이 긴 겨울잠에 들어갔으니 정원에서 할 일이 사라진 듯싶지만 정원사 입장에서는 이제부터가 시작이다. 식물들이 겨울 동안 얼어 죽거나 말라 죽지 않도록 월동 준비를 도와야 하고, 내년 봄을 위해 개울을 넓히고 정비하고, 미뤄왔던 수리가 필요한 구석구석의 일들을 손봐줘야 한다. 더불어 온실에서는 봄에 심을 식물들의 씨를 뿌리고 줄기, 뿌리, 잎을 이용한 각종 꺾꽂이 재배가 겨울 내내 이뤄진다.

인게이트스톤 홀에는 인공적으로 만든 직사각형의 연못 외에 자연 연못도 하나 더 있다. 그 주변에는 거대한 식물인 구네라*gunnera*가

자란다. 구네라는 아마존 정글 태생으로 세상에서 가장 큰 잎을 가진 식물이다. 열대 식물이나 온대성 기후에서는 추위 때문에 생존이 어렵지만 그새 환경에 적응한 구네라가 영국의 추위를 이겨내고 살아남고 있어 이대로라면 우리나라에서도 생존이 가능하지 않을까 기대된다.

11월의 어느 날. 두 알렉스와 나는 구네라의 월동준비를 시작했다. 가을에 접어들어 잎이 누렇게 마르기 직전이 가장 좋은 시기다. 일단 날이 선 낫으로 구네라의 줄기를 쳐내 큰 잎을 모으고 더불어 어른 팔뚝만 한 줄기도 별도로 정리해 한쪽에 모아둔다. 이 과정이 끝나면 이제 모아둔 구네라 잎으로 뿌리를 덮어준다. 가능하면 노출되는 뿌리가 없도록 두툼하게 여러 겹 덮어준 뒤, 잘라놓은 구네라의 줄기를 그 위에 놓아주거나 지지대처럼 삼각뿔로 세워준다. 덮어준 잎이 겨울바람에 날아가지 않도록 하기 위해서다. 알렉스는 이 일을 텐트 만들기라고 불렀는데, 구네라가 영국에 들어오기 시작한 18세기부터 이미 정원사들이 이용해온 월동 방법이라고 한다.

식물은 생각보다 강인해서 환경이 바뀐다 해도 적응을 위해 애쓰고 결국은 이겨낸다. 추위에 약한 식물의 경우도 과잉보호보다는 약간의 월동 장치를 통해 식물 스스로 견뎌낼 수 있는 힘을 갖도록 해주는 것이 좋다.

· garden tips ·

지나친 보살핌은 식물에게도 해가 된다

식물과 인간은 참으로 많은 면에서 비슷하다. 생김, 모양, 유전적 공통점은 전혀 없지만 그 습성에서 많은 것들이 닮았다. 지나치게 많은 인간의 관리를 받고 자란 식물은 그 고유의 생존력을 잃어버리곤 한다. 예를 들면 거름을 많이 준 식물은 그 거름 때문에 더 크고 우람해지지만, 더 많은 수분과 영양분을 필요로 하게 된다. 그래서 다음 해에는 더 많은 거름과 물을 요구하게 되고 이런 과정이 반복되면서 흙은 흙대로 자생력을 잃고, 식물은 식물대로 더 목마름에 시달린다.

정원사의 손길은 최소한의 수준에 머물러주는 것이 좋고, 나머지는 식물 스스로 약간의 배고픔과 갈증을 견디면서 스스로 생존하는 법을 터득하게 해야 한다. 그래야 식물도 인간도 모두가 행복해진다.

하루 종일 멀칭mulching 작업 중이다. 장미정원 뒤편 포플러 숲에 3년 전 쌓아놓은 나뭇잎 더미가 이제는 짙은 밤색의 빛깔 좋은 리프몰드leaf mould(나뭇잎이 썩어 부드러운 흙처럼 부서진 것으로 거름과는 다르다)로 모아져 있다. 내가 삽으로 떠서 체에 놓으면 작은 알렉스가 체질을 해서 부드러운 리프몰드를 손수레에 받아냈다. 스물두 살의 작은 알렉스는 대학에서 중세역사를 전공하려는 학생이기도 하다. 다른 아르바이트도 많을 텐데 알렉스는 정원 일을 너무나 좋아한다. 체에 걸러진 리프몰드를 만지작거리며 너무 사랑스럽지 않냐고 내게 묻는다. 스물두 살 청년의 입에서 듣기에는 참 신선한 말이다. 손수레에 곱게 담아온 리프몰드를 장미 정원으로 옮겨 화단에 뿌려준다. 이렇게 해주면 겨울 동안 흙이 온기를 유지해 식물의 뿌리가 얼지 않도록 도와줄 것이다.

리프몰드 만드는 방법은 매우 간단하다. 낙엽수의 낙엽만을 모아(딱딱한 나뭇가지는 가능한 피하는 것이 좋다) 정원 한쪽에 모아놓으면 나머지는 비와 햇볕과 박테리아가 다 알아서 한다. 정원사가 할 일은 썩기를 기다리는 것뿐이다. 보통 1, 2년쯤 기다리면 양질의 리프몰드를 얻을 수 있다. 정원에 나뭇잎을 모아둘 너른 터가 없다면 커다란 비닐 주머니나 플라스틱통에 넣어두어도 된다.

하루 종일 체를 들고 거름을 걸러내고 손수레에 실어서 운반하고 뿌려주느라 어깨가 뻐근하지만, 두툼하게 깔아준 리프몰드를 보니 꼭 겨울 앞두고 묵은 이불 빨아서 깨끗하게 단장해놓은 것처럼 마음이 훈훈해진다.

참나무가 열매를 맺어 도토리 한 알을 땅에 떨어뜨릴 때, 그 안에 삶의 모든 지식과 지혜를 담아준다. 작은 씨앗은 가르쳐서 아는 게 아니라 태어날 때부터 이미 내가 어떻게 살아야 할지 알고 있다. 그래서 특별히 가르쳐주지 않아도 도토리는 어떻게 싹을 틔워야 하는지, 어떻게 광합성 작용을 하고, 어떻게 병충해를 이기며 살아야 하는지 스스로 알아낸다. 씨앗들은 언제 흙을 뚫고 올라와야 하는지, 언제 꽃대를 올리고 꽃을 피울지, 어떻게 씨앗을 다시 맺어야 하는지 안다.

지구에 잉태되어 태어난 모든 생명체의 유전자 안에는 이런 삶의 지혜가 다 담겨 있다. 그러니 키운다는 말은 애초 잘못된 단어일지도 모른다. 자식, 식물, 동물……. 그건 키우는 게 아니라 이해의 일이고 잘 자라줄 것이라는 믿음의 일이기도 하다.

정원사의 일 역시 식물을 키우고 관리하는 일이 아니라 식물의 타고난 품성과 본성을 이해하고 그들 스스로 잘 살아갈 수 있도록 돕는 것이리라. 생각해보면 참 단순하다. 생김이 다르고, 키도 다르고, 피워내는 꽃과 잎도 제각각인데 같은 기준에 놓고 똑같이 자라달라고 주문하면 모두가 행복할 리 없다. 어떤 식물은 햇볕 쨍쨍 내리쬐는 양지를 좋아하지만 어떤 식물은 그늘진 응달을 좋아하고 어떤 식물은 물기 없는 흙을 좋아하지만 어떤 식물은 뿌리를 거의 물속에 담그고 있어야 편안해한다. 그 타고난 본성대로 살아갈 수 있게 해줘야 모두가 행복하다.

가든 디자인 전공이지만 매주 수요일 오전에는 식물에 대한 수업이 있다. 교수를 따라 교정에 심긴 나무와 풀, 꽃을 찾아 눈으로 직접 확인하고, 어떤 환경에서 자라고 있는지, 어떤 잎과 어떤 꽃을 피우고 어떤 종류인지를 알아내고 그 모습을 스케치북에 담았다. 그러다 보면 어느 순간 꽃을 봐도 그저 예쁘다가 아니라 식물의 성격과 습성이 먼저 보였다. 그 습성을 이해주는 일이 곧 식물을 이해해 주는 일이기도 했다. 식물을 이해하지 못한 디자인은 식물에게도 사람에게도 스트레스를 불러일으킨다. 그래서 디자이너가 되기 전에 반드시 식물에 대한 이해가 필요하다고 교수들은 끊임없이 강조했다.

정원사가 아무리 정성을 들여도 식물 대신 자라고 꽃을 피우진 못한다. 그건 부모가 아무리 자식을 사랑해도 자식을 대신해 삶을 살아줄 수 없는 것과 같은 이치다. 그걸 자꾸 잊고 살아서 우린 참 서로에게 힘든 존재가 되는가 보다.

garden tips

땅의 성분에 따라 다른 색의 꽃을 피우는 수국의 신비

꽃집에서 파란색 꽃을 피우는 수국을 샀는데 이듬해 우리 집 정원에서는 느닷없이 분홍색 수국이 피었다면 얼마나 황당할까. 더러는 꽃집에서 장난을 쳤다고 항의를 할런지도 모른다. 그러나 수국이라면 분명 이럴 수가 있다. 수국은 땅의 성분이 알칼리냐 산성이냐에 따라서 꽃의 색깔이 달라지기 때문이다(pH농도 테스트를 통해 알 수 있는데, pH농도가 7 이하면 산성의 땅이고, 7 이상이면 알칼리의 땅이라고 보면 된다). 산성의 땅에서는 파란 꽃의 수국이 피지만 알칼리성 땅에서는 분홍색 꽃이 핀다.

· **수국으로 만드는 화환**wreath : 인동초의 딱딱한 줄기를 이용해 틀을 만든다. 인동초 줄기는 유연성이 있어서 꼬거나 비틀어서 손쉽게 형태를 만들 수 있다. 끝부분은 실이나 철사를 이용해 고정해준다. 그런 다음 수국의 꽃을 꺾어 (줄기가 5센티미터 이상 달려 있도록) 인동초 틀 속에 끼워 넣고 실이나 철사로 고정을 하면서 돌려준다. 수국 꽃은 크고 화려하기 때문에 화환으로 만들어 집 안 입구나 벽에 걸어놓으면 훌륭한 장식이 된다.

· **수국 말리는 방법** : 줄기가 딱딱해지고 꽃이 완전히 만개할 무렵, 계절적으로는 9월 중순에서 하순 사이가 수국 꽃을 따기에 가장 알맞은 때다. 줄기와 함께 딴 꽃은 꽃병에 꽂아주는데 꽃병 안에 1센티미터 정도의 물을 담아둔다. 시간이 흐르면서 물이 점점 증발하고 그대로 3주 정도 놔두면 자연스럽게 수국 전체에서 수분이 사라지면서 건조된다. 이렇게 말린 수국을 한 송이 혹은 다발로 만들어 묶어 쓴다. 간혹 도료 스프레이를 뿌려 푸른색, 노란색, 심지어 은색까지도 원하는 대로 색상을 내기도 한다.

11월 들어 밤에는 영하로 기온이 뚝 떨어졌다. 출근길 차에 오르면 밤새 언 성애가 유리창에 뿌옇다. 정원에 도착하면 추위가 한결 더해져 온몸이 오들거린다. 그래도 옷을 두껍게 입을 순 없다. 일을 시작하고 나면 곧 훈기가 돌고 땀이 차오른다. 움직이지 않을 때와 노동할 때 몸의 온도는 확실히 다르다. 몸을 움직이면 내 몸속의 세포 활동이 활발해져 열이 발생하고, 그 열이 내 몸에 꽉 차오르면 밖으로 열기가 뿜어져나온다. 그 노동의 온도, 나는 이런 열의 발산이 참 좋다. 옆에서 땅을 파고 있는 알렉스의 등에서도 허연 훈기가 피어오른다. 꼭 노천탕의 허연 수증기를 닮았다.

한국에 있을 때는 사무실에서 앉아 하루 종일 풀리지 않는 원고와 씨름했다. 그러다 보면 머리가 지끈거리고 정수리가 후끈거렸다. 만져보면 실제로 뜨겁기도 하고 살짝만 눌러도 어디서 심하게 맞고 며칠 지난 것처럼 뭉근하게 아팠다. 한번은 잦은 배앓이로 한의원을 찾았는데 연세 많은 할아버지 한의사께서 건강한 사람의 몸은 장기 쪽엔 열기가 있고 머리는 찬데, 내 경우엔 모든 열기가 머리 쪽으로 향하면서 몸은 차지고 신경은 불에 덴 것처럼 날카로워져 전반적으로 건강 상태가 최악이라고 진단했다. 배앓이의 원인도 결국 그거였다. 그땐 그게 운동 부족이라고 짐작했지만 영국에 온 뒤 실은 노동 부족이었다는 것을 알았다.

영국에서 정원 일을 시작한 뒤 신기하게도 편두통이 사라졌고, 몸의 활력도 되살아났다. 더욱 달라진 건 내 마음에 생긴 빈자리, 여유였다. 모든 게 잘될 거야라고 믿고 위로하는 마음이 생기면서, 삶은 똑같은데 아니 더 빠듯하게 조여오는데도 세상이 참 많이 순하고 평안해 보이기 시작했다.

정원 일을 마치고 집에 돌아오면 샤워기를 틀고 뜨거운 물에 들어간다. 노곤하게 밀려드는 평화로움이 느껴진다. 하루 종일 땅을 뒤집고, 식물을 심고, 낙엽을 치우느라 숨 가쁘게 뛰어다녔을 몸의 세포에게 따뜻한 휴식을 주는 시간, 내 마음에 따뜻함을 주는 시간이다.

한국에서는 추석과 설날로 일 년이 오고가더니 영국에선 부활절과 크리스마스로 오고가는 듯하다. 주차장 옆 작은 밭엔 박, 수세미, 호박, 토마토, 오이가 가득했다. 가을은 상실의 계절이기도 하지만 눈부신 수확의 계절이기도 하다. 특별히 해준 것도 없는데 이렇게 많은 걸 얻어가게 해주니 땅, 햇볕, 바람, 자연에 감사할 뿐이다. 누렇게 익은 호박 한 덩이를 들어올리다가 문득 추석 생각이 났다. 잊고 있었는데 추석이 다가오고 있었다. 추석 때마다 명절 음식과 상관도 없는 늙은 호박에 팥을 넣고 호박죽을 끓여주곤 했던 친정엄마 때문일지도 모른다.

알렉스에게 영국에서도 추수감사절을 기념하냐고 물으니, 있긴 하지만 특별히 기념의 날은 아니라고 한다. 우리의 추석 이야기를 해줬다. 햇곡식을 수확하게 된 것에 감사하는 날로 음력 8월, 달이 가장 크게 차올랐을 때 큰 축제를 갖는다고 했다. 매우 흥미로워한다. 특히 작은 알렉스는 여자친구 생일이 일요일인데 그때 한국의 추석도 함께 기념하겠다며 해 먹을 수 있는 추석 음식을 알려달라고 한다. 생각은 기특한데 송편도 안 되겠고 전도, 토란국도……. 할 수 있는 게 별로 없다.

다음 날, 라면 두 봉지를 들고 갔다. 추석에 먹는 요리는 아니지만 네가 할 수 있는 최선의 요리인 것 같다고 잘 끓여 먹으라며 간단히 요리 방법도 알려줬다. 작은 알렉스는 고맙다며 여자친구랑 라면 끓여놓고 꼭 추석을 기념하겠다고 한다. 여자친구가 있는 버밍햄까지 그 라면 들고 가서, 라면 두 그릇 끓여놓고 과연 어떤 기념을 하게 될는지…….

알렉스가 가르쳐달라고 해서 '추석'과 함께 '한가위'라는 말을 가르쳐줬는데 알렉스의 발음이 세면서 한가위가 아니라 헝그리가 된다. 생각해보면 누군가에는 꽉 찬 풍요로움의 한가위겠지만 또 누군가에겐 몸과 마음이 더 배고픈 헝그리가 될 수 있겠다 싶다. 그래도 일 년 동안 곡식을 맺게 해준 하늘과 땅과 바람과 비에 감사한다. 송편은 못 만들어 먹겠지만 아이들과 함께 밀가루 넣고 부침개라도 해서 먹을까 보다.

· garden tips ·

식물 키우기에 도움이 되는 음력

달의 주기를 따라 만들어진 달력이 음력이다. 이제는 우리나라도 태양을 주기로 한 양력을 대부분 쓰지만 아직도 연세 지긋한 숙련된 농부들은 음력으로 농사를 짓는다. 최근 서양에서도 달의 주기가 식물의 씨앗을 뿌리고 심고 수확하는 시기와 정확하게 일치한다는 것이 증명되었다. 그래서 음력을 이용하는 정원사들이 늘고 있다고 한다. 특히 영국의 내셔널트러스트 단체에서는 음력에 따른 식물 심기 달력lunar calender를 별로도 제작해 판매하기도 한다.

햇볕이 한 줌도 없다. 하루 종일 회색빛으로 낮게 가라앉은 하늘 밑에서 장미 정원 벽에 장식된 넝쿨장미의 가지를 쳐낸다. 장미는 정원사의 손길이 얼마나 갔느냐에 따라 피워내는 꽃의 양과 탐스러움이 정확히 비례하기 때문에 그만큼 정원사를 부지런히 움직이게 하는 식물이다. 장미에게 유난히 잘 번지는 블랙스폿black spot이나 파우더리 밀듀powdery mildew 같은 질병에 대비하고, 봄가을 거름을 주는 일도 잊지 말아야 한다. 그러나 무엇보다 중요한 건 가지치기다. 처음에 심었을 때는 장미꽃이 탐스럽게 피는데 해가 갈수록 꽃의 수가 줄고 탐스러움도 약해진다면, 가지치기를 정기적으로 해주지 않아서 그럴 가능성이 높다.

장미의 가지치기는 여름, 장미꽃이 지고 난 후 바로 해도 괜찮지만 더 좋은 시기는 장미 열매인 로즈힙을 본 뒤인 늦가을과 겨울이다. 장미를 형태에 따라 크게 나누면 꼿꼿이 서서 자라는 스탠드stand형과 지지대를 타고 자라는 넝쿨climber, rambler형으로 구별이 되는데, 이에 따라서 가지치기 방법도 달라진다. 가지치기를 할 때 절대 무턱대고 가지를 잘라선 안 된다. 우선 부러지거나 죽은 가지를 먼저 잘라주고, 다음으로 웃자란 가지를 잘라주는데 이때 반드시 눈의 위치를 파악하고 눈 바로 위를 눈의 반대방향이 되도록 사선으로 잘라준다. 이렇게 하지 않으면 빗물이 눈 속으로 흘러들어가 얼거나 질병을 일으킬 수 있다.

그리고 가지를 자르기 전에는 반드시 머릿속에 밑그림을 먼저 그려야 한다. 자른 뒤 장미가 어떤 방향으로 가지가 뻗을지, 어떤 형태로 장미의 모양을 잡아줄지 미리 결정한 뒤 가위를 들어야 한다. 넝쿨장미를 벽에 붙여서 키울 경우에는 벽에 30센티미터 간격으로 미리 철사를 설치한 뒤 거기에 장미 가지를 묶어주면 철사를 따라서 장미의 가지가 뻗어나간다.

장미 가지치기에 나선 알렉스는 난잡하게 웃자란 장미 앞에 서서 10분 이상을 고민한 뒤 조심스럽게 가지를 쳐내고 묶어주기를 반복했다. 넝쿨장미 하나를 마치는 데 족히 1시간 이상 걸렸다. 신기한 것은 막상 헝클어진 장미 앞에 서면 도저히 답이 나올 것 같지 않지만 천천히 관찰하고 생각하다 보면 자연스럽게 잘라야 할 가지가 보인다. 가지치기를 한 뒤에는 스트레스를 이겨낼 수 있도록 거름을 주는 것도 잊지 말아야 한다.

가지치기는 생가지를 쳐내는 일이므로 식물에겐 고통스럽고 아픈 일이다. 하지만 이로 인해 매년 더 튼튼하고 신선한 가지를 뻗어낼 수 있고 식물 자체도 튼튼해진다. 욕심은 쳐내고 꿈은 이듬해에 잘 자라도록 우리 마음에도 정기적인 가지치기가 필요할 것이다.

정원에 가득한 크리스마스

대학 시절, 대학로 마로니에 공원은 만남의 장소였고 문화의 장소였다. 소극장 공연이 끝난 봄밤, 마로니에 공원에서 벌어졌던 뒤풀이에서는 봄밤의 열기와 젊음의 열기가 초록의 마로니에나무와 함께 버무려지곤 했다.

그 봄밤의 마로니에를 영국의 봄에서 다시 만났다. 영국에서 맞았던 첫 봄, 등하교 길에 무거운 스케치북과 제도판을 들고 기차에 오르면 큰 제도판 탓에 자리에 앉을 수가 없었다. 하는 수 없이 입구에 서서 창밖을 보면 영국의 봄이 휙휙 내 앞을 스쳐 지나갔다. 그 봄은 분홍 덩어리로 만발하게 다가오는 마로니에나무의 꽃들이었다. '당신을 환영합니다.' 노란 손수건 대신 분홍 손수건을 흔들어 주는 사랑하는 사람의 외침처럼 반갑고 기분 좋은 만남이었다.

마로니에와의 인연은 인게이트스톤 홀에서도 이어졌다. 크리스마스가 다가오는 어느 늦가을, 큰 알렉스와 로라는 정원 안전교육을 받으러 시내로 나가고 작은 알렉스와 나 둘이서 마로니에나무 아래서 떨어진 밤을 가마니에 주워 담았다. 마로니에는 영국에서 호스체스넛이라 불린다. 작은 알렉스는 열매 하나에 구멍을 내서 실로 꿴 뒤 구슬치기하며 친구들과 놀았던 어린 시절의 이야기를 들려준다. 누가 멀리 던지나, 부딪쳐서 누구 열매가 먼저 깨지나. 나라와 상관없이 아이들 노는 놀이는 비슷하기도 하다.

홀의 찻집 관리를 맡고 있는 케스 할머니가 다가와 크리스마스 장식으로 쓰겠다며 가지고 온 바구니 가득 호스체스넛 열매를 주워 간다. 실에 꿰어 매달고 호랑가시나무와 솔방울을 함께 엮어서 화환을 만들 생각이라고 한다. 케스 할머니 말을 들으니 내 머릿속에서 화환이 그려진다. 그걸 문앞에 걸어두면 크리스마스의 기쁨이 가득가득 집 안으로 들어설 듯하다.

문득 고개를 들어 잎을 다 떨어뜨린 호스체스넛 가지를 보니 벌써 겨울눈이 도톰하게 돋아 있다. 눈은 겨울에 생겨나는 게 아니라 가을에 이미 만들어져 겨울을 지낼 뿐이다. 예뻐서 만져보니 겨울눈 주변이 온통 찐득하다. 이건 일종의 자기 보호다. 먹을 게 궁한 겨울철에 새들이 날아와 먹을까 봐 찐득한 물질을 내보내 새들의 접근을 막는다. 작은 알렉스는 겨울눈이 하도 찐득해서 로빈(영국의 작은 텃새)이 먹으려고 왔다가 입이 붙어 떨어지지 않을 것 같다고 우스꽝스럽게 흉내를 낸다. 그럴 듯해서 웃음이 나온다.

젊음의 추억이었던 마로니에는 이제 영국으로 건너와 크리스마스 화환으로, 로빈이 거꾸로 매달린 우스꽝스러운 모습으로, 알렉스의 어린 시절 놀이의 추억으로 다시 버무려진다. 시간은 추억에도 색채를 덧입힌다. 그 묵직한 시간의 색채가 그리 싫지는 않다.

· garden tips ·

마로니에나무 이야기

서울 동숭동 대학로를 상징하는 마로니에공원에 가면 마로니에나무marronier를 만날 수 있다. 서울대학교의 전신인 경성제국대학 시절인 1929년 4월 5일에 심긴 나무로 지금은 대학로의 상징이기도 하다. 마로니에의 공식 식물학명은 *aesculus hippocastanum*인데 유럽이 자생지로, 프랑스에서는 마로니에marronier(밤나무라는 뜻)로 불리지만 영국에서는 호스체스넛horse chestnut이라는 이름으로 불린다.

호스체스넛은 말의 무릎 관절에 있는 특정 부위를 뜻하는 것으로 말이 무릎을 다쳤을 때 이 호스체스넛나무의 열매에서 즙을 내 치료제로 쓰면서 식물에도 같은 이름을 붙인 것으로 알려져 있다. 실제로도 호스체스넛의 열매는 다리가 부어오르는 부종이나 피부 궤양, 피부 가려움을 치료하는 의약제로 쓰이기도 한다. 그러나 저혈당을 일으키는 원인도 되기 때문에 복용에 특별히 주의해야 한다.

10센티미터 두께는 족히 되겠다. 라임나무 낙엽이 수북하게 쌓여 길이 온통 노랗고 폭신하다. 예쁘긴 한데 그대로 두면 겨울바람에 날려서 온 정원이 낙엽으로 뒤덮일 게 뻔하다. 하루 종일 라임나무 밑에 수북이 쌓인 낙엽을 치웠다. 두 알렉스와 로라, 나까지 넷이서 힘을 합쳐 긁어모아 트럭에 실었다. 100미터 정도 되는 라임나무 길을 채 끝내지 못하고 어둠이 밀려왔다. 갈수록 해가 빨리 떨어진다. 오후 3시가 넘어가면 어둑함이 뚝뚝 정원에 떨어진다.

정원 일은 고단하게 해서는 안 된다. 그래서 열 삽 정도 퍼올리면 허리를 펴고 알렉스와 로라의 열띤 토론을 듣는다. 스물두 살 같은 나이의 알렉스와 로라는 사사건건 논쟁이다. 그 틈에 우리도 덩달아 쉬어본다. 정원 일은 쉼도 없이 맹렬하게 할 일은 아니다. 쉬엄쉬엄 갈 일이다. 큰 알렉스의 퍼피와 로라의 버스터도 함께 일을 한다. 아니 낙엽을 긁어모아 산처럼 만들어놓으면 거기에 뛰어들어 논다. 머릿속에서 '나도 10년만 어렸으면 어떻게 좀 해보는 건데' 하는 아쉬움이 지나간다.

일하다 문득 쪼그려 앉아 떨어진 라임나뭇잎을 하나 주웠다. 얼마 전까지 초록으로 두터웠던 잎이 백지장처럼 얇아져서 투명하다. 낙엽은 색이 변한 것이 아니라 색이 빠진 거다. 광합성 작용을 멈추면 초록이 사라지고 노랗거나 빨개진다. 나뭇잎은 스스로 떨어지는 것

수북이 쌓이는 낙엽을 치우는 일은 가을 정원 일의 하이라이트다.
인게이트스톤 홀 정원의 라임나무길 모습.

이 아니다. 정확히 말하면 나무가 잎을 잘라내는 것이다. 나뭇잎이 나무에 연결된 부분을 점점 부풀어오르게 한 뒤 결국은 떨어져내리게 한다. 자기 몸의 일부였을 텐데 그 잎을 잘라내는 나무가 많이 아팠을 것도 같다. 하지만 추운 겨울이 오면 잎이 필요 없어진다. 아니 잎을 계속 달고 있으면 나무 전체가 죽게 된다. 잎을 달고 있으면 뿌리로부터 수분을 빨아들여 밖으로 다시 수분을 빼내는 작용을 하게 되고, 결국 빨아들인 물이 얼어서 식물 전체가 동사凍死하게 된다.

떨어지는 낙엽이나 잘라내야 하는 나무나 다 아팠겠다. 그래서 가을이 되면 유난히 바람결에 부대껴 떨어지는 낙엽의 소리가 그렇게 슬프게 들리는지도 모르겠다.

garden tips

겨울 추위가 흙에게 필요한 이유

모든 걸 꽁꽁 얼리는 추위는 얼핏 식물이나 흙에 별로 이로울 게 없어 보이지만 실은 그렇지 않다. 특히 흙에게는 이 겨울 추위가 스스로 자생력을 갖게 하는 중요한 기회가 된다. 흙속에도 다량의 수분이 함유돼 있는데 이 수분들이 추위에 꽁꽁 얼면서 팽창을 하게 된다. 이때 딱딱해질 수 있는 흙 사이에 공간이 늘어나고 이게 다시 녹으면서 자연스럽게 흙속 빈 공간을 넓혀주게 된다.

농사를 짓거나 정원을 관리할 때 가장 안 좋은 흙은 딱딱하게 굳어서 물과 공기마저 통과되지 않는 흙이다. 이런 흙에서는 어떤 식물도 뿌리를 내려 건강하게 자랄 수가 없다.

열흘의 일정으로 한국에 간 뒤 일주일이 채 지나지 않아 여지없이 몸살을 앓았다. 한국에 있을 때는 한 달에 두 번씩은 무슨 월중 행사라도 치르듯이 사랑니가 붓고 온몸이 쑤셔대는 몸살이 왔는데, 영국에 와서는 그런 잔병치레가 없어졌다.

처음엔 낯선 영국 생활에 대한 긴장으로 병치레조차 엄두를 못 낸 탓인 줄 알았는데, 내가 앓았던 잔병의 원인이 자연으로부터 멀어져서 생긴 증상이라는 걸 나중에야 알았다. 한국에서 돌아와 정원 일을 다시 시작하니 살 듯하다. 나무, 바람소리, 새소리, 맑고 푸른 하늘……. 자연이 뭘 해주는지, 모르겠지만 마음이 평안해지고 긴장이 풀어짐을 느낀다.

영국에서는 요새 자연 치유 건강법이 새로운 질병 치료로 소개되고 있다. 숲속을 걷고, 자연 속에 있는 것만으로도, 아니 그저 자연을 둘러보는 것만으로도 인간의 질병을 치유하는 데 큰 효과가 있어서 수술을 마친 회복기의 환자에게 숲 산책을 정기적으로 시키자 진통제 투여량을 현격히 줄일 수 있었다고 한다. 또한 산만한 아이들도 자연이나 숲속에 두면 한결 차분해진다고 한다.

자연의 무엇이 이런 치유 작용을 하는지는 모른다. 그러나 자연의 치유력은 생각보다 빠르고 강하다는 것만은 틀림없다. 폭풍우가 휩쓸고 간 숲, 산불로 다 불타 없어진 곳에서도 1, 2년이 지나면 엄청난 속도로 회복된 자연을 보게 된다. 그런 치유력이 없었다면 지금 우린 이 지구에 살아남아 있지도 못했을 것이다.

10월의 어느 일요일. 마을에서 작은 행사가 열렸다. 마을 사람들끼리 모여 10킬로미터 정도의 마을 뒤 숲속 길을 걷는 대회였다. 할머니, 할아버지, 아이들을 동반한 젊은 부부, 학생들까지 수십 명의 참가자가 노란 낙엽의 가을 숲을 걸었지만 대부분 말이 없었다. 느껴지는 게 많으면 말이 굳이 필요 없는 모양이다.

자연에서 멀어지면 인간이든 동물이든 몸이 아파온다. 자연의 치유력에서 우리 몸이 멀어졌기 때문이다. 자연에서 멀어지기 위해 지독하게 애를 쓴 인간이 이제 다시 자연으로 돌아갈 이유가 바로 여기에 있다.

스물두 살의 로라는 내가 인게이트스톤 홀 정원에서 일을 시작한 뒤 한 달쯤 지나 채용된 정원사였다. 175센티미터 정도 장신에 금발인 로라는 내가 다니는 리틀 컬리지Writtle College를 졸업한 뒤 왕립원예학회의 정원 중 하나인 하이드 홀에서 1년간 현장실습을 한 뒤 이곳에 취직했다.

영국에서 정원사는 식물학에 대한 지식과 식물 관리 요령, 재배 방식을 이론적 실무적으로 잘 습득해야 하는 전문직이다. 학교에서 배출된 젊고 건강한 정원사는 영국의 정원을 이끌어나가는 또 다른 힘이기도 하다.

로라는 영국의 여느 젊은이와 다르지 않다. 피어싱과 문신을 좋아해서 귀에는 다섯 개가 넘는 귀걸이가 주렁주렁 매달려 있고 팔과 발목에 새겨 넣은 앙증맞은 문신이 몸을 숙일 때마다 드러난다. 한겨울에도 배꼽티를 입고 다니며 감히 내가 엄두도 낼 수 없는 청춘의 에너지를 뿜어낸다. 말도 어찌나 빠르고 톤이 높은지 로라의 말을 따라잡는 데 한동안 애를 먹었다.

로라에게 왜 정원사가 됐냐고 물어보니 답이 참 간단명료하다. 사무실에 처박혀서 일하는 것보다 정원에서 일하는 게 훨씬 좋아서라고 한다. 공부와는 담 쌓고 지냈을 것 같은 로라가 정원 나무의 식물학명을 줄줄 외워대고 식물의 특징과 관리 요령을 막힘없이 설명할 때는 내 눈이 다 동그래지곤 한다.

로라는 낮엔 정원에서 일하고 밤엔 소설을 쓴다. 언젠가 자기가 낸 소설이 조앤 롤링의 『해리 포터』처럼 대박을 낼 거라는 야무진 꿈도 꾼다. 그 책으로 돈이 많이 벌리면 땅을 사서 정원사인 남자친구와 함께 정원을 만들 계획도 있다. 우리나라에서는 본 적 없는 예쁜 스물두 살의 꿈을 본다. 내가 마흔 살에 꾸고 있는 꿈을 로라는 스물두 살에 꾸고 있으니 훨씬 멋지고 야무지게 그 꿈을 이룰 듯하다.

하루 종일 장작을 준비했다. 로라와 알렉스는 기계톱으로 지난 번 부러진 버드나무를 적당한 크기로 잘라 땔감으로 만들고, 나와 작은 알렉스는 열심히 참나무 장작 패기에 들어갔다. 언제 해봤는지 작은 알렉스의 장작 패는 태가 전문가 수준이다. 그래도 참나무의 단단하기가 보통이 아니라 힘차게 하늘에 호를 그리며 내려찍는 도끼날에도 참나무는 끄떡없다.

그래도 열심히 일한 대가는 있기 마련이다. 하루 종일 패놓은 장작이 어느덧 헛간에 가득 차올랐다. 세상 어떤 음식을 맛있게 먹었을 때보다 배가 든든하고 뜨뜻하다. 이 기분이었던가. 1980년대까지 연탄을 땠던 달동네 우리 친정집에선 겨울이 다가오면 해야 하는 가장 큰 행사가 연탄 들이는 일이었다. 우리 집 연탄 광에 가득 연탄을 쌓으면 200장이 넘게 들어가는데 그걸 가득 쟁여놓고 엄마는, 이제 밥을 안 먹어도 배가 부를 것 같다고 흐뭇해했다. 그때 엄마의 얼굴에 가득했던 흐뭇함을 이젠 나도 알고도 남겠는데 엄마는 벌써 세상을 떠난 지 오래다.

겨울은 식물에게나 동물에게나 심지어 인간에게도 힘들고 고단한 계절이다. 그러니 따뜻하게 보낼 수 있는 땔감이나 연료를 쌓아 놓는 건 그 자체로도 배부르고 등이 따뜻하다. 바짝바짝 다가오는 겨울. 여름은 따뜻함이 아니라 더움이고 정작 따뜻한 계절은 겨울이다. 어둑해진 하늘 밑에 집들은 하나둘씩 불을 밝히고 창가에는 훈훈한 김이 어린다. 성냥팔이 소녀가 죽어가며 그리워했던 겨울의 따뜻함이다.

· garden tips ·

벽난로에 땔 수 있는 나무들

시골에서는 겨울에 벽난로의 따스함을 즐길 수 있다. 어떤 나무든 벽난로에 땔 수 있지만 나무마다 특성이 다르므로 알아두면 좋다.

- 물푸레나무ash tree: 땔감으로는 최고급 수종이다. 자른 후 건조 없이 그대로 쓸 수 있다.
- 참나무oak tree: 역시 최고의 땔감 수종이다. 불이 붙기까지 시간이 걸리지만 일단 붙고 나면 오래도록 타고(밤새도록 타기도 한다) 열기가 매우 좋다. 그러나 불꽃이 화려하게 일지는 않는다. 땔감으로 쓰기 위해서는 적어도 2년간 건조시켜야 한다.
- 산사나무hawthorn: 화력과 불꽃이 매우 좋다. 굵기가 가늘어서 쪼개지 않고 그대로 사용할 수 있다.
- 사과나무와 배나무: 실내 가득 아로마 향기를 뿜어낸다. 서양에서는 요리를 할 때 사과나무나 배나무를 이용한다. 은은한 향이 음식에 배어 훈제 효과를 준다.
- 소나무와 낙엽송: 소나무류는 화력이 세고 불꽃도 화려하게 피어나지만, 타면서 파편이 튀기 때문에 뚜껑이 달린 벽난로가 아니라면 위험하다. 대신 쪼개서 불을 피우는 용도로 쓰면 효과가 좋다.

12월 들어 제법 쌀쌀한 겨울바람이 몰아친다. 워낙 습기 많은 겨울을 보내야 하는 까닭에 영국은 거의 방방마다 벽난로가 설치돼 있다. 지붕을 뚫고 올라선 서너 개, 때로는 대여섯 개가 넘는 굴뚝을 보는 것도 빅토리아 시절 영국 집들이 주는 또 다른 재미다.

창문을 여니 바깥 공기 속에 나무 타는 냄새가 함께 섞여든다. 누구네 집 벽난로에서 타오른 장작 냄새일 게 분명하다. 냄새만으로도 훈기가 느껴진다. 겨울이 아무리 춥다 해도 벽난로의 활기가 있다면 견뎌볼 만하겠다.

유럽인들에게 벽난로는 난방이나 요리만을 위한 기구가 아니었을 것이다. 일을 끝낸 가족들이 잠들기 전에 모여드는 곳이 벽난로 주변이었고, 이곳에서 일상의 대화들이 오가고 가족들의 안부가 물어졌다. 미국의 대통령이었던 프랭클린 루스벨트는 '난롯가의 담소'라는 제목의 라디오 프로그램을 1933년부터 1944년까지 진행했다. 당시는 미국에 대공황이 불어닥친 시기로 모두가 일자리를 잃고 배고픔과 가족의 생이별을 경험하며 하루하루를 겨우 버티던 때였다. 루스벨트는 가족을 하나로 만들어줬던 난롯가의 담소를 떠올리며 국민들에게 꿈을 심어주려고 노력했다. 그리고 그 힘으로 미국은 다시 일어날 수 있었다.

정말로 추운 건 매서운 겨울바람이 아니라 추위를 함께 견딜 누군가가 없는 것일지도 모른다. 두껍게 바깥세상을 향해 끼워져 있는 이중창 덕분에, 따뜻한 난방 때문에, 이제는 윗목에 놔둔 걸레가 꽁꽁 얼어버리는 추운 겨울이 사라졌다. 그렇게 우리의 겨울이 따뜻해지면서 잃어버린 우리의 추억도 새삼스럽다. 추운 겨울 함께 나눠 덮은 이불 밑으로 서로가 서로에게 36.5도의 온기가 되어주었던 그 따뜻함, 얼어버린 유리창에 입김 불어 적어놨던 그 많던 하트와 우정과 사랑의 단어들, 곱게 포장지에 싸 나눴던 장갑과 목도리, 불 꺼진 옆방 사람을 위해 빼주었던 밑불 연탄 한 장의 온기. 춥기에 더 따뜻했던 우리의 정들을 참 많이 잃었다.

· garden tips ·

추위에 약한 식물 보호 방법

요즘 들어 꽃시장에 나오는 식물 중에는 우리나라의 겨울 추위를 견디지 못하는 외래종이 종종 있다. 식물을 살 때는 반드시 월동이 가능한지 물어야 하지만 설령 월동이 안 된다고 해도 크게 염려할 필요는 없다. 가장 좋은 방법은 겨울 추위가 닥치기 전에 캐내 화분에 담아 따뜻한 장소로 옮겨주는 것이지만, 상황이 여의치 않을 경우에는 몇 가지 대책으로도 식물의 월동을 도울 수 있다.

일단 땅이 축축이 젖어 있지 않도록 해주고(축축한 물기가 얼어서 식물 뿌리에 손상을 주기 때문에), 북풍이 많은 우리나라의 경우에는 북쪽에서 불어오는 바람을 막을 수 있는 바람막이 등을 해주거나, 뿌리가 있는 땅 위에 지푸라기나 거름 등을 덮어주면 좋다.

특히 야생에서 자라는 고사리(키가 크고 잎이 클수록 좋다)는 겨울철

추위에 약한 식물들에게 아주 좋은 겨울이불이 되어준다. 일단 고사리의 잎이 누렇게 변해가는 가을 즈음에 고사리 잎을 가지치기 가위로 잘라준다. 가능하면 밑 부분을 잘라 줄기와 잎이 그대로 남도록 해야 한다. 자른 고사리를 모아 지푸라기 등을 이용해 엮어 보호할 식물에 덮어준 뒤 날아가지 않도록 막대기로 고정해주면 겨울바람에도 벗겨지지 않는다. 추위가 완전히 지나갔다고 생각될 즈음에 고사리 덮개를 치워주면 그 밑에 새로 돋아난 새싹을 볼 수 있다. 이 고사리 덮개는 보온 효과가 뛰어나고 통풍도 잘되어서 식물이 썩을 염려가 없다.

정원 담장 뒤편 작은 개울가에서 부러진 배나무를 뽑아내는 중이었다. 두 알렉스는 다른 곳에서 일하고 있었고 나는 로라와 함께 잔가지를 옮기고 있었다. 개울 뒤편에서 후두득거리는 소리가 들려 고개를 돌려보니 사슴이었다. 물을 먹으러 개울로 내려온 듯싶었다. 밤색에 흰 반점이 찍혀 있는 디즈니 만화영화의 밤비를 그대로 닮은 작은 사슴이었다. 다리가 거의 부러질 것처럼 가늘고 늘씬했다. 아직 뿔이 없는 걸로 봐서 어릴 수도 있지만 암놈인 듯도 싶었다. 로라가 함께 있던 버스터의 목걸이를 얼른 잡아당겼다. 아무리 순한 버스터라 해도 본성이 사냥개라 벌써 사슴을 향해 으르렁거리고 있었다. 숨죽이며 사슴이 무사히 개울을 넘어 숲으로 사라지는 것을 지켜봤다.

뒤늦게 온 두 알렉스는 사슴을 놓쳤다는 사실에 너무 안타까워

했다. 영국은 한때 왕족과 귀족들이 사냥을 위해 여우와 사슴을 숲 속에 퍼트려 두 동물이 가장 흔하게 볼 수 있는 동물이었다. 그러나 지금은 야생 상태에서 일부만 살아남아 사슴을 정원에서 본다는 건 흔한 일이 아니었다. 알렉스는 30년간 정원사로 일하다 은퇴한 아서 할아버지에게서 이곳에 사슴이 산다는 얘길 들었지만, 3년간 한 번도 본 적이 없다며 속상해했다. 그 사슴을 내가 봐서 참 기분이 좋았다.

우리 주변엔 우리가 생각하는 것보다 많은 야생동물이 우리와 함께 살고 있다. 다만 그들은 기를 쓰고 인간에게 들키지 않으려고 한다. 어찌 생각하면 동물 세계에서 인간은 일종의 왕따를 당하고 있는 셈이다. 동물들은 자신의 모습을 인간에게 들키지 않고 자신들만의 세계를 만들며 살아간다. 그 먼 옛날에는 우리도 그들과 함께 열린 공간 속에서 살았을 텐데, 이제는 철저하게 동물과 인간 사이에 장막이 놓여 있다. 동물원에서 동물을 구경하는 것은 썩 기분 좋은 일이 아니다. 철장에 갇힌 동물을 보는 건 참 미안한 일이고 우리가 그들을 보러 동물원으로 가야 하는 것도 많이 슬프다.

정원에 문득 찾아오는 야생동물은 그래서 참 반갑고 기쁘다. 그들도 우리와 함께 살고 있다는 걸 느끼게 해주고, 아직은 우리가 다시 친구가 될 수 있다는 믿음을 준다. 인간이 동물들에게 저지른 일들은 지구상 어떤 동물도 부린 적 없는 막대한 횡포였다. 너무 많이 잘못했고 그래서 용서받을 수 없을지도 모르지만 지금이라도 화해를 청하고 싶다. 그럼 어쩌면 그들이 너그러운 마음으로 용서해줄 것도 같은데……. 우리의 반성은 아직도 갈 길이 너무 멀어 보인다.

· garden tips ·

야생 정원

요즘 정원의 새로운 경향 중 하나는 야생의 동물을 불러들이는 야생 정원wildlife garden이다. 사실 정원은 식물의 공간이지만 식물이 불러들이는 야생의 곤충 동물들의 공간이기도 하다. 정원에 야생의 새들이 날아들고 개구리, 두꺼비가 연못에서 서식하고, 드물기는 하지만 고슴도치, 여우, 사슴이 등장하는 정원은 말 그대로 최고의 자연친화 정원이다. 어린이가 있는 집이라면 야생 정원을 통해 교육적인 효과도 거둘 수 있다. 야생 정원을 만드는 데는 몇 가지 요건이 필요하다.

· 지나치게 깨끗한 정원에는 동물이 들어서지 못한다. 동물이 몸을 숨길 수 있는 나뭇가지나 나뭇잎 등을 그대로 두어야 한다.
· 반드시 물이 있어야 한다. 정원 안에 크기에 상관없이 작은 연못 하나를 만들어두면 야생의 새, 개구리, 두꺼비, 고슴도치 등에게 정말 중요한 샘물터가 된다. 중요한 것은 연못 한 귀퉁이에 동물이 물을 마시고 다시 올라올 수 있는 작은 틀을 마련해줘야 한다는 점이다. 이 장치가 없으면 목이 마른 성질 급한 야생동물이 물을 마시려고 연못에 뛰어들었다가 나오지 못해 죽을 수도 있다.
· 동물들이 월동 혹은 서식할 수 있는 돌이나 장작더미를 정원 한편 외진 곳에 쌓아주면 더욱 좋다.
· 규칙적으로 모이를 주면 원하는 야생의 동물을 골라 불러들일 수 있다.

영국인들은 1년 내내 크리스마스를 기다리는 듯하다. 여름 지나 10월로 접어들면 벌써 상점들은 크리스마스 장식으로 새 옷을 갈아입고 우편함을 통해 들어오는 광고 전단지는 크리스마스 특별세일 일색이다.

크리스마스 2주 전, 알렉스와 나는 크리스마스 장을 보러 갈 참이었다. 알렉스가 몰고 나온 정원용 차를 보는 순간 기가 막혔다. 1953년산 랜드로버였다. 믿기지 않아 몇 번을 확인했는데 정확히 1953년, 한국전쟁이 끝나고 휴전을 했던 그해에 생산된 차였다. 엔진 소리가 다소 요란하고, 기어가 빡빡해서 잘 넣어지지 않고, 계기판이 몽땅 고장 나긴 했지만 아주 멀쩡히 잘 달렸다.

랜드로버를 타고 30분을 달려 농장에 도착했다. 크리스마스트리에 쓸 전나무를 사야 했다. 거대한 농장엔 수천 그루쯤은 될 법한 전나무가 크기별로 늘어서 있어 노르웨이의 숲에 와 있는 게 아닌가 하는 착각이 들 정도였다. 이 많은 전나무가 다 누군가의 집들로 들어가겠구나, 어떤 의미에선 그게 더 신기하기도 했다. 그중 꽤 큰 전나무 하나를 사서 랜드로버에 싣고 다시 정원으로 돌아왔다.

크리스마스트리는 홀의 중앙 거실에 세워질 예정이다. 장식은 티룸의 케스 할머니가 맡기로 했는데 올해 크리스마스의 주제는 리본이다. 빨간 리본을 가지마다 묶고 맨 위에 빛나는 황금별 하나를 달

정원사 로라의 집 거실에 놓인 크리스마스트리.

아줄 거라고 한다.

크리스마스트리를 장식하는 전통이 언제부터 생겼는지는 정확하지 않다. 아마도 그리스도교가 북유럽으로 전파된 뒤 추운 겨울에 크리스마스를 맞아야 했던 북유럽 사람들이 상록수인 전나무에 장식을 하면서 시작된 것으로 보인다. 12월 25일은 예수 그리스도의 탄생일이지만 실질적으로 그때가 생일이 아니라는 설이 유력하다. 12월 25일은 절기상으로 동지 즈음인데, 동지는 북유럽인들에게 매우 중요한 명절 중 하나였다. 1년 중 가장 밤이 긴 날이기도 하지만 이날을 기점으로 새로운 해가 떠오른다고 믿었기 때문에 큰 축제의 날이기도 했다. 일부 종교학자들은 로마인들이 그리스도교를 북유럽인들에게 전파하는 과정에서, 아마도 민속 명절인 이들의 동지와 예수 그리스도의 탄생일을 결합시킨 것으로 크리스마스를 보기도 하는데 상당히 신빙성이 있어 보인다.

종교인은 아니지만 일산 단독주택에 살 때부터 크리스마스가 찾아오면 마당에 심은 키 큰 고염나무에 크리스마스 전구를 장식해주는 걸 잊지 않았다. 깊은 겨울, 어둠은 늘 생각보다 먼저 정원에 떨어져내리고, 추운 어둠 속에 잠긴 정원에 빛을 주는 전등은 너무나 반가운 손님이 된다. 누가 언제부터 나무에 등을 매달아 환하게 불밝힐 생각을 했는지 몰라도 인간이 만들어낸 문화 중에 모처럼 잘한 일, 참 칭찬받을 만한 일이라고 생각한다.

영국 작가 조앤 롤링의 『해리 포터』에는 해리와 그 친구들이 펍에 가는 장면이 자주 나온다. 번역자는 그 펍을 우리말로 '선술집'이라고 옮겨놓았는데, 딱히 틀리달 수도 없지만 펍을 선술집이라고 부르기에는 좀 적당치가 않다. 영국에는 정말로 많은 펍들이 있다. 대부분 그 역사가 오래 돼서 짧게는 50년 이상, 길게는 400년이 넘은 펍들도 즐비하다. 역사가 오래된 전통 펍만 찾아다닐 수 있는 가이드북도 서점에서 쉽게 찾을 수 있다.

펍은 애초에 드문드문 넓게 퍼져 있는 시골 사람들을 한자리로 불러들이는 사교의 장이면서 음식과 술을 팔고 종종 여인숙 역할까지 한 곳이다. 그래서 작은 마을일수록 펍은 그저 단순한 숙박업소를 넘어 나름의 문화적 역할까지 해냈다.

정원 관련 책을 읽다 보면 펍에서 만난 사람들이 그해의 농작물 작황이나 정원에 관련된 정보를 나누는 장면이 자주 나온다. 처음에는 술집에서 별 이야기를 다하는구나 싶었는데, 이제는 맥주 한 잔을 손에 든 채 얼큰하게 취한 시골 사람들이 두런두런 이야기를 나누는 장면이 쉽게 그려진다.

정원 일 마지막 날, 두 알렉스와 로라는 나를 인게이트스톤 홀 외곽의 숲 한가운데 자리 잡고 있는 펍으로 데려갔다. 바이퍼라는 펍이었는데 낮은 천장의 펍 안에 점심을 먹으러 온 사람들로 가득했다. 영국의 집들은 대부분 천장이 낮은 편인데 그런 공간이 주는 묘한 안락함이 있다. 크리스마스트리 장식이 서 있는 쪽의 작은 테이블에 앉아서 지나간 3개월의 추억을 함께 곱씹었다.

키를 높이면 더 많은 세상이 보인다지만 키를 낮추면 우리 밑에 떨어져 있는 작은 행복이 더 잘 보인다. 영국의 생활은 이 키 낮은 펍의 천장처럼 내 삶에서 지나쳤던 작은 것들에 대한 행복을 자꾸 돌아보게 한다.

어떻게 하늘 그리고 땅을 팔고 살 수가 있을까요? 신선한 공기와 반짝이는 물은 우리의 소유가 아닙니다. 땅은 거룩한 곳입니다. 아침 이슬에 반짝이는 솔잎 하나도, 해변의 모래톱도, 깊은 숲속의 안개며 노래하는 온갖 벌레들도 모두 신성합니다. 우리는 땅의 일부고 땅은 우리의 일부입니다. 거친 바위산의 목장과 이슬, 향기로운 꽃들, 사슴과 말, 커다란 독수리는 모두 우리의 형제입니다. 사람은 이 거대한 생명 그물망의 한 가닥일 뿐입니다. 만일 사람들이 쏙국새의 아름다운 지저귐이나 연못가 개구리의 울음소리를 듣지 못한다면 인생에 남는 것이 무엇이겠습니까?

우리가 만약 당신들에게 땅을 판다면, 땅은 거룩하다는 것을 기억해주십시오. 이 땅을 목장의 꽃향기를 나르는 바람을 맞을 수 있는 곳으로 지켜주십시오. 우리가 우리의 자손에게 가르친 것을 당신들도 당신들의 자손에게 가르쳐주십시오. 땅은 우리 모두의 어머니라고. 모든 좋은 것은 땅으로부터 나오고, 이 땅의 운명이 곧 우리의 운명이라는 것을.

— 어느 아메리카 인디언 추장의 말 중에서

겨울에서 봄

자작나무에
부는 바람

딱 한 번, 최선을 다해 살다

영국 케임브리지에 있는 앵글시 애비 정원Anglesey Abbey Garden이다. 갑자기 시야가 환해지면서 수직의 하얀 힘이 솟는다. 수십 그루의 자작나무가 모여선 채 눈부신 자작나무 흰 줄기로 겨울 정원의 마지막을 찬란하게 장식하고 있다. 여름철 귓가를 간지럽게 울려주던 나뭇잎의 속삭임은 이제 하얀 눈부심이 되어 바람을 불러모은다. 자작나무에 바람이 분다. 하얀 출렁임이 인다.

2004년 겨울, 부쩍 마당을 서성이는 시간이 길어지고 있었다. 하던 일을 접고 영국으로 떠나야 할지 말아야 할지를 고민했다. 한동안 내 손에 쥐어진 많은 것들을 버릴 수도 놓을 수도 없어, 더 이상 앞으로 나아가지 못한 채 갇힌 시간들을 보내고 있었다. 그때 문득 마당의 겨울 자작나무가 나에게 뭔가를 말해주는 듯싶었다. 잎을 다 떨어뜨린 겨울나무는 버릴 수 없다면 더 이상 새로운 것을 가질 수도 없다고 말해주는 것 같았다. 겨울나무는 다 버렸기 때문에 새로운 봄을 기대할 수 있다. 새로움은 버림으로 시작되고 버림은 새로움을 만들어낸다.

그때 겨울나무가 아니었다면 어쩌면 영국으로의 무모한 도전은 없었을지도 모른다. 영국에서의 유학 생활 중 세 번의 겨울을 맞았다. 봄과 여름이 내 곁을 지나갔지만 그래도 내겐 겨울이 지속되는 느낌이었다. 그건 어쩌면 겨울나무를 닮은 내 삶 때문이었을지도 모른다. 잠에서 깨어나면 문득 영국이 아니라 한국에 돌아가 있을 것 같은 시간들, 마지막 남은 한 잎까지도 버려야 하는 생활의 고단함과 문득문득 밥을 먹다, 공부를 하다 밀려드는 뜻밖의 외로움과 두려움, 그러면서도 차곡차곡 쌓이는 내 꿈들이 부풂이 반복되던 나날이었다.

이 길고 긴 겨울은 아마도 다시 한국으로 돌아가면 끝나지 않을까 싶다. 한국으로 돌아가면 작은 땅을 마련하고 거기에 내가 제일 좋아하는 자작나무를 심을 작정이다. 그리고 오래도록 내게 오지 않았던 봄을 그 자작나무에게서 다시 볼 참이다.

· garden tips ·

겨울의 귀족, 자작나무

많은 사람들이 겨울나무를 두고 앙상함과 쓸쓸함을 먼저 떠올리지만, 달리 보면 나무 본연의 깊은 맛을 그대로 볼 수 있는 기회이기도 하다. 그중에서도 겨울에 유난히 아름다운 나무를 들라면 역시 자작나무*betula*다. 자작나무에게는 '겨울나무'라는 별칭이 있을 정도로 추위를 좋아한다. 북극에 가까운 노르웨이나 스웨덴에서 자생 군락지가 많이 발견된다. 식물학명은 *Betula*인데 사람도 인기가 많으면 별명이 많듯이 자작나무도 별명이 아주 많다. 특히 춥고 눈이 많이 오는 북유럽에서는 자작나무에 대한 애정이 지극해 나무의 귀족이라든가 숲속의 주인, 그레이스 실버, 그레이스풀 윈터 등으로 부른다.

자작나무는 봄에 새잎이 돋아나 여름까지 초록의 싱그러움을 즐기게 해준 다음, 가을이 되면 환상적인 오렌지색이나 노란 빛깔로 물든다. 마침내 겨울이 오면 눈부신 하얀 나무껍질로 우리의 눈을 풍요롭게 해준다. 바로 이 눈부신 '실버' 빛깔 때문에 자작나무가 겨울나무로 사랑받는다. 하얀 나무껍질은 보기에만 좋을 게 아니라 쓰임이 많다. 우리의 경우부터 예를 들면, 흔히 결혼의 의미로 '화촉을 밝히다'라는 말을 쓰는데 여기서 말하는 화촉이 자작나무 껍질에 불을 붙이는 것을 뜻한다. 또한 자작은 신이 준 천연 방부제로 산사람들은 자작나무 껍질에 주먹밥을 싸서 산행을 다녔고, 심마니들이 산삼을 발견하면 자작나무 껍질로 산삼을 쌌다고 한다.

유럽의 북부 지역에서는 사람이 죽으면 자작나무로 시신을 감쌌는데 이 경우도 자작나무 껍질의 방부 효과 때문이었을 게 분명하다. 자작나무와 비슷하지만 줄기가 갈색인 나무가 박달나무다. 박달나무는 밀도가 높고 단단해서 주로 도장이나 방망이의 재료로 쓰인다. 자작나무도 그런 특징을 그대로 지녀서 도끼나 망치의 손잡이가 되기도 한다.

인게이트스톤 가든의 현장실습이 끝난 큐 가든에서 다시 인턴 생활을 시작했다. 2006년 말, BBC에서 '영국의 최고는'이라는 주제로 방송을 했다. 그중에는 '영국 최고의 정원'을 뽑는 시간도 있었는데 1위가 바로 왕립식물원인 큐 가든이었다.

큐 가든의 인턴 생활 동안 나는 열대식물 온실과 화단 관리 및 조성 파트에서 일했다. 매일 꼬박 4시간이 걸리는 출퇴근길에 몸은 소금에 절인 배추처럼 늘어졌지만 식물과 함께하는 일이라 매일의 힘을 다시 얻었다. 인간이 나타나기도 전에 식물들은 지구에서 삶을 시작했고 그 유전자 속에는 아주 오래된 삶의 지혜들이 숨어 있다. 정원의 일은 엄청난 기술을 요하는 것도 아니고 머릿속을 꽉 채워야 하는 이론적 무장이 꼭 필요한 것도 아니다. 정원의 일은 이해의 일이고 사랑의 일이다. 식물의 본성을 얼마나 잘 이해하고 있는지, 우리가 서로에게 얼마나 필요한 존재인지를 이해하는 일이다. 그래서 자연스럽다는 것이 어떤 것인지를 이해하는 일이다. 신기하게도 식물의 삶을 가만히 들여다보면 볼수록 그 안에 인간 삶 속의 갈등에 대한 해답이 보였다. 그게 바로 식물이 우리에게 주는 교훈이었다.

새벽 5시 30분. 머리맡에 놓아둔 휴대전화가 알람을 울린다. 밀려오는 잠을 억지로 끊어내고 주섬주섬 옷을 입고 기차역으로 향한다. 런던 리버풀 스트리트 행 기차는 5시 55분에 내가 사는 작은 마을의 역을 들렀다 간다. 리버풀 스트리트 역에서 다시 전철을 두 번 더 갈아타고서야 도착하는 큐 가든 역. 뻐근한 어깨를 한 번 펴주고 새벽길을 걸어 빅토리아 게이트에 도착한다. 거기서 다시 담장을 끼고 조금 걸으면 허름한 흰색 페인트의 나무문이 나온다. 전자 개폐기에 신분증을 댄 뒤 힘껏 나무문을 열어젖힌다.

아, 이 기분! 판타지소설 『나니아 연대기』의 작가 C. S. 루이스가 혹시 이런 경험을 했던 건 아닐까. 피터, 수잔, 에드먼드, 루시 네 남매가 옷장을 통과해 판타지의 세상, 나니아로 접어드는 것과 같은 경험을 매번 이 나무문을 통과하며 느낀다. 그 문 뒤의 세상은 방금 전 내가 통과해온 세상과 너무나 다르다. 사람 냄새, 소독 용액에 찌든 전철 안의 냄새가 사라지고, 온몸을 진동시키는 자동차의 소음이 끊기고, 마치 공기조차 없는 멍한 진공상태가 찾아온다.

이제 좀 더 발걸음을 옮기면 고요 속에서 작은 소리들이 들려온다. 솟구쳤다 쏟아져내리는 분수의 물줄기 소리, 머리 위 어디쯤에서 울어대는 새들의 지저귐, 나뭇잎들 사이를 들락거리는 바람소리, 다람쥐가 나무 등을 타는 소리…….

소리뿐이 아니라 신선한 공기가 한숨에 와락 달려와 텁텁했던 내 허파 깊숙이까지 찾아든다. 숨을 못 쉬고 있었던 것도 아닌데 그제야 숨이 트인다. 자연은 정말 위로가 된다. 정말 딱 죽겠다 싶을 때마다 내게 들어와 위로해주고 토닥여주고 자꾸 가슴 어디쯤에 무얼 넣어준다. 너무 따뜻하다.

· garden tips ·

정원사의 사계

보통 봄, 여름, 가을, 겨울 순으로 계절을 생각하지만, 정원사는 가을부터 시작해 겨울, 봄, 여름으로 마감한다. 모든 꽃이 지고 난 가을 정원에서 새로운 일이 시작되기 때문이다.

가을과 겨울은 정원사에게 시작이고 준비의 계절이다. 월동이 필요한 식물은 뿌리를 캐내 보관하고, 받아놓은 씨앗은 건조한 장소에 보관한다. 캐놓은 구근은 내년을 위해 손질하고, 화단엔 내년 봄을 위해 흙을 일구고 거름을 준다. 가을은 나무의 형태를 잡아주고 가지치기를 해주는 최상의 시기다. 이 계절에 주로 장미나 무성해질 수 있는 관목의 가지치기를 해준다.

봄은 새롭게 돋아나는 식물을 돌보는 시기다. 마지막 추위가 지나가면 꽃씨를 뿌리는데, 잡초가 무성하게 올라오기 때문에 잡초 제거에도 정성을 들여야 한다. 씨를 뿌린 뒤에는 물주기를 게을리하지 말아야 한다. 더불어 여름에 장식할 화단을 준비하느라 분주히 온실 재배를 시작한다.

여름이 오면 진 꽃을 끊어내 깔끔하게 정리해주고, 온실에 넣어놓은 열대성 식물을 밖으로 내놓는다. 라벤더 등의 꽃대를 잘라 말리는 일도 여름에 이뤄진다. 연못이 있다면 수초가 뒤덮는 것을 방지하기 위해 염료로 물빛을 검게 만들어주면 좋다. 연꽃이 있다면 영양분을 공급해 탐스러운 꽃이 피어날 수 있도록 관리하고, 동백꽃은 이때가 가지치기를 해줄 수 있는 좋은 시기다.

아침 8시. 정원에 도착하며 집으로 전화를 건다. 아이들이 일어나 학교 갈 준비를 해야 할 시간이다. 한국에서나 영국에서나 바쁜 엄마 덕에 아이들은 어린 시절부터 엄마를 믿고 비벼본 적이 없다. 아이들이 그렇게 원하는 비 오는 날 우산 마중을 한 번도 해준 적이 없다. 아침 차려 먹고 점심으로 샌드위치도 준비해 학교로 나서야 할 아이들. 슬며시 마음 한쪽에서 익숙한 미안함이 밀려온다. 스스로 씩씩해야 함을 아는 야생화처럼, 부실한 엄마 밑에서 자란 아이들은 생각보다 씩씩하다.

시간은 익숙함이라는 참 좋은 선물을 준다. 아이들에게 못할 짓이라, 하루에도 몇 번씩 무슨 영광을 보겠다고 이 일을 하나, 때려치울까 말까 고민하던 것도 익숙해지니 덤덤해졌던 것처럼, 이곳에서의 생활도 첫날의 어수선과 긴장이 며칠 만에 낯익은 정다움으로 다가왔다. 익숙함은 참 좋은 것이다. 하지만 익숙함이 무르익어 그 안에 머물게 되면 늘 같은 자리를 맴도는 쳇바퀴 안의 다람쥐 같은 반복에 물린다. 그게 싫어 다 떨치고 이 험난한 영국 유학길을 택했으니 익숙함 속에만 머물 일은 아니다.

해마다 똑같은 시기에 똑같은 꽃을 피워내는 식물인 것 같지만 실은 그렇지 않다. 작년에 핀 꽃과 같은 꽃은 결코 다시 피지 않는다. 딱 이번만을 위해 피는 꽃과 잎이기 때문에 최선을 다해 피고 진다. 삶의 하루도 지나고 나면 영원히 오지 않을 시간들이다. 그 시간을 위해 난 무엇을 해야 하나.

1월의 영국 날씨는 새벽마다 비바람을 몰고 와 뼛속을 파고든다. 추위에 떨다가 온몸을 웅크리고 온실에 들어서면 난 향기가 후끈하다. 향기의 힘은 대단하다. 달큰한 난 향기는 열대의 추억을 고스란히 담고 그 어떤 배경 변화 없이도 한순간에 내가 있는 곳을 남태평양의 어느 섬으로 바꾸어버린다. 사람의 기억 중에 가장 오래가는 것이 냄새의 기억이라고 한다. 시각에 의한 기억은 시간이 흐르면 희미해지지만 후각에 의한 것은 오랜 시간이 흘러도 생생하게 되살아난다.

『잃어버린 시간을 찾아서』를 쓴 프랑스 작가 마르셀 프루스트는 홍차에 마들렌 과자를 찍어 먹다 그 냄새 덕분에 어린 시절의 기억을 떠올리게 된다. 프루스트는 냄새는 우리 기억 속에서 잠자던 이미지를 깨우는 열쇠라고 말했다. 사실 나에게도 냄새는 아주 강렬한 어떤 이미지를 떠올리게 하는 요소다. 매번 취사가 끝난 밥통의 뚜껑을 열 때마다 와락 달려드는 훈김 속에서 친정엄마에 대한 기억을 떠올리는 것도, 시큼하게 익은 김치 냄새에서 늘 술에 취해 있던 아버지의 이미지를 만들어내는 것도 결국 냄새가 일으키는 내 잠자던 기억의 파편들임에 틀림없다. 나에게 난의 향기는 수년 전 남편과 함께했던 발리 섬, 밤 바닷가의 향기다. 그땐 그 향기의 정체를 몰랐지만 영국에 온 뒤 온실에서 다시 그 향기를 만났고 그게 난향이라는 걸 알았다.

매일 아침 온실 문을 열 때마다 내게로 달려오는 난 향기는 참 따스하다. 이보다 시간이 좀 더 흐르고 나면 열대 발리 섬의 추억과 함께 영국에서의 기억으로 함께 떠오를 것이다. 의지할 곳 없는 낯설고 추운 영국의 겨울 한복판에서 난의 향은 내게 남태평양의 훈기를 가져다준 따스한 향기가 되었다. 그래서 참 좋다.

· garden tips ·

엄청난 난의 세계

난은 난초과*orchidaceae*에 속하는 식물군을 통칭하는 말이다. 지구상 어떤 식물보다 많은 종을 보유한 식물군으로, 지금까지 난초과 식물은 800여 개 속屬과 2만 5,000여 개 종種이 있는 것으로 알려져 있다. 하지만 지금도 계속 발견되고 있기 때문에 정확한 수치는 알 길이 없다. 19세기부터 난에 대한 관심이 커지면서 인간에 의해 잡종 교배가 이뤄진 것만 무려 10만 종에 이른다.

지금도 해마다 800여 개의 새로운 종이 발견되거나 만들어지고 있다. 그러나 난의 인공 재배에 성공하기까지에는 많은 시간이 소요되었다. 일반적으로 난의 씨에는 싹을 틔울 수 있는 영양분이 없기 때문에 스스로 싹을 틔울 수가 없다. 대신 뿌리 주변 흙속에서 공생하는 난 균균orchid mycorrhiza이 난의 씨앗을 파고들어 싹을 틔우도록 돕는다. 이는 고도로 진화된 식물의 번식 방법으로, 난은 식물 중에서 가장 진화된 식물로 알려져 있다.

온실의 일은 구역이 정해져 있는데, 내가 책임져야 할 구역은 11번 온실 '디스플레이 프로파게이션display propagation'이다. 온실의 가장 중요한 일은 식물을 재배하고 밖으로 나갈 때까지 잘 관리해 키워내는 일이다. 내가 맡고 있는 디스플레이 프로파게이션 구역은 이제 막 싹을 틔운 식물이 어느 정도 자라면 옮겨지는 중간 단계다. 여기서 완전히 자라면 비로소 밖으로 나간다.

오전 일은 주로 물 주기로 시작한다. 얼핏 생각하면 물 주기 정도야라고 볼 수도 있지만 물 주기는 정원사에게 기본 중 기본이고 그렇기 때문에 더욱 중요한 일이다. 온실 일을 시작하던 첫날에 매니저 닉이 가르쳐준 물 주기 요령은 이랬다.

1 · 흙 빛깔을 보고 판단하기. 육안으로 보기에 흙이 촉촉한 검은 빛이 아니라 회색빛이 돌면 물을 줘야 한다는 첫 번째 신호다.

2 · 화분은 반드시 손으로 직접 들어서 무게를 확인한다. 화분의 무게가 쉽게 들려질 정도로 가벼우면 흙이 완전히 말라 있는 거지만 겉흙은 말라 보여도 무게가 묵직하면 아직 물기가 화분 속에 남아 있다는 증거다.

3 · 화분의 크기와 식물의 크기를 함께 점검해야 한다. 화분에 비해 식물이 크고 잎이 많다면 물을 좀 더 자주 줘야 한다. 반대로 화분이 식물에 비해 크다면 그다지 자주 물을 줄 필요는 없다.

4 · 화분의 흙이 자연 흙이 아니라 거름이라면 좀 더 자주 물을 줘야 한다. 거름은 자연 흙에 비해 물기를 머금는 시간이 무척 짧다.

5 · 타고난 습성을 따라야 한다. 물을 좋아하는 식물이냐, 물을 싫어하는 식물이냐를 잘 알고 있어야 한다. 예를 들면 파인애플이나 선인장, 난과 같이 물을 싫어하는 식물에게 꼬박꼬박 물을 줬다가는 뿌리가 다 썩어버린다. 대신 물을 좋아하는 네펜데스, 신답수스, 아글라오네마 등에게는 매일 물 주기를 빠뜨리면 안 된다.

식물은 말려 죽이는 것보다 과다한 물로 썩혀 죽이는 경우가 훨씬 더 많다. 결론적으로 매일 하루에 한 번씩 내 맘대로 식물에게 물어보지도 않고 물을 줬다가는 죽이기 딱 알맞다. 식물의 특징마다 다르지만 일반적으로는 물을 흠뻑 준 뒤 화분의 흙이 다 마를 때까지 기다렸다가 다시 물 주기를 하면 된다.

큐 가든의 열대식물 온실은 열대성 식물을 재배하고 관리하는 곳이다. 그러나 열대 지역이라고 해도 습기가 많은 지역에서 자라는 식물과 건조한 사막 지역에서 자라는 식물군은 전혀 습성이 다르고 모양과 형태 또한 완전히 다르다. 우리나라는 자연 상태에서 열대식물을 보기 어렵지만 최근 들어 집 안에서 키우는 하우스 식물이 인기를 끌면서 일부 몇 종은 익숙해져 있다.

이 열대식물들은 꽃도 꽃이지만 잎의 화려함이 대단하다. 어떤 종류는 꽃보다 더 현란하고 아름다운 잎을 자랑하기 때문에 그 잎을 감상하는 재미 또한 쏠쏠하다. 특히 내가 개인적으로 좋아하는 칼라테아calathea는 잎의 무늬가 여느 화가의 작품을 능가할 정도로 아름답고, 색채 또한 꽃에 못지않다. 일반적으로 잎은 모두 초록색이라고 생각하지만 붉은빛, 회색, 밤색 등 다양한 색상이 존재한다. 더불어 다양한 나뭇잎의 모양은 우리의 상상을 초월한다.

열대식물들이 이렇게 현란한 잎을 지닌 이유는 간단하다. 워낙 일조량이 좋고 수분이 풍부한 지역에서 자라기 때문에 대부분의 잎

큐 가든 온실에는 다양한 열대식물이 자란다.
그중에는 작은 곤충을 잡아먹는 식충식물도 있다.

이 넓적하고 크다. 그 가운데서 살아남으려면 웬만한 현란함이 아니고서는 힘들다. 좀 더 화려하게 곤충을 유혹을 할 수 있어야 생존할 수 있고, 특히 키 작은 식물일수록 그 잎의 화려함이 더하다.

살아남기 위해 안간힘을 쓰는 식물의 생존은 인간의 눈에는 그저 아름다움으로 보인다. 미술관에 걸린 한 점의 그림이 우리에겐 지극한 아름다움이지만 미술가에겐 고뇌와 아픔의 분신인 것처럼, 꽃과 잎 같은 식물의 아름다움도 거친 삶을 이겨낸 진통에서 나와 누군가에게 참 위로가 된다. 사람에게서도 이런 아름다움을 종종 본다. 자신의 역경을 잘 이겨내고 묵묵히 자신의 꽃을 피워내는 사람들. 세상 누구든 열심히 살아온 삶에 대해선 비난할 일이 아니다. 세상 어떤 꽃이든 아름답지 않다고 비난받을 이유가 없듯이.

자연 상태의 모든 식물은 스스로 번식하지만, 인간이 어떤 필요나 목적에 따라 식물을 번식시키기도 한다. 이걸 프로파게이션이라고 한다. 프로파게이션은 대부분 온실에서 이뤄지는데 씨를 뿌려 번식시키는 방법이 가장 보편적이다. 그 외에 잎을 잘라 번식시키기도 하고 줄기나 뿌리의 일부로 번식시키는 방법도 있다. 최근에는 흙도 없이 실험용 비커 안에서 인공 재배를 시키는 마이크로 프로파게이션이 활발히 진행 중이다. 프로파게이션은 식물의 멸종을 막거나 더 많이 번식시키고 또 원하는 새로운 식물을 만들어내는 요소로서 식물학에서 매우 중요하다. 정원사 중에서 특히 이 재배 분야에서 일하는 사람을 프로파게이터propagator라고 부른다.

식물의 프로파게이션 방법은 크게 두 가지로 나뉜다. 하나는 씨를 통한 것이고, 또 하나는 부모의 잎, 줄기, 뿌리 등의 일부를 잘라 재배시키는 방법이다. 씨앗의 경우는 유전자가 부모와 다르기 때문에 같은 종이면서도 새로운 식물이 탄생하는 셈이지만, 부모의 몸에서 잎이나 줄기, 뿌리의 일부를 떼어내 재배를 하는 경우는 유전자가 부모와 일치해 복제품이 된다. 이런 경우에 프로파게이터는 부모와 같은 일련번호를 준다.

사실 복제에 의한 식물 번식은 씨앗을 받아 재배시키는 것보다 쉽고 간단하다. 그러나 이 방법을 많이 쓰면 안 되는 몇 가지 이유가 있다. 유전자가 똑같기 때문에 특정 환경이나 병충해에 의해 몰살될 위험이 있다. 그리고 무엇보다 유전적 발전이 더 이상 이뤄지지 않는다. 모든 생물체는 번식을 위해 살고, 그 목적은 유전적 발전을 통한 진화다. 인간이라고 다르지 않다. 인간 역시 진화를 위해 끊임없이 노력하고 있고 그것이 유전에 의해 다음 세대로 이어진다. 우리의 삶이 더 나아지고 현명해져야 하는 이유도 어쩌면 여기에 있는지 모른다.

땅을 일구는 순한 남자들

영국 남자들이 정원 일을 하는 건 집 안에서 들어야 하는 아내의 잔소리를 피하기 위해서라는 우스갯소리가 있긴 하지만, 영국 남자들은 정말로 정원 일을 즐긴다. 정원 일은 사실 여자보다는 남자에게 적합하다. 단순히 식물을 보며 즐기는 게 정원사의 일이 아니고 땅을 일구고 그 위에 식물을 키워내는 일이기 때문이다.

영어의 husband는 남편이라는 명사이지만 '땅을 갈다', '식물을 재배하다'라는 의미의 동사도 된다. 여기에 husbandry가 되면 농업, 경작이라는 의미가 된다. 남편이 그런 일을 주로 해서 이런 동사가 만들어졌는지 아니면 원래 있던 동사가 명사로 발전한 것인지 알 수는 없지만 재미있기도 하다.

내가 만난 직장 남성들의 상당수는 도시 생활보다는 시골 생활을 선호하고 정년퇴임을 하거나 이직을 할 경우 땅을 일구고 싶다는 소망을 갖고 있었다. 그때는 그게 단순히 도시 생활에서 느끼는 각박함과 힘듦 때문이라고만 이해했는데, 정원 일을 하면서 태생적으로 남자들이 지니고 있는 성품을 이해하게 됐다.

농기구들은 땅을 일구는 데 쓰면 생명을 일궈내는 창조의 도구가 되지만 전쟁에 쓰이면 파괴와 죽음을 불러온다. 참 재미있게도 전쟁의 무기와 농기구는 정확하게 똑같은 모양이다. 그래서 순하고 착한 창조적 남편을 만들려면 절대 사무실에 가둬놓고 돈 버는 일에만 집중하게 해서는 안 된다. 땅을 일구는 남편을 만들어줘야 한다. 그게 진정한 남편의 의미이기도 하다.

· garden tips ·

잔디 깎는 기계의 발명

잔디 깎는 기계는 1830년에 발명됐다. 처음 붙여진 이름은 버딩budding이었는데 디자인한 발명가의 이름이 에드윈 버딩Edwin Budding이었다. 첫 모델은 나무로 만들어졌는데 사람이 직접 손으로 밀거나 조랑말이 끌어서 깎는 방식이었다. 잔디 깎는 기계는 발명 후 큰 반응을 얻지 못했다. 그러나 1870년에는 영국의 모든 정원사들이 사용할 정도로 보편적인 정원연장이 되었다. 십여 명이 반나절 동안 깎아야 했던 면적을 이제는 조랑말에 기계를 매달아 5분 만에 끝낼 수 있었다. 원동기로 돌아가는 프로펠러가 장착된 기계는 1900년에 등장했다. 처음에는 증기로 프로펠러를 돌렸는데 기계의 수명이 매우 짧은 것이 단점이었다. 그 후 다시 발명된 것이 오늘날 우리가 사용하는 기름을 연료로 쓰는 엔진 기계다.

겨울 정원엔 적막함이 가득하다. 꽃과 잎을 떨어뜨린 식물은 깊은 동면에 들어가고 정원엔 앙상함과 쓸쓸함이 감돈다. 그러나 정말 그럴까.

고개를 숙이고 보니 키 작은 연보라의 아이리스와 진한 보랏빛의 다프네daphne, 크리스마스 장미로 불리는 연둣빛의 헬리보루스 helleborus 꽃이 가득하다. 중간 허리쯤엔 말채나무cornus의 노랑, 빨강, 주황의 줄기가 꽃보다 더 화려하게 뭉실거린다. 연분홍의 바이버늄 viburnum과 연노랑의 로니세라lonicera, 가닥가닥 색종이를 오려 붙인 듯한 주황색의 풍년화hamamellis 꽃이 스쳐지나는 길에 진한 향기를 뿜어낸다. 이 작은 꽃에서 향수를 들이부은 듯한 진한 향기가 뿜어져 나온다는 게 신기할 뿐이다. 정원의 끝 지점에 이르렀을 때 갑자기 눈앞이 온통 하얗다. 들어선 사람들 모두 자기도 모르게 '와' 탄성을 지른다. 쭉쭉 뻗은 오십여 그루의 흰 자작나무가 눈보다 더 하얗게 빛난다. 앙글레세이 아베이 정원. 세상에 태어나서 처음 보는 겨울 정원의 모습이다.

우리 눈은 우리가 보고 싶어 하는 것만을 보는지도 모른다. 우리는 나무의 꽃과 잎에 가려 그 줄기가 얼마나 화려하고 아름다운 색상과 질감을 지니고 있는지 알지 못한다. 나무의 줄기는 꽤나 화려한 저마다의 색상을 지니고 있다. 단풍나무의 비단 같은 짙은 밤색,

흰색의 껍질을 지니고 있는 자작나무는 겨울정원의 중요한 소재가 되어준다.

버드나무의 삭힌 고추장 빛깔의 주홍색, 말채나무의 노랑과 주황 그리고 불타는 듯한 빨강 줄기들은 잎이 다 떨어져버린 겨울에만 볼 수 있는 진귀한 색들의 잔치다.

늘 푸른 상록수들, 주목나무, 주니퍼, 소나무, 대나무가 이 추운 겨울에도 우리 곁에 있어주니 그것만으로도 든든하다. 잎도 없이 앙상한 가지에서 꽃을 피운 풍년화, 로니세라, 마호니아mahonia, 오스만투스osmanthus, 다프네는 피어줘서 고맙다는 말을 절로 나오게 하고 추위 속에서도 초록을 잃지 않는 유포비아euphorbia, 헤데라hedera, 빈카vinca는 연약한 우리지만 참고 견딜 수 있다는 교훈마저 주는 듯하다.

자작나무가 수직으로 늘어선 하얀 겨울 정원 끝자락에서 나는 묘한 감동을 받고 있었다. 마치 정원이 겨울이 와도 끄떡없다고, 이겨낼 수 있다고, 겨울이 와도 그 겨울을 즐겨야 한다고 나에게 말해주는 것 같았다.

화려한 크리스마스 축제가 끝나자 큐 가든은 '난 축제'로 분주해졌다. 프린세스 오브 웨일스 온실the Princess of Wales Conservatory에서 근 2주일 동안 준비를 도왔다. 이 축제를 위해 무려 3만여 개에 달하는 난을 네덜란드에서 들여왔다. 튤립의 나라 네덜란드는 튤립뿐 아니라 원예업이 세계적으로 발달한 나라로 유럽 꽃시장의 중심이기도 하다. 행사 준비는 꼬박 한 달 이상이 걸렸고, 프린세스 오브 웨일스 온실 안의 연못에는 대형 아치에 수천 개의 난이 장식되었다. 이번 난 장식의 주제는 '난 광시곡orchid extravaganza'이다. 정원사들은 난이 만들어내는 광시곡을 위해 녹초가 되어갔다.

난은 식물 세계에서 참 독특한 습성을 지닌 생명체다. 열대 지방은 물론이고 북극에서도 생존할 정도로 엄청난 생명력을 자랑한다. 그저 향기나 뿜고 색깔로 곤충을 유혹하는 수준에서 벗어나 아예 수분의 대상이 될 곤충의 모양을 그대로 본뜬 꽃 모양을 만들고 심지어 암컷의 페로몬까지도 내뿜는다.

난을 뜻하는 식물명 orchid는 그리스어로 남성의 성기testicle를 뜻한다. 난꽃을 그저 예쁘다고만 본 사람이라면 한 번쯤 자세히 그 형태를 볼 필요가 있다. 그러면 그토록 아름다운 꽃에 왜 이런 듣기 민망한 이름이 붙여졌는지 충분히 짐작할 수 있다. 식물학자들은 만약 식물의 아이큐를 잴 방법이 있다면 난의 지능이 가장 높을 것이라고 한다. 그러나 이 지능 역시 생존의 위한 치열함에서 비롯됐을 것이다. 그래서일까. 난을 떠올리면 늘 '치열함'이라는 단어가 먼저 생각난다. 치열하다는 건 스스로에게 끊임없는 긴장을 주는 것이고 삶이 결코 녹록치 않다는 증거이기도 하다.

집에 들여놓은 난꽃이 한 달도 넘게 피어 창가를 예쁘게 만들어준다. 그 꽃을 바라보며 치열하게 살아서 힘들고 고달픈 사람의 냄새가 느껴져 편치 않을 때도 있다. 그래도 치열한 난의 생존력을 나는 참 좋아한다. 그 치열함 덕분에 우리 집 창가가 좀 더 아름다워지듯 세상 누군가의 치열함으로 말미암아 이 세상이 지금도 조금씩 좋아지고 있다고 믿는다.

· garden tips ·

메도우 가든

영국인들은 자연스러운 정원을 좋아한다. 프랑스를 비롯한 유럽의 정원이 마치 현대미술 작품을 보듯이 깎고 다듬고 형태를 만드는 일종의 정원 아트를 추구한다면 영국은 자연스러움을 최대한 강조한 정원을 꿈꾼다. 이런 영국인들의 성격이 '메도우 가든meadow garden'이라는 독특한 형태를 만들어냈다.

meadow는 우리말로 초원이라는 뜻으로, 나무를 거의 심지 않고 널따란 평야에 야생의 잔디와 함께 형형색색의 꽃들이 헤아릴 수 없이 장관으로 피어난다. 그 야생의 꽃길 사이로 오솔길을 내고 종아리를 간질이는 풀 속을 느긋하게 산책하는 것을 영국인들은 무엇보다 큰 즐거움으로 생각한다.

메도우 가든은 척박한 땅일수록 좋은 조건이 된다. 메도우 가든에 심을 수 있는 꽃들은 1년생, 2년생, 다년생이 대부분 가능한데, 한 번 씨를 뿌려놓으면 해마다 스스로 씨를 퍼트려 올라오기 때문에 특별한 관리가 필요 없다. 다만 1년에 한 번 겨울철에 죽은 잎들을 거둬내고 땅을 골라줘야 한다. 거름은 웃자라게 만들기 때문에 절대 주지 않는다.

메도우 가든은 대부분 널따란 평원에 만들지만 소규모의 작은 정원에 가꾸어도 아주 매력적이다. 면적이 크다면 씨를 뿌리는 것이 경제적이지만 작은 정원이라면 모종을 직접 심어주는 것이 버려지는 씨를 줄일 수 있어 경제적이다. 봄에 조성을 해도 괜찮지만 가장 좋은 시기는 가을이다.

자원봉사자들이 없다면 큐 가든이라는 거대한 곳은 아마 유지가 불가능했을 듯싶다. 큐 가든은 계절별로 '난 축제', '지중해 축제' 등 특별 이벤트를 준비한다. 이때는 많은 사람들의 손길이 필요하고 자원봉사자들의 도움이 아니라면 엄청난 인건비를 감당할 수 없기도 하다.

큐 가든의 자원봉사자는 지원을 받아 약간의 선발 규정을 거쳐 선정한다. 그 수가 매년 수백 명이 넘는다. 자원봉사자들은 일주일에 하루, 원하는 요일에 나와 정원 일을 돕는다. 점심 한 끼도 대접해주지 않는 곳에서 그들은 말 그대로 몸으로 봉사한다. 대신 자원봉사 자체가 경력으로 인정되므로 더러는 젊은 인재들이 오기도 한다. 하지만 대부분 은퇴한 노년의 할아버지, 할머니들이다.

원래는 수목원에서 일을 하는데 난 축제를 위해 온실로 파견을 나왔다는 자원봉사자 토니 할아버지를 만났다. 엔지니어로 일하다 은퇴한 뒤 화요일엔 큐 가든에서, 목요일엔 내셔널트러스트의 정원에서 자원봉사를 하고 있었다. 정원 일은 은퇴 후 자신이 꼭 해보고 싶었던 꿈이라고 한다. 건강해 보이는 토니 할아버지는 처음 만난 내게도 별 스스럼없이 자신의 정원에 올해 처음 핀 장미꽃이 얼마나 탐스러운지 설명하느라 쉼이 없었다. 무엇이 이렇게 삶을 즐기게 하는 걸까.

영국에 온 뒤 노년의 삶에 대해 생각해볼 때가 많다. 이들이 우리보다 풍요로워 보이는 것은 사회보장제도나 경제력 때문만은 분명 아니다. 이미 젊은 시절부터 노년의 삶을 준비하고 대비하는 이들과 준비 없이 다가온 노년에 당황하며 무너지던 한국의 내 부모 세대는 많이 달랐다. 외로움에 절절 목을 매는 나약함도 경제적 무능력을 한탄하는 절망감도 이들에게선 잘 보이지 않았다.

내가 사는 아파트의 아랫집 마이클 아저씨는 정년퇴임을 앞두고 살던 아파트를 팔고 시골에 땅을 사 수리에 들어간다고 했다. 그곳에 작은 농장을 차리고 닭과 오리를 키우고 밭을 일굴 계획이라고 한다. 또 큐 가든에서 함께 일했던 정년퇴임을 앞둔 정원사 탈리야는 퇴직을 하면 아프리카로 자원봉사 활동을 떠날 거라고 한다. 그곳에서 정원을 가꾸고 영어를 가르칠 것이라고 한다.

한동안 우리나라에도 열풍처럼 불었던 웰빙은 단순히 먹을 것, 입을 것에만 국한되지 않는다. 영국 사람들은 웰빙이라는 말 대신 웰에이징well aging이라는 말을 쓰기도 한다. 나이는 가만히 있어도 차곡차곡 쌓이지만, 나이만큼 건강하게 '잘 나이 들어간다는 것'은 식물이나 사람이나 결코 쉬운 일이 아닌 듯하다.

프랑스 화가, 앙리 루소는 이 열대식물과 사랑에 빠져 매일 이젤과 물감을 들고 식물원으로 출근했다. 그는 그곳에서 자신만의 정글을 상상하며 그림을 그렸다. 재미있는 건 그가 실은 한 번도 정글에 가본 적이 없다는 것이다. 그래서인지 〈정글의 폭풍〉이란 작품에선 정글에 살지 않는 호랑이가 등장하기도 한다. 어쨌든 그는 열대식물을 너무나 사랑했던 화가임에 틀림없다.

런던 템스 강변에 있는 테이트 모던 미술관에서 앙리 루소 전시회가 열린다는 소식을 듣고 일부러 시간을 냈다. 400여 점이 넘는 루소의 작품 중 절반 이상이 기대했던 대로 정글의 열대식물 그림이었다. 한 번도 가보지 않은 정글을 그는 상상하고 꿈꾸고 자기만의 색감으로 만들어냈다. 어쩌면 그가 정말 정글을 가봤더라면 지금의 이 작품들은 탄생하지 않았을지도 모르겠다는 생각이 들었다.

· garden tips ·

정원에 분 아웃도어 리빙 열풍

1980년대 영국에서는 정원을 거실처럼, 혹은 부엌처럼 이용하는 새로운 유행이 생겨났다. 이른바 아웃도어 리빙outdoor living 공간으로 활용하게 된 것이다. 사색의 공간이었던 정원에 식탁과 의자가 등장하고 거기에 바비큐 그릴이 설치되면서, 정원을 보는 문화가 아니라 정원에서 즐기는 문화가 자리 잡게 된다.

여기에 발맞춰 정원가구 회사에서는 수만 종의 아웃도어 리빙용품을 고객에 취향에 맞게 쏟아내 관련 시장의 규모만 해도 엄청나다. 현재 영국에서는 정원 관련 용품과 가구, 장식용품, 식물을 통틀어 판매하는 '가든 센터'가 광범위하게 운영 중이고, 주말이면 정원 장식용품을 사러 오는 사람들로 성황을 이룬다.

서양에서는 정원사를 종종 화가에 비교하기도 한다. 화가가 붓과 물감을 들고 화폭에 자신의 꿈을 그리는 사람이라면, 정원사는 호미와 삽을 들고 땅 위에 자신의 꿈을 그리는 사람이다. 인상주의 화가인 클로드 모네 역시 식물에 대한 사랑에 빠져 직접 자신의 정원에 꽃과 나무를 심고 그걸 즐겨 그린 화가다. 지베르니 정원Giverny Garden은 그가 그림을 그리기 위해 직접 디자인한 정원으로, 원근법과 대칭구도 그리고 화려한 색채로 당대 최고의 정원사들도 감탄할 만큼 아름다웠다고 한다. 그러나 그는 종종 자신의 붓과 물감으로 식물의 아름다움을 다 표현하지 못해 안타까워하기도 했다.

화가뿐 아니라 영국 시인 윌리엄 워즈워스 또한 자신이 시인으로 유명해지지 않았다면 정원사로 유명해졌을 것이라고 했다. 그만큼 정원에 대한 해박한 지식과 사랑이 깊었다. 그 외에도 피터 래빗을 만들어낸 영국 동화작가 베아트릭스 포터가 만들어놓은 정원 역시 지금까지 최고의 명소로 꼽히고 있다. 예술 분야뿐만 아니다. 미국의 세 번째 대통령이었던 토머스 제퍼슨과 영국 수상이었던 윈스턴 처칠 역시 은퇴 후 정원사의 길을 걸었던 정치인들이었다.

식물에 대한 인간의 사랑은 본능이다. 종교에서는 인간이 잃어버린 신성神聖을 식물이 간직하고 있기 때문이라고 한다. 어떠한 해석도 가능하겠지만 분명한 것은 어린이든 노인이든 남자든 여자든 아름다운 꽃 앞에서, 수려한 나무 앞에서는 분노를 느끼지 않는다. 식물은 참으로 고요하게 인간의 헝클어진 심정을 고쳐주고 다독여준다. 그래서 식물과 사랑에 빠질 수밖에 없는지 모른다.

· garden tips ·

월계수 이야기

월계수는 서양에서 로렐laurel 혹은 베이 로렐bay laurel이라고 부르는데, 지중해 지역에서 자생한다. 그리스와 로마 지역에서는 예로부터 잎과 열매를 음식에 이용해왔다. 월계수는 크기가 제법 큰 관목으로 다 자라면 10~18미터에 이르기도 한다. 지중해 지역에서는 겨울철에도 푸른 잎을 보이지만 우리나라의 겨울 추위에는 월동대책이 필요하다.

계관桂冠 시인이라는 표현이 있는데, 영어로는 poet laureate로 월계수 잎으로 만든 관을 머리에 쓴 시인이라는 뜻이다. 이것은 그리스 로마 시대부터 유래되었는데 전쟁에서 수훈을 세운 장수나 최고의 시인에게 월계수 잎으로 만든 화관을 머리에 씌워주었다. 이것을 영국이 본 따서 17세기부터 왕실이 해마다 최고의 시인을 뽑아 월계수 잎관을 수여하고 '계관시인'이라는 칭호를 내렸다.

새벽 현관문을 열고 나서니 영국에서는 한겨울에도 보기 힘들다는 함박눈이 내리고 있다. 바닥에 쌓인 눈이 밟을 때마다 뽀도독거린다. 기차역에 도착해 윗옷에 달린 모자에 소복이 쌓인 눈을 털어낸다. 아직 어스름하지만 하얀 눈발이 보인다. 달리는 기차 창문으로 반짝이며 뛰어든다. 내 기분도 같이 튀어오른다.

큐 가든에 도착해 정원에 들어서니 온통 눈 세상이다. 한 100년 정도는 이렇게 계속 눈 속에 있었던 것처럼 감쪽같고 고요하고 아득하기만 하다. 큰 나뭇가지마다 10센티미터는 될 법한 흰 눈이 앉아 있다. 낱알의 눈은 솜털처럼 가벼워도 쌓인 눈의 무게는 상당하다. 비바람보다 눈 때문에 부러지는 나뭇가지가 더 많다. 그래도 이 두툼하게 부풀어 있는 하얀 정원이 너무 좋다. 아무도 걷지 않는 정원을 혼자 발자국을 꾹꾹 찍으며 걷는다. 뛰지 않으면 지각인데 뛰기도 싫고 온실로 들어가기도 싫다. 멈춰 서서 셔터를 눌러 카메라에 정원을 담는다. 아니 내 기억 속에 담는다.

눈의 에너지는 대단하다. 어린 시절에 눈이 오면 좋아 날뛰는 아이들을 보고 할머니가 그러셨다. "강생이 새끼마냥 뭐 좋다고 뛰댕기기는……." 강아지만 눈을 좋아하나. 아이들도 좋아하고, 아가씨도 좋아하고, 총각도 좋아하고 그리고 소복이 눈꽃을 피우고 있는 식물도 눈을 좋아한다. 눈이 많이 오면 그해 식물은 훨씬 더 건강하고 꽃망울도 탐스럽다. 식물도 눈이 오면 기뻐하는 게 틀림없다.

날이 밝으면서 눈도 그치고 내린 눈도 서서히 녹아간다. 눈의 여왕이 그랬을 것처럼 슬픈 눈으로 온실 밖을 자꾸 힐끔거린다. 그 좋은 햇살도 오늘은 얄밉고 성가시다. 그래도 녹지 않는다면 이렇게 아름답지도 않을 것이다. 눈이 아름다운 건 녹기 때문이다. 녹지 않는 눈이라면 아름다움이 아니라 고통이다. 우리 삶이 아름다운 것도 끝이 있기 때문이겠다 싶다. 그래서 좀 더 아름답고 즐겁고 싶다.

· garden tips ·

겨울에 손쉽게 집 안에서 하는 한해살이 화초 재배 방법

겨울은 이듬해 봄과 여름을 위해 한해살이 화초를 재배하는 데 아주 중요한 계절이다. 겨울 동안 집 안이나 온실에서 싹을 틔워 기른 뒤 봄이나 여름이 되면 바깥 화단에 옮겨 심는다. 씨앗을 사서 재배할 수도 있지만 정원에서 직접 받은 씨앗으로 재배하면 재미와 감동이 더 크다.

· 일부러 전문 재배용 용기를 살 필요 없이 먹고 난 요구르트 병이나 종이 아이스크림통, 우유곽 등을 이용하면 된다.
· 가을에 딴 씨앗을 잘 씻어서 말린 뒤 준비한 요구르트병이나 아이스크림통에 거름을 넣고 씨앗을 뿌려준다.
· 너무 깊게 심거나 너무 낮게 심으면 싹을 틔우지 않을 수도 있기 때문에 살짝 거름이 씨앗을 덮을 정도로만 심어주고 물을 흠뻑 준다.
· 따뜻한 창가에 놔두고 겨울 추위가 지나갈 때까지 물을 주며 기다리면 된다.
· 마지막 추위가 지나갔을 즈음 밖에 내놓으면 작년과 똑같이 아름다운 꽃을 피워준다.

식물들도 샤워를 해

바닐라 아이스크림을 좋아한다. 초콜릿도 좋아하지만 먹고 난 뒤의 텁텁함이 싫고, 은은한 바닐라 향이 딱 내 입맛이다. 그런데 바닐라 향을 좋아하면서도 한 번도 그 바닐라가 어떤 식물일까에 대해선 궁금해해본 적이 없다. 왜 그랬을까.

난 축제를 준비하던 때 휴게실에서 점심 샌드위치를 먹다 책상 위의 잡지를 보았다. 거기에 바닐라에 대한 기사가 있었다. 최초로 바닐라의 인공재배에 성공한 어느 노예 소년의 이야기였다. 그 기사로 바닐라가 난이라는 걸 처음 알았다. 오늘날 우리가 바닐라 향을 즐길 수 있게 된 건 이 열두 살 노예 소년 덕분이었다.

그날 함께 일하던 딘이라는 큐 가든 학부과정 학생에게 혹시 바닐라가 큐 가든에도 있느냐고 물었다. 딘이 앞장서 데려간 곳은 프

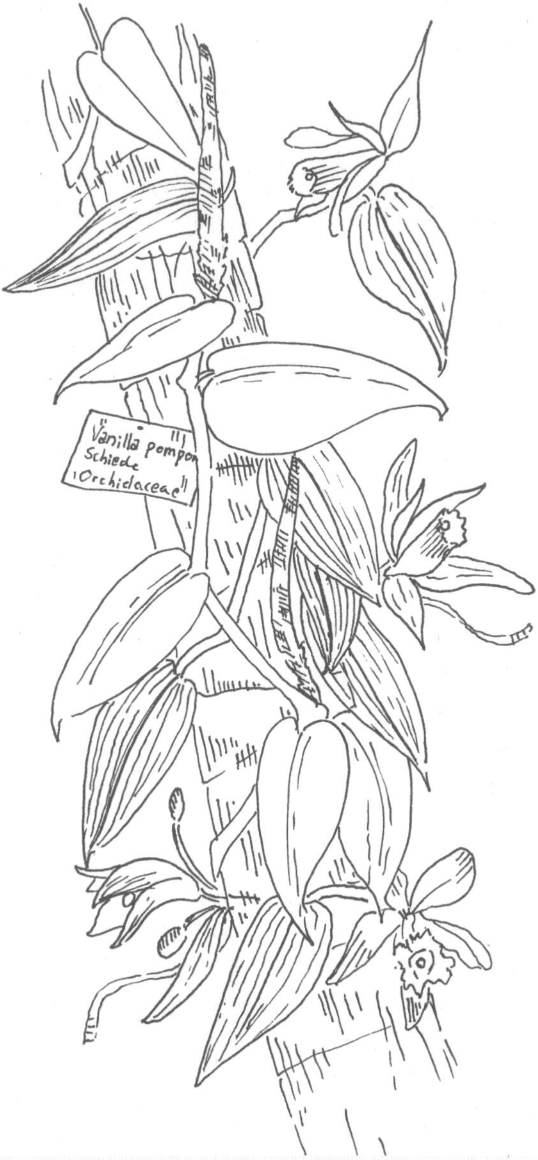

큐 가든 온실에서 자라는 난의 일종인 덩굴식물 바닐라의 모습.

린세스 오브 웨일스 온실 입구 쪽 계단이었다. 바닐라가 Vanilla라는 명찰을 달고 계단 난간을 칭칭 휘감으며 자라고 있었다.

바닐라는 넝쿨식물로 나무나 막대 등 지지가 되는 것을 감고 올라가며 자란다. 맨 처음 재배를 시작한 민족은 멕시코의 토토낙 Totonac 부족이었다. 후에 아스텍 문명이 이 지역을 지배하면서 바닐라는 아스텍에 흡수됐고 다시 스페인이 이 지역을 정복하면서 스페인을 통해 유럽으로 전해졌다. 바닐라라는 이름은 스페인어로 작은 꼬투리라는 뜻으로, 열매 모양이 콩의 꼬투리처럼 길쭉하기 때문이다. 자연 상태에서 바닐라는 벌에 의해 수분되지만 꽃이 딱 하루 동안만 피었다 지기 때문에 수분이 이뤄지기가 매우 힘들다.

1841년, 프랑스의 섬 가운데 하나인 레유니온Reunion의 열두 살 노예 소년 에드몽 알비우스Edmond Albius가 대나무 젓가락을 이용해 암술과 수술을 접붙이는 방법을 고안해냈다. 지금도 이 방법으로 수분을 시키고 있다. 노예 소년이 아니었다면 바닐라의 향기를 맛보기는 어려웠을 것이다. 그 향기가 없었다면 아이스크림 맛이 얼마나 심심했을까. 콜라의 맛도 얼마나 밍밍했을까(콜라의 향에도 바닐라가 쓰인다). 바닐라가 있어서 우리의 혀가 얼마나 즐거워졌는지 생각하면 정말 고마운 일이다.

어느 출근길이었다. 큐 가든 역에서 내렸을 때는 분명히 멀쩡한 하늘이었는데 시커먼 먹구름이 뒤를 밟는다 싶더니 결국 정원 한복판에서 거친 폭풍우를 만나고 말았다. 뛰어가면 5분도 안 걸릴 거리에 온실이 있었지만 눈앞을 가리는 비바람을 뚫고 갈 방법이 없었다. 다급한 마음에 근처 전나무 아래로 뛰어들었다. 벼락 치는 날은 나무 밑이 위험하다지만 다행히 그날은 번개가 없었다. 전나무의 촘촘한 잎이 비바람을 막아주는데도 사선을 그으며 등 뒤를 때리는 거침없는 비바람의 기세에 겁을 잔뜩 먹었다.

그렇게 시간이 얼마나 흘렀을까. 귓가에 바스락거리는 전나무의 소리가 들려왔다. 그건 전나무가 거친 비바람을 견디고 있는 소리였다. 그게 참 이상하게 내 마음을 가라앉혔다. 전나무가 뭘 해주었을까. 괜찮다고 말해주었던 걸까. 이 또한 곧 지나갈 일이라고 위로라도 해준 걸까. 그냥 마음이 포근하고 안심이 됐다. 그때 처음 알았다. 사람의 품처럼 나무의 품 역시 참 포근하다는 것을.

5분 뒤 하늘은 언제 그랬느냐는 듯 말끔히 개었고, 전나무 덕분에 난 머리만 살짝 젖은 채로 온실에 도착할 수 있었다. 그날 이후 오며가며 그 전나무를 지날 때마다 눈길 한 번, 마음 한 번이 더 갔다. 비바람 치는 날을 나와 함께한 나무는 더 이상 즐비하게 서 있는 비슷한 전나무가 아니었다.

삶의 비바람은 일기예보도 안 해준다. 온다는 예보도 없이 느닷없이 오는 삶의 비바람들. 그래도 생각해보면 그때마다 누군가 그 비바람을 같이 맞아주고 감싸주어서 견딜 수 있었다. 부모이기도 했고 남편, 형제자매, 친구, 자식이기도 했다. 그런데 더 생각해보면 땡볕 밑에 그늘을 만들어주었던 떡갈나무와 내게 빈자리를 내주었던 벤치와 문득 살아 있다는 걸 감사하게 했던 아름다운 꽃들도 나와 함께했던 그 누군가들이었다.

일하고 있는 온실로 꼬마 손님들이 찾아온 목요일이었다. 예닐곱 살 정도의 꼬마 손님들이었다. 열대식물 온실은 일반인에겐 공개가 안 되는 장소지만 교육을 위해서는 단체 관람을 허용하곤 한다.

온실의 한 직원이 난이란 어떤 식물이고 어떻게 생겼는지 설명하고 있을 때였다. 갑자기 한 남자아이가 소리를 쳤다. "우와, 천장에서 물이 내려오고 있어." 열대식물을 키워야 하는 온실은 습도 관리가 필수기 때문에 천장에 설치된 파이프를 통해 정기적으로, 보통은 10분에 한 번꼴로 안개를 뿜어준다. 아이들은 더 이상 난을 설명하는 직원에게 관심이 없었다. 오로지 천장에서 쏟아지는 신기한 안개에 정신이 팔려 있었다.

"우와, 천정에서 물이 내려와."

"우와, 진짜."

"근데 왜 천장에서 물이 내려오는 건데?"

"몰라."

"나도 몰라."

그때 한 아이의 목소리가 들렸다.

"샤워하는 거야. 식물들이."

아이들의 생각은 참 예측하기 힘들다. 그래서 더 소중하고 아름답다. 그날 내내 온실에서는 식물들이 샤워를 한다는 유머가 떠돌며 정원사들을 즐겁게 해주었다.

아이들과 함께하는 자연학습 중에서 아이들이 가장 좋아하는 것은 의외로 잡초를 뽑는 일이다. 식물은 항상 보호해야 할 대상으로 교육받아서인지 뽑아버릴 수 있다는 것에 엄청난 관심을 보인다. 아이들이 식물교육에 지루함을 느끼는 것은 대부분 안 되는 것을 가르치기 때문이다. 꽃을 꺾으면 안 되고, 밟으면 안 되고, 자르면 안 되고. 안 되는 것투성이다.

꽃은 꽃대를 잘라 말리기도 하고, 어떤 식물의 줄기는 오히려 잘라줘야 더 잘 자라고, 식물의 즙을 짜 쓰기도 하고, 식물로 만드는 생필품 수도 헤아리기 힘들 만큼 많다. 진정한 자연교육은 우리가 그들과 함께 살아가고 서로 의지한다는 점, 우리만큼이나 그들도 우리의 도움이 필요하다는 걸 알아가는 것이라고 생각한다. 그거면 충분하다.

garden tips

살충제 상식

내가 좋아하는 나무에 진딧물이 새까맣게 붙어 있는 걸 발견하면 그게 내 몸에 끼여 있는 것 같아 몸서리를 친다. 당장 살충제를 뿌려 전멸시켜야 속이 시원해지겠지만, 살충제 사용은 나무에게 해를 입히는 것은 물론이고 흙으로 스며들어 식물의 터전이 되는 땅 자체를 오염시킨다. 그래서 살충체 사용에는 매우 신중해야 한다.

특히 유기농 정원사들은 살충제의 남용을 극도로 싫어해서 살충제를 대신할 수 있는 생물학적 처치 방법biological control 혹은 원예학적 처치 방법practical control을 권장한다.

생물학적 처치 방법은 천적을 이용하거나 호르몬 등을 이용해 벌레들을 쫓는 방법이고, 원예학적 처치 방법은 평소 부지런히 잡초를 제거하고 흙과 식물을 관리해 식물들 스스로가 벌레의 공격을 막아낼 수 있도록 돕는 것을 말한다. 실제로 건강한 식물들은 진딧물이나 벌레의 공격을 덜 받는다.

사르코코카sarcococca라는 이름부터가 참 맘에 든다. 정원 관련 책을 읽던 중 현관 앞에 사르코코카를 심어보라는 어느 정원사의 글을 읽은 적이 있다. 사르코코카는 아주 드물게 겨울에 꽃을 피우는 식물이다. 크림빛 도는 흰색의 작은 꽃이 너무 작아 거의 보이지도 않지만 향기가 진해서 현관에 심어두면 문을 열고 닫을 때마다 사르코코카의 향기가 진동한다.

그땐 그냥 읽고 지나쳤는데 학교 식당 앞 꽃밭에서 드디어 사르코코카를 만났다. 크리스마스 방학이 오기 몇 주 전이었는데, 이상하게 구내식당에 들어설 때마다 현관문을 열고 닫는 바람결에 달콤한 꿀 향기가 났다. 참 기분 좋은 향기. 머릿속에서 아, 달다 하며 입맛을 다시게 하는 향기. 어느 날은 하도 궁금해서 그 주인공을 찾겠다고 근방 꽃밭을 다 뒤졌는데 그게 사르코코카였다. 그간 1년 넘게 오가면서도 전혀 눈치를 못 챘던 것이다. 그냥 회양목인가 싶어 무심코 지나쳤는데 사르코코가였다.

집에 돌아와 식물학 사전을 뒤져보니 아닌 게 아니라 식물학적으로 회양목과 사르코코카는 사촌지간이라서 유사점이 많다. 그래서 영국에서는 사르코코카를 '달콤한 회양목sweet box' 혹은 '크리스마스 회양목christmas box'이라 부르기도 한다. 보잘것없는 꽃이 어찌 그리 진한 향을 담고 있는지. 생각할수록 작은 고추가 맵다는 우리 속담을 떠오르게 한다.

그 후로도 사르코코카의 향기는 크리스마스 방학을 맞아 더 이상 학교에 나오지 않을 무렵까지 점심시간마다, 가끔은 차 마시는 시간까지 합쳐 하루에도 서너 차례 내 코를 아니 내 머리를 달고나 향처럼 달작지근하게 만들어줬다.

다들 피는 봄과 여름을 놔두고 특별히 추운 겨울에 피는 꽃은 유난히 그 향기가 진하다. 사르코코카 외에도 풍년화, 납매*chimonanthus*

등이 모두 진한 향기를 뿜어내는 겨울 꽃이다. 향기를 지닌 꽃은 화려한 색상의 꽃과는 다른 매력을 보인다.

심심한 겨울 정원에 새들이 날아온다. 새들이라도 겨울잠을 자지 않으니 정원이 덜 외롭다. 따내지 않은 정원 나무의 열매를 먹으러 정기적으로 들러주는 새들. 목이 말라 물을 먹으러 찾아오는 다람쥐, 토끼, 사슴, 여우. 겨울 정원의 진짜 주인은 새들과 야생동물일지도 모른다. 정원엔 식물뿐만 아니라 야생동물들이 함께한다. 야생동물을 무서워하는 사람도 있겠지만 무섭기로 따지면 동물이 사람을 더 무서워한다. 생각보다 순하고 겁이 많은 야생동물들은 인간의 정원에 발을 들여놓을 때도 참 조심스럽다. 그들과 친해지려면 참을성이 필요하다. 해치지 않겠다는 무언의 신뢰가 좀 더 우리 곁에 가까이 오도록 만든다.

왕립원예학회에서 운영하는 정원 중 하나인 하이드 홀 정원에는 야생의 곤충과 동물이 함께할 수 있는 야생 정원을 꾸며놓았다. 나비가 좋아하는 꽃을 심어 나비를 불러들이고, 무당벌레가 살 수 있도록 집을 만들고, 개구리가 알을 낳을 수 있도록 작은 연못을 만들어줬다. 야생의 새가 찾아와 둥지를 틀 수 있도록 집을 만들어주고, 야생동물을 위한 먹이를 일부러 정원에 놔준다. 영국은 요즘 야생의 동물을 불러들이는 정원이 유행처럼 번지고 있다. 환경 변화에 대한 반성이 정원에도 불고 있기 때문이며, 이제야 우리 스스로 반성을 하고 있다는 의미이기도 하다.

언제인지도 모르게 수많은 야생동물들이 우리 곁에서 소리도 없이 사라졌다. 미처 깨닫기도 전에, 잘못했다고 반성하기도 전에 그들은 우리를 떠났고, 지구를 떠나버렸다. 그리고 다시는 돌아오지 않을 것이다. 그들 없이는 우리도 행복할 수 없다는 걸 알게 될 때 이미 모든 게 늦었을 수 있다. 너무 늦기 전에 그들이 돌아올 수 있으면 좋겠다. 너무 늦기 전에 우리가 그들에게 얼마나 많은 빚을 지고 있는지 깨달았으면 한다.

· garden tips ·

화단에 멀칭이 필요한 이유

멀칭mulching이란 일정 재료로 흙이나 사물의 뿌리를 덮어주는 것이다. 보통 나뭇잎을 모아 썩힌 것이나 나무줄기를 잘게 쪼개놓은 것, 지푸라기 등 천연의 소재를 쓰는데 가끔은 고무나 플라스틱으로 만든 멀칭 재료를 쓰기도 한다. 멀칭은 보통 10센티미터 정도 해주는 것이 적당하다. 멀칭이 필요한 이유는 다음과 같다.

- 겨울 동안 흙을 따뜻하게 해주어 그 흙속에서 월동을 해야 하는 식물이 얼어 죽지 않도록 돕는다.
- 공기와 수분을 담을 수 있는 공간을 만들어 겨울 추위에 흙이 딱딱하

게 굳어져 식물의 뿌리에 손상을 주지 않도록 한다.
· 잡초가 쉽게 자라지 않도록 한다.

식물에게도 질병은 찾아온다. 또 해충의 공격으로 꽃도 피우기 전에 생명을 마치는 수도 많다. 정원사는 식물을 돌봐주는 보모이지만 병에 걸린 식물을 치료해주는 의사이기도 하다.

오전 온실 일을 마친 뒤, 점심을 먹고 들어오니 매니저인 닉이 오후에 휴게실로 모이라는 전갈을 줬다. 휴게실엔 인턴 과정인 나를 포함해 큐 가든 학부과정 학생들 크리스, 크레이그, 제스가 함께 있었다. 닉은 이미 병충해를 입은 십여 개의 화분을 들고 와 식물의 상태를 우리에게 확인하게 한 뒤, 어떤 해충과 질병의 피해를 입었는지에 대해 자유토론을 통해 발표하게 했다.

이미 책상에는 수십 권의 관련 서적이 있었고 그걸 들춰보면서 우린 원인을 찾고 처방에 대한 의견을 내놓았다. 처음엔 도대체 감이 안 잡히더니 시간이 흐르면서 대략적인 특징과 피해 상황이 보였다. 닉은 우리가 작성한 처방전을 가지고 다음 주부터 처치에 들어갈 것이라고 했다.

다음 주 각 온실은 우리가 내놓은 처방전에 따라 생물학적 혹은 화학적 방법으로 처지에 들어갔다. 일부는 성공했지만 일부는 전혀 통하지 않았다. 닉은 정원에서의 일은 정답이 없다면서 처치에 실패한 경우는 다음 주에 다른 처방이 들어갈 것이라고 했다.

일을 하면서 정원 일이 이론적 가르침만으로 되는 일이 아니라는 걸 깨달아간다. 스스로 경험하고 그 안에서 부딪치며 식물과 함께 해답을 찾아야 한다. 그래서 정원에서의 일은 단시간에 속성으로 해볼 방법이 없다.

때로는 폭풍우도 축복이다

겨울이 지나고 봄이 왔음을 가장 먼저 알리는 꽃은 역시 스노드롭, 크로커스, 수선화, 튤립, 히아신스 등의 구근球根이다. 아직 2월이지만 큐 가든의 잔디밭에는 이제 깃발만 달면 될 깃대처럼 쭉쭉 솟은 구근들의 꽃대로 온통 삐죽삐죽하다. 겨울을 잘 이겨내고 심지어 겨울의 눈보라 속에서도 꽃을 피워내는 식물들의 승리는 마라톤 선수의 결승점 골인을 보는 것처럼 가슴 뛰게 한다.

구근식물은 물론이고 나무를 비롯한 대부분의 여러해살이식물들은 동면기 혹은 수면기dormancy를 갖는다. 상록수도 잎을 떨어뜨리지 않을 뿐이지 실질적으로는 성장을 멈추고 있기 때문에 다른 의미의 수면기를 갖는 셈이다. 수면기는 온도와 햇볕이 비추는 시간이 줄어드는 시점인 늦가을에서 겨울 사이에 시작된다. 수면기에 들어간 식물은 성장을 멈추고 있지만 에너지를 모아놓고 원하는 조건만 갖춰지면 바로 싹을 틔울 만만의 준비를 한다.

이때 튤립이나 수선화처럼 온대성 기후에서 자생하는 구근식물은 반드시 '추위 경험'을 겪어야 한다. 일반적으로 겨울을 나는 구근식물은 일정 시간 동안 추위를 겪지 않으면 아직도 겨울이 지나가지 않았다고 생각하고 싹을 틔우지 않는다. 보통은 0도에서 10도 사이의 추위 속에서 일정 시간을 보내야 한다. 부득이하게 땅에서 구근을 캐놓아야 한다면 빛이 통과되지 않는 검은 비닐에 싸서 냉장고에 넣어두고 억지로라도 추위 경험을 시켜줘야 한다.

가혹한 추위의 겨울이지만 식물들은 참고 견딘다. 지나가야 할 것은 지나가야 한다는 사실을 아는 건 참 현명한 일이다. 피하고 도망쳐서 정말로 그 일을 벗어나 본 적은 별로 없다. 차라리 배에 힘 한 번 주고 어금니 꽉 물고 앞으로 나아가는 게 나았다.

식물의 환경 적응력은 놀랍고도 놀랍다. 식물 중에는 곤충을 잡아먹는 식충식물carnivorous이 있다. 네펜데스nepenthes도 그중 하나다. 네펜데스는 중국의 남쪽과 인도네시아, 말레시아, 필리핀 등의 열대우림 기후(습기가 많고 더운 지역)에서 자라고, 특히 산악 지형에서 많이 자란다.

그리스어로 네펜데스는 '고통이 없다'는 뜻이다. 그리스에서는 이 식물이 고통이나 기억을 없애는 진통 효과의 의약제로 쓰였다고 한다. 네펜데스는 표주박처럼 생긴 컵을 잎사귀 끝에 달고 있는데, 여기에 빗물이 고여 있어 곤충이 빠지면 익사를 시켜 영양분을 섭취한다. 컵의 모양은 길쭉한 표주박 형태부터 둥글고 통통하고 가시가 있는 것까지 매우 다양하다. 영국에서는 '원숭이 컵monkey cup'이라고도 부르는데, 실제로 정글 속 원숭이들이 네펜데스의 주머니를 따서 그 안의 물을 마시기도 한다.

사실 식물이 곤충을 잡아 그 영양분을 빼먹는다는 건 무섭고 징그러워 보일 수도 있다. 하지만 네펜데스가 처한 상황을 이해하면 고개가 끄덕여진다. 네펜데스는 가진 게 별로 없는 식물이다. 현란한 잎을 지니고 있지도 않고 아름다운 꽃을 피우지도 못한다. 그렇다고 튼실한 뿌리가 있어 굳건히 땅에 자리를 잡지도 못한다. 이런 상황에서 다른 식물과의 경쟁에서 살아갈 일이 막막할 수밖에 없다. 그래서 네펜데스가 택한 방법은 곤충을 잡아 녹여 스스로 영양분을 얻는 것이었다.

네펜데스가 잡아먹는 벌레는 바퀴벌레, 딱정벌레, 무당벌레, 개미, 거미 등 종류를 가리지 않는다. 그래서 네펜데스가 살충제를 대신하는 요긴한 역할을 해주기도 한다. 하지만 곤충을 썩히면서 발생시키는 냄새가 지독해 집 안에 들이기에는 어려운 점이 있다.

큐 가든의 열대식물 9번 온실에는 네펜데스 수십 종이 넝쿨을 이루며 자라고 있다. 가끔 점심시간이면 혼자 들어가 네펜데스의 뚜껑 있는 신기한 주머니를 스케치북에 그리곤 했다. 내가 모르는 식물들이 이 지구에 얼마나 많을까. 누가 봐주지 않아도 스스로의 삶을 멋지게 꾸려가는 생명체들. 그게 모여진 게 지구이고 나 또한 그 안의 한 생명체일 뿐이다. 큐 가든에 견학 온 어린 학생들에게 정원사들은 식물들이 얼마나 주어진 환경에 잘 적응하며 살고 있는지 설명한다.

가진 게 너무 없는, 지독한 환경에서 살아야 했지만 네펜데스는 스스로의 방법으로 멋지게 이겨내고 거친 정글에서 살아남았다. 우리가 정말로 원망해야 하는 건 환경이 아니라 그 환경에 무너진 자신이다.

아이비ivy, 트라데스칸티아tradescantia, 몬스테라mostrea, 야자수palm, 고무나무rubber의 잎은 집 안에 싱그러움을 주고 아프리칸 바이올렛과 난은 화사함을 주기에 충분하다. 겨울이 되어도 집 안은 쓸쓸하지 않다. 포인세티아poinsettia, 아잘리아azalea, 시크라멘cyclamen이 겨울의 활력을 불어넣는다.

정원을 가질 수 없는 현대인들에게 집 안에서 키우는 식물의 등장은 혁명과도 같았다. 집 안에서 키우는 식물이 본격적으로 정원 역사에 등장한 것은 아주 최근으로 1980년에서 1990년 초의 일이다. 집 안 식물은 주로 열대와 아열대 지방에서 자생하는 식물들로 적은 양의 빛과 충분하지 않은 영양분, 불규칙적인 물 주기에도 굳건히 견디며 실내라는 특수한 환경에서도 잘 생존해준다. 집뿐만 아니라 회사나 대규모 건물의 실내정원에도 이 식물들이 광범위하게 이용되면서 집 안 식물의 시장 규모는 엄청나게 커졌고 지금도 꾸준히 성장 중이다. 해마다 새로운 종의 식물을 들이는 기쁨은 정식적 풍요로움에 도움이 되기도 한다.

집 안 식물은 주로 관상용으로 키우지만, 요즘은 일부 집 안 식물이 공기 정화나 중금속 오염물질의 완화 작용을 하는 것으로 알려져 건강 측면에서도 많은 사랑을 받고 있다. 그러나 불행하게도 늘어나는 수요만큼이나 관리 소홀이나 잘못된 관리로 죽어나가는 집 안 식물도 늘고 있다. 집 안에 애완동물을 들일 때 적어도 어떤 종의 동물인지, 어떤 특징을 지니고 있고, 어떻게 키워야 하는지에 대한 최소한의 정보가 필요하듯 집 안 식물을 들일 때도 이런 노력이 꼭 필요하다.

모든 식물이 다 마찬가지이지만 집 안 식물에게 꼭 필요한 요소 셋이 있는데 바로 물, 빛, 영양분이다. 이 셋만 적절히 관리해준다면 언제까지고 식물은 우리 곁에서 잘 살아남아 준다. 우선 물 주기는 정석이 없다. 식물의 타고난 습성에 따라 다르므로 반드시 키우기 전에 확인해야 한다. 단 특별히 늪지나 습지에서 자라는 식물이 아니라면 물 주기의 가장 중요한 원칙을 지키면 된다. 듬뿍 주고 난 뒤에는 흙이 완전히 마를 때까지 기다렸다가 다시 물을 주어야 한다. 화분 속의 물이 채 마르기도 전에 반복적으로 주면 식물의 뿌리가 썩고 만다. 실제로 많은 집 안 식물이 물을 주지 않아서 죽기보다는 너무 많이 줘서 죽는다.

빛 역시 매우 중요한 요소다. 어느 정도의 빛이면 될지 판단하는 좋은 방법 중 하나는 식물을 놓을 자리에 앉아서 신문을 읽는 것이다. 낮 시간에 신문을 어렵지 않게 읽을 만큼 밝다면 괜찮지만, 읽기 힘들 만큼 어둡다면 그 자리에 식물을 두면 안 된다. 꽃이나 열매를 집 안에서 보고 싶다면 인공조명(전등)을 이용해 일조량을 확보해주면 집 안에서도 탐스러운 꽃과 열매를 볼 수 있다.

영양분은 아주 많이는 필요 없지만 일 년에 두세 번 정도 액체 영양분을 사서 공급해주면 더욱 밝고 건강해진다. 더불어 식물이 커지면 큰 화분으로 옮기고 거름도 바꿔주면 좋다.

스코틀랜드는 잉글랜드보다 척박한 땅이다. 일 년 내내 불어대는 강한 바람과 불규칙한 궂은 날씨 탓에 나무조차 자랄 수 없는 황야가 많다. 이 척박한 땅에서 그곳 사람들에게 나무를 대신 해준 건 황야에 끝도 없이 펴져 있는 키 작은 헤더heather라는 식물이다.

스코틀랜드에 전해 내려오는 이야기가 하나 있다. 신이 스코틀랜드의 바위투성이 땅에 어떤 식물을 심을까 고민을 하고 있었다. 신은 참나무에게 네가 이 땅에 자리를 잡아줄 수 있겠느냐고 물었다. 참나무는 이런 바위투성이의 땅에서는 뿌리를 내릴 수 없다고 거절했다. 신은 이번엔 인동초에게 물었다. 네가 이 땅에 자리를 잡아줄 수 있겠느냐. 인동초는 나무조차 없는 이 땅에서 지지대도 없이 자신은 살 수 없다고 했다. 이번엔 장미에게 물었다. 장미는 이 습기 찬 날씨와 바람이 자기를 죽일 것이라며 떨었다. 참나무, 인동초, 장미에게 실망한 신은 한구석에 있는 키 작은 식물에게 물었다. 그럼 네가 이 땅을 아름답게 만들어줄 수 있겠느냐. 그 식물은 신의 요청을 쾌히 승낙했다. 신은 기뻐하며 그 식물에게 참나무의 강인함과 인동초의 향기로움과 장미꽃의 아름다움을 선물했다. 그 식물이 이름이 헤더다.

헤더의 줄기는 그 어떤 식물보다 강하다. 스코틀랜드에서는 헤더의 줄기로 밧줄을 만들어 지붕을 얹고 초가를 만든다. 또 헤더의 향기는 그윽하고 신선해서 포푸리를 만드는 재료가 될 뿐만 아니라 화력이 좋아서 불쏘시개로 사용하면 온 집 안에 헤더의 향기가 진동한다.

헤더의 꽃은 깨알처럼 작지만 아름다운 꽃을 피워낸다(종에 따라 큰 꽃도 있다). 향기가 진해서 벌들이 가장 좋아하는 꽃이기도 하다. 스코틀랜드인들에게 헤더는 삶의 시작이고 끝이었다. 헤더로 뒤덮인 산에서 썩은 헤더가 만든 이탄을 캐서 땔감으로 사용했다. 줄기와 꽃은 말려서 빵을 굽고 음식을 만들고 비누를 만들어 썼다.

우리나라에서는 헤더가 자라지 않아 보기가 힘들다. 대신 우리에게는 소나무가 있고 참나무, 엄나무, 미선나무……. 자생식물을 잃는다는 건 단순히 식물만 잃는 것이 아니라 터전을 잃고, 정신을 잃고, 삶 전체를 잃는 것과 같다. 그래서 그들이 우리 곁에서 사라지는 것을 막아야 한다.

· garden tips ·

헤더 이야기

헤더heather는 흔히 히스heath라고 불리기도 하는데 식물학적으로는 진달래과ericaceae의 식물이다. 헤더는 우리에게 생소하지만 같은 과에 속하는 식물들은 상당히 낯이 익다. 블루베리, 클랜베리 등이 여기에 속한다. 헤더는 산성의 땅을 좋아해서 산악지형에서 잘 자라고 깨알 같은 작은 꽃 하나가 30여 개의 씨를 맺는다. 한 그루의 큰 헤더가 퍼뜨리는 씨의 양이 한 해 동안 15만 개에 이른다. 불모의 땅 스코틀랜드의 산야를 뒤덮을 수 있었던 것도 이 헤더의 강인한 생명력 때문이다.

매주 목요일은 내가 맡고 있는 온실에서 피딩feeding을 하는 날이다. 피딩은 식물에게 영양분을 공급해주는 일로 3대 영양소인 질소, 인,

칼륨과 그 외 영양분을 물에 희석해 쓴다. 뿌리가 충분히 젖을 정도로 줘야 하는데, 이미 화분의 흙이 충분히 젖어 있는 경우에는 잎사귀만 적셔주기도 한다. 맡고 있는 11번 온실에 식물만 해도 족히 4,500개 정도 된다. 그 많은 식물들에게 일일이 영양제를 주고 나면 정말 진이 쏙 빠진다. 그래도 영양제 먹고 식물들이 잘 자랄 걸 생각해면 흐뭇하다.

온실에서 자라는 식물은 사람들의 보호 속에서 자란다. 거친 비바람에 노출되지도 않고, 때가 되면 물과 영양분을 딱 맞춰 공급받으니 야생의 식물처럼 죽기 살기로 생존을 위해 싸우지도 않는다. 해충의 피해도 상대적으로 적을 수밖에 없다. 그래서 자연 속에서 스스로 생존하며 살아남은 식물에 비해 허약하다고 볼 수도 있다. 그러나 다시 보면 그렇지도 않다. 온실에서 보호를 해주는 건 어린 시절일 뿐이고 스스로 견딜 힘이 갖춰지면 밖으로 나가야 한다.

어린 시절을 온실에서 스트레스를 줄이면서 자란 식물은 의외로 야생에서도 잘 적응해간다. 처음에는 당황스러워하지만 곧 환경에 빠르게 적응하고 병충해를 이길 힘도 갖게 된다. 비록 인간의 보호 속에서 자랐지만 건강하게 자라면서 자신을 지킬 만큼 충분히 튼튼해졌기 때문이기도 하다.

지나친 과잉보호 또한 분명히 식물의 삶을 망치겠지만 어리고 연약한 시절에 올바르게 자랄 수 있는 환경을 만들어주는 것도 중요하다. 어쩌면 부모라는 존재도 아이들에게 이런 온실과 같은 것이

온실은 겨울 추위를 지니고 있는 나라에서 열대식물을 키우기 위해 만들어졌다.
수많은 시행착오 끝내 큐 가든에는 공기를 덥혀주는
라지에이터 방식으로 열을 넣어준다.

아닐까 싶다. 어차피 밖으로 나가 스스로 살아야 할 아이들이지만 부모의 온실 속에서 튼튼히 자란 아이들은 거친 바깥의 삶에서도 잘 살 것이라고 믿는다.

1987년 10월 15일, 폭풍우가 영국 남쪽 지방을 덮치면서 콘월 지방을 포함한 남서쪽을 그대로 관통했다. 강도가 가장 강했던 새벽 4시 3분에 불었던 바람의 속도가 시속 122마일(시속 195킬로미터)이었다. 엄청난 비바람을 동반한 바람으로 인해 영국에서는 무려 1억 5,000만 그루의 나무가 뿌리째 뽑히는 엄청난 재해를 겪었다.

영국에서도 가장 오래된 정원이 많기로 유명한 지역을 대폭풍우가 훑고 지나간 후 가장 분주하고 바빠진 사람들이 정원사들이었다. 정원사들은 정원을 복원하기 위해 혼신의 힘을 다했고 2007년 10월, 정원 관련 잡지들은 20년 전 폭풍우 속의 처참한 현장과 오늘날의 모습을 비교하며 자연재해가 우리에게 무엇을 남겼는지를 앞다퉈 다뤘다. 재미있는 것은 이 폭풍우가 과연 인간과 자연에게 재앙일 뿐이었는가에 대한 과학적 분석이었다.

식물학자들과 정원사들은 부러진 나무를 치우는 과정에서 나무의 뿌리 깊이가 어느 정도여야 강풍에도 견딜 수 있는지 배웠고, 쓰러진 나무와 쓰러지지 않은 나무를 분석하는 과정에서 어린 씨앗부터 스스로 자라난 나무가 온실에서 자란 뒤 옮겨진 나무보다 훨씬 강인하다는 것을 알게 되었다. 한편 다른 나무가 다 쓰러져도 끄떡없었던 목련나무들을 조사하여 이들이 어떻게 생존하는지에 대한 신비를 풀었고, 해안가에 심어놓은 방풍림의 유연성이 얼마나 대단한지도 또 방풍림을 정기적으로 잘라주면 탄력성이 커진다는 것도 증명할 수 있었다.

더불어 폭풍우로 인해 생겨난 생태학적 이익도 대단히 많았다. 토양의 성분이 비옥해지면서 생긴 효과는 이후 20년 동안 정원과 농경지에 막대한 영향을 주었다. 더 놀라운 것은 1987년의 막대한 피해를 줬던 폭풍우가 지나간 후, 20년 동안의 손익을 자연, 생태, 경제적으로 종합해 따져보니 오히려 손실보다 이익이 많았다는 결과가 나왔다는 점이다. 자연재해가 반드시 재앙만은 아니라는 결론이기도 했다.

모든 걸 포근히 감싸 안고 우리에게 끊임없이 베푸는 대자연이지만 때론 엄청난 시련으로 우릴 겁나게도 하고 절망에 빠지게도 한다. 우리 삶에도 이런 절망은 종종 일어난다. 그런데 신기하게도 시간이 흘러 돌아보면 문득 그때의 시련이 내게 참 좋은 약이 되었다는 것을 발견하기도 한다. 우리가 쓰는 언어가 아닐 뿐이지, 자연은 수없이 많은 언어와 에너지로 우리에게 삶의 지혜를 전하려고 한다. 때론 그게 매섭기도 하고 무섭기도 하지만 그걸 잘 통역해낼 재주만 있다면 그 뒤에 숨은 참뜻을 찾을 수 있다. 그런데 그걸 이해하기가 참 어렵다.

· garden tips ·

은행나무 이야기

은행나무의 식물학명은 *gingko biloba*다. 은행나무는 3억 년 전부터 지구에서 살아온 고대 식물로 친척이나 가족군 없이 오로지 한 종만이 서식하고 있는 외톨이다. 은행나무는 자연에서뿐만 아니라 도시의 가로수로도 잘 이용되는데, 그건 은행나무가 공해에 강하기 때문이다. 놀랍게도 은행나무는 원자폭탄이 떨어진 곳에서도 살아남았다. 1945년 원자폭탄을 맞았던 히로시마 중심부에 네 그루의 은행나무가 있었는데 그중 둘이 살아남아 아직까지도 자라고 있다.

천천히 느리게

거트루드 지킬, 그녀를 런던의 정원역사박물관Museum of Garden History에서 우연히 만났다. 한 장의 흑백 사진으로, 오래된 그녀의 책 몇 권과 팔레트, 스케치북으로 그녀는 내게 인사하고 있었다. 사진 속의 그녀는 도수 높은 안경에 몸집이 거대하다. 무표정한 얼굴과 달리 그녀가 남긴 도화지 위의 수채화는 아직 채 물기가 마르지도 않은 것처럼 신선하다. 영국 정원 디자인 역사에서 그녀는 빼놓을 수 없는 중요한 한 획을 그은 사람이다.

그녀의 정원 디자인은 마치 인상주의 화가의 그림을 연상시키는 듯 화려한 색채와 자유로움으로 풍만한 화단을 구성한다. 영국과 미국에서 선풍적인 인기를 끌었던 그녀의 독특하면서도 화려한 색채는 아마도 화가였던 감각 때문일지도 모른다. 그렇지만 그녀의 말처럼 아무리 좋은 물감과 신선한 소재의 도구를 사용해도 식물이 만들어내는 색채를 그대로 표현하기란 불가능한 일이다. 후에 그녀가 그리는 일보다 담아내는 일(사진)에 더 열중했던 것도 그 때문일지 모른다. 정원과 사진은 떼어놓을 수가 없다. 시간이 지나면 사라질 것들을 붙잡고 싶은 욕망 때문이겠지만 나 역시도 정원 일을 하면서 늘 어깨에 걸친 사진기를 내려놓지 못한다.

그녀는 평생 독신으로 살았다. 재능이 많은 여자들은 그때나 지금이나 가정생활과 자신의 삶을 병행하기가 힘들었는지, 그녀는 가정을 포기하고 일을 선택했던 듯싶다. 그러다 마흔여섯에 패기로 가득 찬 건축가를 꿈꾸는 청년, 에드윈 루티엔스를 만난다. 그의 나이 스물하나였다. 거트루드와 그는 스승과 제자의 관계를 뛰어넘어 동료로, 친구로, 디자이너와 시공자로 영국의 정원 역사를 새롭게 만들어나간다. 에드윈은 거트루드가 죽고 난 뒤에야 건축가로서 독립했다. 그녀는 여든아홉의 나이로 세상을 떠날 때 자식이나 재산 대신 분신과도 같은 정원 관련 저작들과 에세이, 사진, 스케치북을 남겼다. 지금도 영국 사람들은 그녀를 기리며 '거트루드로 인해 영국의 정원이 훨씬 아름다워졌다'는 고마움을 표한다.

마을이 작다 보니 기차역도 크지 않다. 오래된 벽돌 건물의 작은 역사에는 양쪽 플랫폼 위로 작은 대기실이 있다. 매일 아침 추위를 피하기 위해 이 대기실에 들어서면 벽에 걸린 작은 열풍기가 열을 뿜는다. 턱없이 작은 열풍기지만 그래도 제법 온기를 만들어 바깥보다 온화하다. 작은 탁자 위에는 얇은 원목이 휘어질 정도로 신문이 가득하다. 백발의 할머니 한 분이 열심히 신문을 정리 중이다. 영국에는 참 많은 종류의 신문이 발행된다. 어림잡아도 열 종은 넘어 보이는데 이 신문들을 보기 좋게 정리하는 할머니의 손이 분주하다.

새벽 5시 55분 런던행 기차를 타기 위해 모여드는 사람들의 얼굴이 이젠 낯익다. 늘 같은 사람들이 이 기차를 기다리고 있으니 굳이 서로 인사를 나누지 않아도 서로를 안다. 게다가 숫자도 많지 않아 누가 빠졌는지도 금방 알아차린다. 할머니는 차를 운전해 신문을 어디선가에서 받아 오는 모양인데, 서너 명의 아저씨들이 자연스럽게 기차역에 들어서며 할머니 차에서 신문 뭉치를 꺼내 날라준다. 오가는 정이 보기 좋고 훈훈하다.

정원사로 살면서 식물을 알아가는 즐거움만큼이나 새벽을 만나는 행복이 크다. 정원과 새벽은 비슷한 점이 많다. 춥지만 포근하고, 어둡지만 맑고, 힘들지만 행복하고, 땀 흘리지만 개운하고, 손톱 사이엔 흙 때가 끼지만 마음은 더없이 맑고, 졸리지만 그 어느 때보다 머릿속이 명쾌해지는 것. 그것이 참 많이 닮았다.

집에서 10분 거리에 있는 작은 기차역 인게이트스톤 역.
새벽 첫차를 타고 2시간 거리의 큐 가든으로 출근을 했다.

수선화는 노랗다. 더러는 흰색도 있지만 수선화는 역시 샛노랗다. 초록의 잔디 위에 피어난 수선화는 하늘의 별이 몽땅 잔디 위에 떨어진 듯하다. 큐 가든의 출입문 중 하나인 빅토리아 게이트에서 레스토랑인 오랑제리 쪽으로 걸어가는 큰길가에는 3월이 되자 수천, 아니 수만 개의 수선화가 꽃망울을 터트리면서 장관을 이뤘다.

점심시간, 바람은 아직 쌀쌀함을 머금어 칼칼했지만 햇빛 쏟아지는 봄을 그대로 놔두기 힘들어 샌드위치를 들고 밖으로 나왔다. 점심식사를 할 수 있는 오랑제리 근처에는 이미 사람들로 가득했다. 와글거리는 소리에 고개를 돌리니 수선화보다 더 노란 아이들이 수선화 가득한 잔디 위를 뛰고 있다. 수선화도 노랗고, 아이도 노랗고, 참 노랗다.

내가 초등학교도 들어가기 전 어느 봄이었다. 논두렁길을 맨발로 걸었던 적이 있다. 배경도 상황도 기억나진 않지만 그 느낌만은 아직 생생하다. 봄이 되면 땅이 스펀지처럼 푹신거린다는 걸 그때 처음 알았다. 내 기억 속의 봄은 꼭 그때 그 흙의 뭉글거림인데 큐 가든 수선화 밭을 뛰어다니는 저 아이들의 봄은 훗날 어떤 모양과 색채로 기억될까. 낯선 영국의 봄도 내게 기억이 아니라 새김으로, 머리가 아니라 가슴에 그렇게 파여지는 느낌이다.

아, 죽 끓듯 변덕을 부리는 영국 날씨긴 해도 누구의 표현대로 봄이 모퉁이 저쪽에 벌써 와 있는 게 분명하다. 참 노란 봄이다.

서점에 들어서면 늘 정원 코너를 먼저 가게 된다. 새로 나온 정원 책 중에 존 시모어John Seymour, 1914~2004의 책이 눈에 들어왔다. 책 속의 일러스트가 너무 좋아서 내용도 별로 읽지 않고 사들고 집에 왔는데 찬찬히 읽어보니 존 시모어라는 사람, 참 부러우면서도 존경스러운 삶을 살았던 듯싶다.

존 시모어는 소규모의 자급자족 생활을 주장했던 영국 사람이다. 그는 대학을 졸업하자 아프리카로 건너가 농장에서 양떼 관리를 하며, 또 구리 광산에서 광부 관리를 하며 여러 나라를 방랑하듯 6년간을 떠돈 뒤 영국으로 돌아온다. 그 후 그는 모든 것을 수입에 의존하고 있는 영국식 생활에 대해 반대하며 스스로 먹을거리를 생산하면서 살아가는 자급자족의 삶을 주장하는 여러 권의 책을 발표했다. 그의 사상은 영국 사람들에게 큰 반향을 일으켰고 BBC에서는 그가 제안하는 자급자족의 삶에 대한 프로그램을 시리즈로 제작해 방송하기도 했다.

그가 말하는 자급자족의 삶은 단순히 먹을거리에만 국한된 것은 아니다. 그는 환경운동가이면서 전쟁반대론자였고, 정원사이자 농부였다. 그가 주장하는 삶은 '작은 것의 아름다움'을 찾는 것이었다.

크고 넓은 것, 더 편리하고 간편한 것, 더 비싸고 화려한 것을 찾는 현대인들에게 그는 작은 것, 불편한 것, 느린 것, 소박한 것이 얼마나 더 고급스러운 삶인지를 알려주려 노력했다.

그는 이런 삶으로 돌아가는 것이 결코 질 낮은 원시 문화로 돌아가는 것이 아니라고 강조했다. 경제적 이익에 의해 자기 땅에서 나는 야채와 채소를 먹지 못하고 수입에 의존해야 하는 우리의 식문화, 무조건 편해지기 위해 자연으로부터 멀어지고 땅을 버리게 되는 현실, 에너지의 고갈은 점점 다가오고, 환경 파괴는 극심해지는데도 여전히 아무런 대책을 마련하지 못하고 있는 우리들에게 그는 소박하고 느리게, 작은 것에 감사하고 아름답게 사는 것에 그 해답이 있음을 알려주려고 애썼다. 그는 직접 채소를 재배하고, 닭을 키우고, 벌꿀을 모으고, 맥주와 와인을 만들고, 태양열과 바람을 이용해 에너지를 만들어내는 삶을 보여주며 살았다.

2004년에 여든여덟의 나이로 세상을 떠난 뒤 유언대로 자신이 경작했던 과수원의 나무 밑에 묻혔다. 그의 삶과 죽음은 그가 늘 말해왔던 작지만 너무나 아름다운 삶 그 자체였다. 1976년 초판 출간 후 2007년에 재판이 나온 그의 책 『자급자족의 삶 안내The Concise Guide to Self-Sufficiency』는 그가 꿈꾸고 살아온 작지만 아름다운 인간의 삶을 그대로 보여준다.

깜짝 놀랐다. 그것은 코카나무였다. 매일 아침 온실에 도착하면 식물들에게 물을 주며 친해지려고 애를 쓴다. 나뭇잎을 만지며, 꽃을 쳐다보고, 명찰을 확인하며 이름을 외우려고 노력한다. 그런데 그중 유난히 잎이 작고 한들거리면서 초록의 잎이 무성한 나무가 마음에 들었다. 키가 그렇게 크지 않은 아담한 나무에는 명찰이 에리스로실룸 코카erythroxylum coca로 적혀 있었다. 몇 번이나 이름을 외우려고 노력했는데 발음도 어렵고 잘 외워지지가 않았다. 그런데 한 달이 지난 뒤 우연히 식물학 사전을 뒤지다 그 식물이 무시무시한 마약인 코카인의 원료가 되는 나무라는 걸 알게 됐다. 허걱 숨이 안 쉬어졌다. 코카나무에 한 달 내내 물을 줬단 사실만으로도 무슨 죄를 지은 것처럼 가슴이 떨렸다. 그러나 다시 생각해보니 나한테 그런 대접을 받고 있는 코카나무에게 괜히 미안해지기도 했다. 이 식물이 무슨 짓을 했다고 이런 대접을 받나. 일은 인간이 저질러놓고 괜히 코카나무가 그 죄를 뒤집어쓰고 있는 것 같아 안쓰럽기도 했다.

코카인은 *erythroxylum*속 가운데서도 *coca*종의 잎을 말려서 만든다. 그러나 인간이 마약으로 만들어 이상하게 사용하기 전까지 코카나무는 원산지인 안데스 산맥 사람들에게 '신이 주신 선물'이라는 칭호를 받으며 귀한 식물로 대접받았다. 코카나무 잎은 브라질 사람들에겐 오래전부터 사용해온 약재였고 더불어 가공하지 않은 코카 잎으로는 코카차를 만들어 마시기도 했다. 코카차는 지금도 안데스 지방 사람들의 중요한 기호식품으로 맛과 향이 커피를 진하게 탔을 때와 매우 흡사하다.

코카가 코카인이라는 마약으로 사용된 건 잎이 지니고 있는 일종의 흥분 성분 때문이다. 잘 자란 잎을 말려서 씹으면 정신이 순간 몽롱해지면서 몸의 통증을 잊게 하고 기분이 고양되는 각성효과가 뛰어나다. 이 흥분, 각성 성분을 극대화시켜 가공한 것이 마약이다. 그러나 코카가 꼭 마약으로만 사용된 것은 아니다. 실은 우리가 마시는 코카콜라 안에도 미세한 양이지만 코카 잎 성분이 들어 있다. 그 독특한 향을 만들려고 코카콜라 회사는 해마다 페루와 볼리비아에서 220톤의 코카 잎을 수입한다.

식물과 인간은 참으로 오랜 시간을 함께해왔다. 식물만이 모든 걸 아낌없이 베푸는 게 아니라 인간 역시 식물의 삶에 일조한다. 인간에 의해 재배되고, 인간에 의해 새롭게 만들어지는 식물 또한 수없이 많다. 우리도 식물에게 해를 끼치지만 식물 역시 우리에게 좋은 것만 주지는 않는다. 인간에게 엄청난 독을 품어 해를 끼치는 식물도 있다. 그러나 중요한 건 우리가 어떻게 이용하느냐에 따라 독이 약이 되기도 하고 약이 독이 되기도 한다. 코카나무의 각성 성분은 잘 사용하면 인간의 질병을 치료하고 완화시키는 신의 선물이지만 잘못 사용하면 인간의 정신을 파괴하는 저주가 된다. 결국 문제는 식물이 아니라 우리 자신에게 있는 셈이다.

garden tips

나뭇잎에 기름기가 있는 이유

대부분 식물의 잎을 손으로 만지면 약간의 기름이 묻어 나온다. 잎들이 기름을 만들어 표면을 감싸는 이유는 뜨거운 태양으로 인해 수분이 다 날아가 탈수가 되는 것을 막기 위해서다. 우리가 흔히 해변에서 일광욕을 즐길 때 피부에 오일을 발라주는 것과 같은 효과인 셈이다.

유럽 서민 가정의 화단에 빠지지 않고 꼭 심기는 식물이 있다. 식물 학명은 *symphytum officinale*이지만 흔히 컴프리comfrey로 불리는 이 식물은 유럽 사람들에게는 일종의 만병통치약으로 불리는 식물이다. 특히 관절염이나 뼈 손상을 입었을 때, 부러진 뼈를 회복시키는데 아주 빠른 효과가 있는 것으로 알려져 있다.

의사의 처방을 자유롭게 받을 수 없었던 중세 시절의 유럽인들에게 컴프리는 아주 요긴한 민간 치료제였다. 세월이 흘러 이제는 슈퍼마켓에만 가도 간단한 상처 치료제를 살 수 있는 시대에 살고 있지만 아직도 유럽 사람들은 자신의 꽃밭에 이 컴프리 심는 일을 잊지 않는다. 독일 속담에 '정원은 가난한 자의 약방'이란 말이 있다. 오늘날과 같은 관상용 정원이 발달하기 전 유럽의 정원은 단순히 꽃과 나무를 보는 곳이 아니라 가난한 사람들에게 약방이 돼주었던 장소였다.

따져보면 식물만큼 지구에게, 특히 인간에게 많은 것을 베푸는 생명체도 없다. 오늘날까지도 우리가 사용하고 있는 의약품의 대부분은 식물로부터 나오며, 우리가 쓰는 일상용품, 건축재료, 입을 것, 먹을 것, 향기를 내는 것 등 헤아리기 힘들 만큼 많은 것을 제공하고 있다. 그중에서도 인간의 질병을 치유하는 데 식물이 주는 혜택은 정말 귀하고 값지다. 언젠가 어느 과학자의 글을 읽은 적이 있다. 인간이 앓고 있는 수많은 질병이 어떻게 생겨났는지 알기는 힘들지만, 그 해답은 분명 식물에게 있다는 것이다. 나 역시 우리의 미래가 식물에게 있다는 것을 믿고 있다. 그래서 더 많이 아끼고 사랑하는 법을 반드시 배워야 한다고 생각한다.

일산 장항동에 살 때 마당 입구 양지바른 화단에 튤립 구근 대여섯 알을 심은 적이 있다. 튤립은 해마다 3월이면 그 어떤 싹보다 먼저 흙을 뚫고 올라왔지만 이상하게도 꽃을 피우지도 잎이 건강해 보이지도 않았다. 4월이 지나 겨우 꽃을 피워도 한두 송이일 뿐 처음 튤립을 샀을 때처럼 탐스러움이 없었다. 거름을 주고 겨울 추위를 잘 이겨내라고 지푸라기를 덮어줘도 별 효과가 없었다. 왜 그런지 이유를 알 수 없어 속을 태웠는데 그 까닭을 영국에 와서 알게 되었다.

어느 날 탐스럽게 피어 있는 큐 가든의 튤립 화단을 걷다가 문득 같이 일하는 크리스에게 내가 키웠던 우리 집 튤립 얘기를 했다. 그는 내 얘기를 다 듣더니 혹시 꽃이 진 후에 잎을 잘라주었느냐고 물었다. 꽃이 지자마자 누렇게 변해버리는 잎이 보기 흉해 늘 깔끔하게 잘라주었던 기억이 떠올랐다. 크리스는 그게 원인일 거라고 진단했다. 튤립을 비롯한 구근들은 꽃이 진 뒤에도 잎을 계속 남겨줘야 한다. 그래야 그 잎을 통해 에너지가 뿌리로 내려가고 그로 인해 다음 해 탐스러운 꽃을 더 피워낼 수 있다는 것이었다.

아, 그랬구나. 머리 나쁘고 부지런한 일꾼이 가장 골칫덩이라고 하더니 내가 꼭 그 꼴이었다. 남들보다 깨끗해 보이는 화단이면 정원을 잘 가꾸는 거라고 생각했는데, 뭐든 서둘러 남들보다 더 일찍 피우고, 일찍 정리하는 것이 잘하는 일이라고 여겼는데 그게 아니었다. 마음 급한 정원사의 손에서 자란 식물들에게는 바람 잘 날이 없었던 것이다. 충분히 스스로 무르익을 때까지 기다려주지 못하고 미리 자르거나 미리 내놓은 식물들은 엄청난 시련을 치르거나 죽어간다.

정원 일은 요즘 세상과는 반대로 가는 일이다. 빠르고 간단하게가 아니라 느리게 천천히 가는 일, 신중하게 생각해야 하는 일이다. 아무리 마지막 추위가 다 지나갔다고 일기예보가 장담해도 한 번 짚어가는 답답한 느림, 누렇게 빛 바래가는 잎사귀가 보기 싫어도 식물 스스로가 이제는 됐다고 말해줄 때까지 기다려주는 무던함, 잘라놓고 생각하는 것이 아니라 충분히 생각한 후 가위를 드는 신중함, 그게 정원의 일이다. 그 훈련이 정원사의 공부이기도 하다.

에필로그

7시간째 자동차는 동쪽에서 서쪽으로 영국의 대지를 가른다. 평평한 지평선의 풍경은 어느새 구불구불 능선으로 바뀌었다. 불룩 부풀어 오른 지표면은 나무조차 없이 온통 초록 잔디다. 참 생경한 풍경이다. 태초의 지구, 그 초록의 시작을 보는 듯한 묘한 경외감 한 자락이 흘러간다.

영국의 남서쪽 끝자락 콘월, 그곳에 있는 신비로운 정원 '로스트 오브 헬리건Lost of Heligan'을 찾아가는 길이다. 이 아름다운 곳이 살기에 녹록한 곳은 아니었다 한다. 곡물조차 자라지 못할 척박한 땅에는 잔디만 무성하고 사람들은 살기 위해 도자기를 구웠다. 그러나 영국의 도자기 산업이 시들해지면서 이곳은 아름답지만 가장 가난한 지방이 되었다. 이 아름다우면서 가난한 콘월을 다시 살린 것이 바로 로스트 오브 헬리건 정원이다.

19세기 초, 뉴질랜드와 브라질의 아마존 등에서 수집한 희귀종의 열대식물로 가득 찬 파라다이스를 꿈꾸었던 정원이 있었다. 이 정원엔 수십 명의 정원사들이 희귀종의 철쭉rhodoendron과 동백camelia을 재배하면서 아마존을 닮은 정글 정원과 광대한 키친 가든을 만들어냈다. 그러나 제1차 세계대전 중 스물두 명의 정원사가 생명을 잃으면서 정원은 그 찬란했던 빛을 잃는다. 버려진 정원엔 키를 넘기는 잡초가 우거졌고 사람들의 기억 속에서도 잊히고 말았다.

이 잃어버린 정원이 세상에 다시 떠오른 건 1996년 고고학을 전공한 프로듀서 출신의 팀 스밋Tim Smit 때문이었다. 영국 텔레비전 방송인 채널 4는 그의 〈잃어버린 정원을 찾아서〉의 여정을 중계했고, 이 프로그램은 영국 내에서 큰 반향을 일으켰다. 〈잃어버린 정원을 찾아서〉는 단순한 정원 발굴의 의미만은 아니었다. 정원의 발굴 과정에서 수많은 인력 수요를 창출했고, 밀려드는 관광객으로 콘월 일대는 일약 영국 최대의 정원 관광지로 떠올랐다. 이제 콘월은 더 이상 가난한 아름다움의 땅이 아니라 풍요로운 정원의 천국으로 일컬어진다.

흔히 정원 문화를 배가 불러야 할 수 있는 사치라고들 말하곤 한다. 먹고살기도 힘든데 정원이 무슨 소용이냐고 반문하는 사람도 종종 본다. 그러나 정원은 분명 고부가가치를 부르는 미래의 그린 산업이라는 것을 이곳 영국에서 매번 확인한다.

정원이 우리에게 주는 건 무엇일까?

정원사로서 살았던 1년간의 경험을 끝내고 이제 학교로 돌아와 정원 디자인과 씨름을 하고 있다. 밤을 새우고 아침 새 우는 소리에 선잠이라도 청하러 잠자리에 드는, 시간과 체력과의 싸움이지만 내가 꿈꾸는 정원을 위해 오늘도 열심히 최선이라는 글자로 마침표를 찍는다. 정원이 우리에게 왜 필요하냐고 묻는다면 대답할 말이 백 가지도 넘겠지만 그냥 딱 하나의 문장이 떠오르곤 한다. 정원은 영원한 우리의 안식처다. 정원이 없다면 우리 삶이 얼마나 피폐해졌을지 상상하기조차 힘들다.

메리 호위트Mary Howitt는 『가난한 자의 정원』에서 이런 말을 했다. "가난한 자의 정원에는 허브들과 꽃들보다는 친절한 생각들과 만족과 영혼의 평화와 그리고 고단한 시간들의 즐거움이 자란다." 친절한 생각들, 만족, 영혼의 평화 그리고 고단한 시간들의 즐거움이 자라는 '소박한 정원'을 꿈꾼다. 그리고 그 소박한 정원과 더불어 내 삶이 함께할 수 있다면 더없이 행복할 것이라고 믿는다.

· 부록 ·

영국의 정원 관련 볼거리 23

그레이트 딕스터 정원 Great Dixter House and Gardens

그레이트 딕스터 정원은 개인 소유의 정원으로 출발했다. 15세기에 지은 저택을 1909년에 사업가 너대니얼 로이드Nathaniel Lloyd가 구입했고, 당시 영국 최고의 건축가였던 에드윈 루티엔스와 함께 대대적인 확장 공사를 해 16세기풍으로 바꾸었다. 이렇게 다시 만든 저택의 이름이 그레이트 딕스터이다. 저택이 완성되자 로이드와 루티엔스는 정원 구상에 들어갔고, 당시 새로운 경향이었던 아트앤드크래프트art & craft 스타일로 정원을 디자인한다.

그레이트 딕스터 정원은 정원을 단순히 휴식과 명상의 장소가 아닌 예술의 경지로 끌어올린 곳이라는 평가를 받고 있다. 개인 주택의 정원이었던 이곳이 영국인들에게 폭발적인 인기를 얻기 시작한 것은 너대니얼 로이드가 죽고 아들인 크리스토퍼 로이드가 정원을 관리하면서부터다. 크리스토퍼는 늘 정원에서 꽃을 심으며 살아온 어머니에게 어린 시절부터 자연스럽게 정원 일을 배우며 자랐다. 성장한 뒤 금융인이 되었지만 정원에 대한 애정을 늘 간직하고 있었고, 은행장으로 정년퇴직 후 본격적으로 정원사로 일하며 자신의 경험을 바탕으로 정원 관련 글을 발표한다.

그의 정원 서적은 영국에서 베스트셀러가 되었다. 그는 정원을 단순히 식물이 있는 공간으로 보지 않았다. 마치 화가가 물감을 이용해 캔버스에 그림을 그리듯, 식물의 색깔과 형태 그리고 질감으로 정원을 살아 있는 예술의 공간으로 만들어나갔다. 그는 한 신문과의 인터뷰에서 "사람들은 손이 덜 가는 정원을 원하지만 손이 덜 가는 정원은 정원이 아니다"라고 말했다. 그만큼 스스로도 쉬지 않고 정원에서 일했던 사람으로 유명하다.

그가 만든 원색의 색감이 꿈틀거리는 긴 화단long border과 조각 같은 주목나무 토피어리topiary, 초원에 자연스럽게 핀 꽃길이 연상되는 메도우wild flower meadow 등은 그레이트 딕스터가 왜 영국에서 가장 인기 있는 사립 정원인지 알 수 있게 한다.

크리스토퍼 로이드는 2006년에 세상을 떠났고 그레이트 딕스터 정원은 로이드와 함께 정원을 관리했던 정원사 퍼거스 개럿Fergus Garrett이 맡고 있다. 지금은 일반에게도 공개되고 있어 16세기 영국풍 저택과 함께 정원을 돌아볼 수 있다.

주소 : Great Dixter, Northiam, Rye, East Sussex, TN31 6PH

전화 : 44 (0) 1797 252 878

이메일 : office@greatdixter.co.uk

홈페이지 : www.greatdixter.co.uk

덴맨스 정원 Denmans Garden

존 브룩스John Brookes, 1933~2018는 정원 디자인에 관심 있는 사람이라면 그의 책 한 권 정도는 책꽂이에 꽂아둘 만큼 현재 영국 가든 디자인을 선도하는 대표적인 인물이다. 그는 영국의 명문대 더램Durham에서 농업을 공부했고, 다시 런던의 대학 중 하나인 유니버시티칼리지런던University College London에서 정원 디자인을 전공했다.

그는 도심 속 정원 어반 가든urban garden에 특별한 관심을 보였고, 정원을 실내 공간의 확장으로 보는 룸 아웃도어room outdoor 개념을 만들었다. 도심 속에 자연을 적절히 접목시켰다는 평을 받는다.

존 브룩스가 직접 만들고 지금도 본인이 살고 있는 정원이 바로 덴맨스 정원이다. 얼핏 보면 정리되지 않은 듯한 느슨함이 있다. 하지만 곳곳이 철저히 계산되었으면서도 그런 흔적을 보이지 않는다. 그래서 존 브룩스다운 자연미가 느껴진다. 브룩스는 자신의 저서에서 한 그루의 나무를 심을 때도 그것이 왜 그 자리에 있어야 하는지를 알아야 한다고 말했다. 그는 자연스러운 흐트러짐 속에서도 이웃하는 나무와 풀이 왜 같이 서 있는지 아주 분명히 알려주는 좋은 디자인을 보여준다.

주소: Denmans Lane, Fontwell, West Sussex, BN18 0SU

전화: 44 (0) 1243 542 808

이메일: denmans@denmans-garden.co.uk

홈페이지 : www.denmans-garden.co.uk

러우샴 정원 Rousham House and Garden

러우샴 정원은 도머 장군General Dormer의 사유지로 지금도 그 후손이 관리하고 있다. 원래 러우샴 정원은 당시 최고 가든 디자이너 찰스 브리지먼Charles Bridgeman이 설계하고 있었다. 그러던 중 그가 세상을 떠났고, 이를 윌리엄 켄트가 이어갔다. 당시 유명 화가였던 켄트는 러우샴의 불규칙적인 땅 모양과 가파른 경사를 매우 좋아했다고 한다. 그는 경사를 이용해 전망대와 인공호수를 만들어 산책로를 조성했다.

켄트는 훗날 풍경 정원 디자이너 중 가장 유명한 케퍼빌리티 브라운과 종종 비교되기도 하는데, 둘은 비슷했지만 매우 달랐다. 브라운이 인공미를 완전히 없앤 자연미에만 초점을 맞췄다면 켄트는 인공과 자연의 미를 혼합시키는 조화를 좋아했다. 러우샴 정원은 이런 켄트의 디자인이 가장 잘 표현된 곳으로 규칙성과 자연스러움이 공존한다. 그래서 정원 디자인 역사에서 매우 중요한 곳이다.

우거진 숲의 어둠을 지나면 툭 터지는 밝은 전망이 나타나고 구불거리는 길을 통과하면 가파른 경사 위로 잔디밭이 등장한다. 어두운 숲이 나타났나 싶으면 좁은 산책로가 밝음 속에 다시 나타나고 모서리를 돌고 나면 눈앞에 와락 구조물이 나타난다. 어둠과 밝음, 불규칙과 규칙, 반복과 끊김이 이어지면서 정원 전체가 재미있는 스토리를 이어가는 듯 보인다. 비유하자면 마치 미스터리 영화 속을 걷는 기분이다.

러우샴 정원은 상업성을 철저히 배제한 정원으로도 유명하다. 영국의 정원이라면 볼 수 있는 흔한 찻집이나 기념품점도 없다. 옥스퍼드의 좁은 시골길을 가는 내내 정원을 안내하는 이정표 하나가 없을 정도다. 이렇게 철저히 상업성을 배제한 이유는 가문의 전통 때문이다. 도머 가문은 역사적으로 중요한 러우샴 정원을 상업적으로 이용하지 않는 대신 그 모습을 원형 그대로 유지해 역사적인 장소로 남기겠다고 밝혔다. 그래서 그 어떤 정원보다 아름답고 역사적으로 중요한 정원이 되었지만 많은 인파가 몰리지 않는다. 올 사람을 막지는 않지만 일부러 찾아와달라고 청하지도 않는 정원, 그래서 러우샴 정원은 오히려 정원을 진정으로 사랑하는 사람들로부터 가장 많은 사랑을 받고 있다.

주소: Oxfordshire, OX25 4QX

전화: 44 (0) 1869 347 110

이메일: ccd@rousham.org

홈페이지: www.rousham.org

런던 로열 파크 Royal Parks of London

런던은 특별한 도시다. 빅토리아 여왕 시절의 고풍스러운 왕궁과 건물이 도심을 가득 채우고 있고, 하룻밤에도 수백 개의 공연이 펼쳐진다. 그러나 무엇보다 런던이 특별한 것은 답답한 도심에 숨통을 틔워주는 초록의 공간이 있기 때문이다. 런던에는 총 여덟 개의 로열 파크가 있다. 부시 파크Bush Park, 그린 파크Green Park, 하이드 파크Hyde Park, 그리니치 파크Greenwich Park, 켄싱턴 파크Kensington Ish Park, 리치몬드 파크Richimond Park, 세인트 제임스 파크Saint James's Park, 브롬프톤 공원묘지Brompton Cemetery가 그것이다.

그중 부시 파크, 그리니치 파크, 리치몬드 파크는 런던 외곽에 있고, 나머지는 왕궁인 버킹엄궁 주변 런던의 1존에 있다. 런던의 여덟 개 로열 파크의 공간을 합치면 무려 5,000에이커에 달한다. 로열 파크는 왕실의 재산으로 오랜 세월 동안 왕실만을 위해 닫혀 있었지만 현대에 들어 국민들에게 전면 개방되면서 영국인들이 가장 사랑하는 장소 중 하나로 자리 잡게 된다.

그중 하이드 파크는 크기와 규모 면에서 단연 최고로 평가받고 있고, 버킹엄궁과 마주한 세인트 제임스 파크는 영국 내에서 영화 촬영이 가장 많은 곳 중 하나일 정도로 낭만적인 공원이다. 켄싱턴 파크는 고 다이애나 비가 켄싱턴궁에 살던 당시 늘 아침 산책을 즐겼던 공원이다. 지금도 여름철이면 라운드 폰드Round Pond 앞에 수백 명의 사람들이 모여 여유롭게 일광욕을 즐긴다. 세인트 제임스 파크와 연결돼 있는 그린 파크는 그 어떤 곳보다 아름드리 초록의 나무가 우거진 공원으로, 꽃이 없는 공원이라는 의미로 그린 파크로 불린다.

한때 절대 권력을 자랑했던 영국 왕실이지만 지금은 그 명예가 많이 흐릿해진 게 사실이다. 그러나 여전히 영국인들은 왕실이 보여주는 위엄을 존중하고 사랑한다. 로열 파크는 이런 영국인들의 사랑에 대한 왕실의 보답이라고 봐도 좋을 듯하다.

런던의 지도를 펼쳐보면 복잡한 건물과 거리 안에 마치 초록의 구멍을 뚫어놓은 듯한 크고 작은 공원을 찾을 수 있다. 그 초록의 공간에서 런던 사람들은 지친 도시 생활에서 여가를 즐기고 삶의 여유를 누린다. 봄이면 공원에 노란 수선화가 지천으로 피고 숲속 길로 유모차를 밀며 산책하는 런던 시민들을 보고 있자면 그들이 참으로 행복한 사람들이라는 것을 실감하게 된다.

런던의 로열 파크는 지하철역 이름이 대부분 공원 이름과 일치하기 때문에 쉽게 찾아갈 수 있다. 로열 파크는 런던 사람뿐 아니라 다리 아픈 여행객에게도 똑같은 여유와 평화를 선사한다. 값비싼 레스토랑에서 멋진 식사를 하는 것도 좋겠지만, 샌드위치를 사 들고 공원 벤치에 앉아서 따끈한 차 한 잔과 함께 먹는 점심의 낭만도 여행객에게는 좋은 추억이 된다.

전화: 44 (0)300 061 2000

이메일: hq@royalparks.org.uk

홈페이지: www.royalparks.org.uk

5월이면 영국 런던의 첼시 지역은 전 세계에서 찾아온 관람객으로 발 디딜 틈이 없어진다. 공식 집계에 따르면 해마다 첼시 플라워쇼를 찾는 관람객은 해외에서 찾아오는 관람객을 포함해 15만 7천 명이 넘는다. 첼시 플라워쇼는 1852년에 시작이 됐고, 지금의 위치인 첼시로 옮겨져 개최가 된 것은 1913년부터다. 첼시 플라워쇼는 크게 쇼 케이스와 플라워 전시장으로 나뉘는데 1970년부터 새롭게 시작된 쇼 케이스는 가든 디자인의 새로운 경향과 유행을 선도하는 전시장으로 발전돼 전 세계적으로 명성을 얻고 있다.

첼시 플라워쇼는 해마다 5월의 셋째 주에 5일간에 걸쳐 개최된다. 그중 첫째 날과 둘째 날은 왕립원예학회의 회원에게만 개방된다. 모든 표는 행사 두 달 전에 이미 완전 매진되기 때문에 행사 당일에는 암표를 파는 상인으로 붐빈다. 40파운드(우리 돈으로 8만 원)가 넘는 입장료가 결코 저렴하지 않음에도 불구하고 첼시 플라워쇼가 이렇게 명성과 인기를 얻고 있는 것은 단순히 꽃을 보는 경지를 뛰어넘어 정원 예술이 어느 정도까지 발전할 수 있는가 그 진수를 그대로 보여주기 때문이다.

해마다 가든 디자이너들은 자신의 독특한 정원 디자인으로 첼시 플라워쇼에 출품하고 이 중 일부의 작품만이 출전 자격을 부여받아 참여를 하게 된다. 전시 면적이 큰 쇼 케이스 정원의 경우는 설계 시공비가 우리 돈으로 작게는 억 단위에서 수십 억 단위가 되기 때문에 대부분은 기업이나 사회단체 스폰서가 함께 참여를 한다. 이미 세계 최고, 최대의 플라워쇼로서 명성을 쌓은 첼시 플라워쇼이기 때문에 가든 디자이너나 시공사들은 단지 출품을 했다는 것만으로도 엄청난 광고 효과와 함께 명성을 얻는다. 때문에 최근에는 영국뿐만 아니라 전 세계적으로 많은 디자이너와 시공사들이 참여해 영국을 뛰어넘어 국제적인 행사로 치러지고 있다.

11에이커(4만 4,500제곱미터)가 넘는 방대한 공간에 가득 들어선 플라워쇼 행사장 안에는 정원용품과 액세서리를 파는 곳도 즐비해서 다른 곳에서는 구할 수 없는 귀한 물품도 쉽게 구할 수 있다. 정원에 관심이 그다지 없는 사람이라 할지라도 일단 첼시 플라워쇼를 한 번쯤은 관람해보라고 권하고 싶다. 세계 정원 문화의 현주소를 그대로 알 수 있는 장이면서 출전 작품은 물론이고 관람하러 온 사람들이 뿜어내는 문화의 에너지를 그대로 느낄 수 있다.

홈페이지: www.rhs.org.uk/chelsea

로스트 가든 헬리건 Lost Garden of Heligan

영국 남서 지방 콘월Cornwall. 평평한 지평선이 펼쳐진 풍경은 어느새 구불구불 능선으로 바뀐다. 언덕처럼 솟아오른 지표면은 나무조차 없고 온통 초록 잔디다. 한때 영국에서 가장 아름다운 가난한 마을이라 불리던 이곳에서 사람들은 도자기를 구웠다. 그러나 영국의 도자기 산업이 쇠퇴하면서 다시 한 번 아름다운 가난한 지방이 되었다. 바로 이곳을 정원의 메카로 만든 프로젝트가 있었다. 잊힌 정원, 헬리건의 복원이었다.

헬리건 정원은 19세기 초, 뉴질랜드, 브라질의 아마존 등에서 수집한 희귀종 열대식물로 가득 찬 파라다이스를 꿈꾸던 정원이었다. 수십 명의 정원사가 희귀종 철쭉과 동백을 재배했고, 아마존의 정글 정원과 광대한 키친 가든을 만들었다. 그러나 제1차 세계대전 중 22명의 정원사가 생명을 잃으면서 정원은 찬란했던 빛을 잃었다. 버려진 정원에는 키를 넘기는 잡초가 우거졌고 사람들의 기억에서도 정원은 사라졌다.

1996년 고고학을 전공한 프로듀서 팀 스밋은 영국 텔레비전 방송국인 채널4와 함께 이 잊힌 정원을 찾아나서는 프로젝트를 시행한다. 발굴 과정에서 수많은 인력 수요가 창출되었고, 프로그램이 전파를 탄 후 콘월 일대는 이 정원을 찾는 관광객으로 붐비고 있다.

주소: Heligan, Pentewan, St. Austell, Cornwall. PL26 6EN

전화: 44 (0) 1726 845 100

이메일: info@heligan.com

홈페이지: www.heligan.com

베스 샤토 정원 Beth Chatto Gardens

베스 샤토Beth Chatto, 1923~2018는 그레이트 딕스터 정원의 크리스토퍼 로이드와는 막역한 친구이면서 그와 함께 21세기 영국 정원에 가장 큰 영향을 준 정원사 중 한 명이다. 베스 샤토의 정원에는 구하기 힘든 진귀한 꽃과 나무가 즐비하다. 희귀종 식물을 찾을 때는 정원 전문가들조차 이 정원을 찾는다.

베스 샤토는 흔히 크리스토퍼 로이드와 자주 비교되는데, 로이드가 정원을 예술적 경지로 한 단계 업그레이드시킨 정원사였다면, 베스 샤토는 식물을 위한, 식물에 의한, 식물에 기본을 둔 정원을 보여준 정원사로 유명하다. 그녀는 정원에 심을 수 있는 식물을 습성별로 분류하는 작업을 수십 년 동안 꾸준히 해왔다. 습지에서 자라는 식물, 건조하고 마른 땅에서 자라는 식물, 그늘진 곳을 좋아하는 식물, 물속에서 자라는 식물 등으로 습성별로 구별하고 알맞은 환경에 심는 자연생태적 방식으로 정원을 만들었다.

베스 샤토의 정원에 들어서면 그 어떤 정원보다 식물들이 건강하다는 걸 눈치 챌 수 있다. 또한 다른 어떤 정원보다 평화롭고 포근한 분위기를 맛볼 수 있다. 건강한 식물이 뿜어내는 건강한 에너지가 느껴지기 때문이다.

베스 샤토는 자갈 정원gravel garden을 만든 사람으로도 유명하다. 그녀는 주차장이었던 딱딱하게 굳어 쓸모없다고 여겨지는 땅에 고산식물을 심었고 그 위에 자갈을 덮은 독특한 정원을 만들어냈다.

자갈 정원은 특히 건조한 기후에서도 잘 견디는 식물로만 구성돼 있어서 물을 주지 않아도 되는 신개념의 정원이기도 하다. 그녀의 자갈 정원은 특히 정원 역사에서 아주 중요한 의미를 지닌다. 그간 정원사들은 식물에게 적합한 땅을 만드는 데 주력했던 반면, 그녀는 어떤 땅이냐가 아니라 어떤 식물을 선택하느냐가 중요하다는 것을 직접 보여주었다. 그녀의 의해 새롭게 만들어진 자갈 정원은 영국 내에서 폭발적인 인기를 끌었다. 지금도 영국의 개인주택 정원에는 다섯 집에 한 집꼴로 이 자갈 정원이 만들어져 있다.

베스 샤토 가든에서 정원을 구경하는 것도 큰 즐거움이지만 그곳의 정원사들이 직접 재배하여 파는 식물판매소를 돌아보는 것도 잊지 말아야 한다. 그늘에서 자라는 식물, 햇볕에서 자라는 식물, 넝쿨식물, 물속식물 등으로 구별되어 있어서 자기 정원에 적합한 식물을 고르기에 아주 편하다. 더불어 다른 화원에서는 보기 힘든 희귀종 식물을 살 수도 있다. 정원에 심취한 사람에게는 즐거움이 가득한 곳이다.

주소: Elmstead Market, Colchester, Essex, CO7 7DB
전화: 44 (0) 1206 822 007
이메일: info@bethchatto.fsnet.co.uk
홈페이지: www.bethchatto.co.uk

세빌 정원 Savill Gardens: Royal Landscape Gardens

에릭 세빌 경Sir Eric Savil이 디자인한 정원으로 그의 이름을 따 세빌 정원이라 불린다. 이 정원은 윈저 공원 소속의 로열 랜드스케이프The Royal Landscape에 딸린 정원이다. 세빌 정원은 21세기의 신개념 숲속 정원의 전형을 보여주는 곳으로 유명하다. 특히 스코틀랜드의 상징이기도 한 헤더heather, 철쭉, 아잘리아azalea 등 산성 토양에서 잘 자라는 다양한 수목이 늘어서 있다.

정원만큼 유명한 곳은 독창적인 입구의 건물이다. 나무 구조로 이루어진 친환경 건축물로 건물의 형태가 나뭇잎을 닮았다. 건물 앞에는 갤러리와 상점, 레스토랑이 함께 운영되고 있어서 복합 상가를 연상케 한다.

주소: Wick Lane, Englefield Green, Surrey, TW20 OUU
전화: 44 (0) 1753 847 543
이메일: enquiries@theroyallandscape.co.uk
홈페이지: www.windsorgreatpark.co.uk/savillgarden

스타워헤드 정원 Stourhead Gardens

스타워헤드를 가장 간단명료하게 표현한 문장은 '천국의 정원'일 듯싶다. 스타워헤드 정원은 영국의 많은 아름다운 풍경 정원 중에서도 단연 백미로 꼽힌다. 그런데 재미있게도 이 정원은 전문 디자이너가 아니라 소유주인 헨리 호어Henry Hoare가 직접 디자인했다. 그는 대대로 작위가 세습되는 귀족 집안이 아닌 은행가 출신의 신흥 귀족이다. 교육의 수준은 높았지만 세습 귀족이 아니라는 점은 그에게 평생의 콤플렉스였다고 한다. 훗날 아버지가 세상을 떠나자 그는 두 달간 이탈리아 여행을 마치고 돌아와 본격적으로 스타워헤드 정원을 구상하기 시작했다.

이탈리아 여행은 그에게 새로운 정원 구상에 대한 영감을 주었다. 특히 호어는 17세기 이탈리아 풍경화가 클로드 로랭의 작품에 심취해 훗날 그의 그림에 등장한 건축물을 그대로 스타워헤드에 재현했다. 일반적으로 다른 풍경 정원과 마찬가지로 스타워헤드 정원은 '산책 정원'이라고 불린다. 정원은 정해진 산책로를 따라 걷게 디자인되어 있는데, 산책로는 자연스러운 나무숲을 따라 구불거리는 연못길로 이어진다.

스타워헤드 정원은 총 20년에 걸쳐 조성되었다. 할아버지 헨리 호어의 뒤를 이어 손자 리처드 호어가 이 정원을 완성했다. 할아버지의 디자인 위에 계절별 감각을 살린 식물 디자인을 곁들여 스타워헤드 정원을 더욱 풍성하게 했다. 언덕 위에 위치한 아폴로 신전에서 내려다보이는 정원의 전체 풍경이 압권이다. 이곳은 영화 〈오만과 편견〉의 배경이 되었다. 호숫가에 만들어진 동굴은 당시 시인이면서 정원사였던 알렉산더 포프Alexander Pope의 동굴에서 영감을 얻어 만들었다. 천장을 통해 들어오는 자연광이 어두운 동굴 안에서 명암을 극대화해 신비감을 더

한다. 동굴 안을 지키고 있는 강의 신God of River, 샘의 여신Godness of Spring의 조각은 그 자체만으로 예술적 가치가 대단하다.

1946년, 전쟁으로 마지막 후손을 잃은 호어 가문은 내셔널트러스트에 스타워헤드를 기증했고 영국인들이 가장 많이 찾는 정원 중 하나가 되었다.

주소: Stourhead Estate Office, Stourton, Warminster, Wiltshire BA12 6QD
전화: 44 (0) 1747 841 152
이메일: stourhead@nationaltrust.org.uk
홈페이지: www.nationaltrust.org.uk/Stourhead

시싱허스트 캐슬 정원 Sissinghurst Castle and Garden

시싱허스트 캐슬 정원을 직접 디자인하고 만든 사람은 영국의 유명 시인이자 정원 작가였던 비타 색빌웨스트Vita Sackille-West와 그녀의 남편 해럴드 니콜슨Harold Nicolson이다. 원래 시싱허스트는 14세기에 지어진 성이지만 한동안 버려지다시피 방치되었다. 마침 시골 생활을 동경하던 비타 색빌웨스트는 팔려고 내놓은 이 성을 보자마자 반해서 그 자리에서 계약했다고 전해진다.

시싱허스트 성을 구입한 비타 색빌웨스트와 전직 외교관이면서 교수였던 해럴드는 곧바로 정원 구상에 들어갔다. 해럴드가 설계를 맡았고 식물 디자인은 비타 색빌웨스트가 맡아 공동 작업으로 정원을 탄생시켰다. 정원은 이른바 '방room'이라는 이름으로 각 공간을 구분했다. 저마다 개성을 부여하여 하얀 꽃이 피는 방, 장미의 방, 라임나무 방 등 새로운 개념의 정원을 만들어냈다.

시싱허스트 가든은 낭만과 섬세함이 강조되던 20세기 중반의 정원 문화를 그대로 보여준다. 지금도 해마다 실시되는 여론조사에서 영국인들이 가장 사랑하는 정원 1위를 차지하고 있다. 특히 우람하게 서 있는 시싱허스트 탑의 꼭대기에서 보는 전체 조망은 눈이 부실 만큼 아름답다. 이 탑은 단순한 전망대가 아니다. 정원에 수직의 힘을 주는 거대한 구조물이기도 하다. 중세에 지은 붉은 벽돌의 탑은 그 존재만으로도 정원에서 깊은 역사를 느끼게 한다. 그 외에도 정원 입구의 찻집과 레스토랑은 영국인들이 가장 차를 마시고 싶어 하는 장소 1위로 선정되기도 했다.

1962년 비타 색빌웨스트가 세상을 떠나자 그녀의 두 아들이 건물과 정원을 내셔널트러스트에 기증했다. 부모님이 남긴 시싱허스트를 가장 잘 보존하는 길이라고 결정했던 것이다. 정원은 1967년부터 내셔널트러스트에 귀속되어 운영되고 있다.

주소: Sissinghurst, Biddenden Road, near Cranbrook, Kent TN17 2AB
전화: 44 (0) 1580 710 701
이메일: sissinghurst@nationaltrust.org.uk
홈페이지: www.nationaltrust.org.uk/sissinghurst

앤 헤서웨이 코티지 정원 Anne Hathaway's Cottage Garden

스트랫퍼드어폰에이번Straford-upon-Avon은 영국의 위대한 극작가 셰익스피어가 태어나고 숨진 곳으로 유명하다. 지금도 16세기 셰익스피어 시절의 모습을 그대로 보여주고 있어서 마을 전체가 셰익스피어를 위한 공간이라고 해도 과언이 아니다. 스트랫퍼드어폰에이번 시내에서 차를 타고 10분 정도 가면 셰익스피어의 아내였던 앤 헤서웨이Anne Hathaway가 살았던 농가 주택을 만날 수 있다. 16세기 영국의 서민들은 초가지붕의 농가 주택에서 살았다. 헤서웨이 역시 이런 농가 주택에서 성장했다. 사실 이곳은 헤서웨이의 집이라기보다는 그녀의 친정집에 불과하지만 셰익스피어가 유명해지면서 덩달아 유명해진 덕분에 앤 헤서웨이 코티지(초가지붕을 얹은 농가주택을 이르는 말)로 불린다.

헤서웨이의 농가주택은 관광지로서뿐 아니라 정원 역사에서도 중요한 곳이다. 16세기 엘리자베스 1세 시절, 영국 서민들의 대표적인 정원 형태였던 코티지 가든cottage garden의 모습을 그대로 보여주기 때문이다. 일반적으로 코티지 가든은 정형화된 형태로 만들지 않고 풍성한 야생화를 이용해 마당 한가득 흐드러지게 풍성한 꽃 화단을 만드는 것이 특징이다. 주로 씨를 심어서 화단을 장식하는데, 꽃의 색상이 화려할 뿐 아니라 꽃마다 아름다움을 자랑하면서도 함께 어우러져 매우 화려한 정원을 만들어낸다.

앤 헤서웨이의 코티지 가든은 영국 문인들이 가장 사랑하는 정원이기도 하다. 셰익스피어 역시 헤서웨이와 연애를 하던 시절, 그녀의 집 정원에서 지내기를 무척이나 즐겼다고 한다. 그 후에도 수많은 문인들이 여름철이면 정원의 버드나무 그늘 터에 앉아 시를 짓거나 소설을

썼다고 한다. 지금도 이곳은 봄부터 여름까지 관광객이 끊이지 않는다.

특별한 디자인이 없어도 꽃이 만드는 색채의 아름다움이 황홀하다. 자연스러우면서도 풍성하고 화려한 꽃들이 가득한 코티지 가든은 보는 사람으로 하여금 꽃이 주는 즐거움에 흠뻑 빠지게 한다.

주소: Cottage Lane, Shottery, Stratford-upon-Avon, CV37 9HH
전화: 44 (0) 1789 292 100
이메일: info@shakespeare.org.uk
홈페이지: www.shakespeare.org.uk

앵글시 에비 정원 Anglesey Abbey Garden and Lode Mill

영국 내셔널트러스트에서 관리하는 정원 중 하나다. 어떤 정원이든 사계절을 골고루 만족시키기는 불가능하다. 특히 모든 것이 동면으로 들어가는 겨울에 정원의 진수를 보여주기는 어렵다. 그러나 이것도 틀린 이야기가 되어버렸다. 앵글시 에비 정원의 진수는 겨울이다. 1970년대 말 영국에서는 신개념의 겨울 정원이 시도되었다.

이 정원은 꽃이 아니라 나무의 줄기가 가진 고유의 색과 겨울에만 꽃을 피우는 식물로 구성되었다. 겨울에도 일부 식물은 꽃을 피운다. 다프네, 헬로보로스, 붓꽃의 일부 종, 스노드롭은 곤충도 없는 한겨울에 꽃을 피우고 새들을 불러들인다. 새들은 곤충보다 향기에 예민하다. 그래서 겨울에 피는 꽃은 화려한 색상 대신 진한 벌꿀 향기를 지닌다. 겨울 정원에는 진한 향기가 가득하다.

겨울나무를 사랑하는 사람이라면 자작나무의 껍질이 종이처럼 희다는 것을 알 것이다. 모든 자작나무 종이 다 하얗지는 않다. 그리고 자작나무만 있는 것이 아니다. 코르누스*cornus*로 알려진 나무 종과 버드나무*salix*, 루브스*rubus* 종의 나무는 줄기의 독특한 색상이 특징이다. 그래서 이런 색상을 지닌 나무를 함께 모아 심으면 꽃만큼이나 화려한 색상을 자랑한다.

주소: Quy Road, Lode, Cambridge, Cambridgeshire CB25 9EJ

전화: 44 (0) 1223 810 080

이메일: angleseyabbey@nationaltrust.org.uk

홈페이지: www.nationaltrust.org.uk/angleseyabbey

에덴 프로젝트 Eden Project

에덴 프로젝트 정원은 초입부터 엄청난 크기의 바이오 돔bio dome이 사람을 압도한다. 도자기를 굽는 가마터였다는 자리. 도자기 산업이 시들해지자 폐허처럼 버려진 헐벗은 이 땅에 21세기 영국인이 꿈꾸는 에덴동산이 들어선 건 1990년대 후반이다. 두 동의 거대 바이오 돔 안에 열대식물 정원과 온대식물 정원이 있다. 그 정글 숲을 걷다 보면 폭포가 나오고, 뒤편으로 아프리카 초원이 나타난다. 방대한 규모 때문에 지금 걷고 있는 곳이 실내라는 것을 깜빡 잊게 만든다.

실내 온실 안 두 동의 바이오 돔을 잇는 중간 지점에는 레스토랑을 포함한 휴게 시설이 있다. 그곳의 의자, 식탁, 식판, 식탁용 휴지까지도 디자인 감각이 엿보인다. 에덴 프로젝트는 환경에 초점을 맞춘 교육용 정원으로도 유명하다. 식물이 우리에게 중요한 이유, 환경을 보호해야 하는 이유, 우리의 미래와 환경 등에 대해 생각해볼 수 있다. 정원과 환경보호라는 개념이 절묘하게 결합해 단순히 볼거리, 즐길 거리를 위한 정원이 아닌 교육의 장이 되었다. 그래서 영국의 젊은 엄마들에게 사랑을 듬뿍 받고 있다.

21세기의 에덴 정원은 우리가 태초에 꿈꾼 것과는 많이 다를지 모른다. 그러나 식물이 진화하듯, 정원 역시 진화하고 있다. 그 진화의 현주소에 영국의 가난한 작은 도시 콘월의 에덴 프로젝트 정원이 있다.

주소: Bodelva St Austell, Cornwall, PL24 2SG UK

전화: 44 (0) 1726 811 911 | 이메일: information@edenproject.com

홈페이지: www.edenproject.com

왕립식물원 큐 가든 Royal Botanic Gardens, Kew

공식 명칭은 왕립식물원 큐이지만 보통 큐 가든Kew Garden이라고 줄여 부른다. 큐 가든은 명실상부한 영국 최고의 식물학 정원으로 2003년 유네스코에 의해 세계문화유산으로 선정되었다. 그만큼 교육적, 식물학적 가치가 매우 큰 곳이다.

원래는 큐 공원으로부터 시작되었지만 1802년 큐 공원 자체가 파괴되면서 지금의 장소에 큐 가든의 모태가 된 정원이 조성된다. 큐 가든에는 크게 세 개의 유리 온실이 있는데 그중 가장 오래된 것이 팜 하우스Palm House다. 이곳에는 열대우림 지역의 식물이 자라는데 이미 자연 상태에서는 멸종된 진귀한 종이 다량 포함돼 있어 식물학적으로 매우 중요다. 팜 하우스는 1844년에 짓기 시작해서 4년 후인 1848년에 완공되었고, 설계는 건축가 데시무스 버튼Decimus Burton과 철강 제조업자 리처드 터너Richard Tuner가 맡았다. 지금도 당시 모습 그대로 유지되고 있어서 19세기 산업혁명이 발생했던 영국의 저력을 그대로 느낄 수 있다. 특히 온실의 유리는 모두 수제품으로 직접 사람의 입으로 불어 만들어졌다.

팜 하우스보다 수년 후에 지은 것이 템퍼레이트 하우스Temperate House다. 이곳에는 온대기후 지역 식물이 자란다. 크기는 팜 하우스보다 두 배 정도 넓은데 빅토리아 시절의 화려한 건축 양식을 볼 수 있는 즐거움도 누릴 수 있다.

최근에 지어진 온실 중에 프린세스 오브 웨일스 온실Princess of Wales Conservatory이 있는데, 이곳은 고 다이애나 황태자비에 의해 세워졌다. 1987년에 완공되었고 총 10개의 지역으로 나뉘어 사막기후부터 열대우림까지 여러 식물로 가득하다. 특히 세계적으로 희귀한 식충식물과 희귀 난을 볼 수 있어 사진작가들이 즐겨 찾는 곳이기도 하다.

큐 가든은 그 가치를 돈으로 환산하기가 힘들 만큼 귀하고 값진 식물학의 보고다. 영국에는 수천 개가 넘는 유료 관람 정원이 있지만, 그 중에서도 큐 가든은 매년 최고 방문객 수를 자랑한다. 그것은 큐 가든이 가장 아름다운 정원이라서가 아니다. 식물학적으로 이곳이 얼마나 중요한지, 교육적으로 얼마나 필요한지를 잘 알기 때문에 영국인들은 큐 가든을 정말로 사랑하고 아낀다.

큐 가든에는 식물학자를 길러내는 3년 코스의 정규 대학과정이 있는데 전액 무료인 데다가 장학금까지 받으며 다닐 수 있다. 그래서 경쟁이 매우 치열하다. 이곳에서 배운 식물학 전문가들이 영국과 세계의 식물학을 이끌어나간다. 큐 가든은 런던 지하철 디스트릭트 선 큐 가든 역에서 하차하면 쉽게 찾아갈 수 있다.

큐 가든 관람은 마라톤에 비유되기도 한다. 그만큼 천천히 오래 봐야 할 것이 많다는 의미다. 큐 가든의 위력은 이곳이 보유한 각종 기록으로도 충분히 설명된다. 3만여 종이 넘는 식물, 75만여 권의 정원 서적, 700여 명의 정원사와 상주 과학자, 네 개의 국보급 건물과 86개의 보물급 조각물, 유네스코 문화유산 지정 식물원, 그러나 이런 외면적인 것을 제외하더라도 큐 가든은 영국 내 최고 방문객을 동원하는 정원이면서 명실공히 과학과 원예의 세계 최고 교육 기관이자 시설이다.

많은 학자들과 원예가들 사이에 흔히 떠도는 말이지만 세상의 모든 식물이 다 사라진다 해도 큐 가든만 살아남는다면 지구의 식물 10퍼센트 이상은 복원이 가능할 것이라고도 한다. 단순한 과장만이 아니라는 것을 큐 가든 데이터베이스 시스템이나 웨이크허스트 플레이스 Wakehurst

Place에 신설된 밀레니엄 시드 뱅크The Millennium Seed Bank를 찾아가 보면 실감할 수 있다.

주소: Royal Botanic Gardens, Kew, Richmond, Surrey, TWO ZAB

전화: 44 (0) 20 8332 5000 014

이메일: info@kew.org

홈페이지: www.kew.org

왕립원예학회 위즐리 정원 Wisley Garden

영국의 왕립식물원 큐 가든이 식물을 과학적으로 연구 분석하는 최고의 식물학 정원이라면, 왕립원예학회Royal Horticutural Society는 식물을 돌보고 관리하는 측면에 초점을 맞춘 원예학의 최고 단체라 볼 수 있다. 왕립원예학회는 1804년 런던원예학회Horticultural Society of London로 출발했지만 1861년 빅토리아 여왕의 남편인 앨버트 공이 이 단체의 수장이 되면서 지금의 왕립원예학회로 이름이 바뀌게 된다.

왕립원예학회는 영국에서 가장 실력 있는 정원사를 길러내는 곳으로 교육적 가치가 매우 높다. 런던 서리Surrey 지역에 위치한 위즐리 정원은 왕립원예학회가 운영하는 정원 중 가장 규모가 큰 곳이다. 240에이커(9만 7,100제곱미터)의 정원 안에는 다양한 형태의 암석 정원rock garden을 비롯해 소규모의 정원 디자인을 보여주는 모델 가든model garden과 함께 영국에서 가장 큰 원예학 도서관이 운영되고 있다(일반인도 들어갈 수 있다).

위즐리 정원에 들어서는 순간부터 그 깔끔하고 정갈한 느낌이 영국 최고의 정원사를 길러내는 교육기관의 면모를 실감나게 한다. 특히 위즐리 정원의 잔디 관리는 거의 완벽에 가까워서 잔디밭에서 흔히 자라는 민들레나 질경이, 옥살리스 등의 잡초조차 찾아볼 수 없다. 또 계절에 따라 봄 화단, 여름 화단으로 바꿔주는 위즐리의 화단 디자인은 그 화려함에서 영국 최고다. 게다가 매년 새로운 디자인을 시도하기 때문에 정원을 공부하는 사람들은 물론이고 일반인들에게도 화제가 된다.

위즐리 정원은 일반인들도 쉼 없이 계절별로 찾아올 만큼 대중적으로 인기가 높다. 특히 위즐리 정원에서 운영하는 상점에서는 아름답고 정교한 정원용품은 물론, 영국에서 출판되는 모든 정원 관련 서적이 진열돼 있기 때문에 책을 구하기 위해 위즐리 정원을 방문하는 관람객도 많다. 원예학회의 회원으로 가입하면 위즐리를 포함한 학회에서 운영하는 정원들을 모두 무료로 관람할 수 있다.

주소: RHS Garden Wisley, Woking, Surrey, GU23 60B

전화: 44 (0) 845 260 9000

이메일: info@rhs.org.uk

홈페이지: www.rhs.org.uk/wisley

차트웰 정원 Chartwell House & Garden

차트웰 정원은 영국의 수상 처칠이 직접 만든 정원이다. 처칠은 정치가이지만 소설가, 화가 그리고 정원사이기도 했다. 그는 자신의 정원을 직접 디자인하고 식물 한 포기 한 포기를 손수 심어 정원을 만들었다. 그에게 정원은 새로운 에너지를 충전하는 곳이면서 정치적 어려움이 생길 때마다 해답을 찾는 공간이었다고 훗날 자신의 회고록에 쓰기도 했다.

차트웰 정원의 백미는 정원 뒤편에 새롭게 조성한 과수원과 키친 가든이다. 조용하면서도 활력이 넘치는 공간 구성을 보여준다. 뛰어나 화가이기도 한 처칠의 미적 감각을 볼 수 있다. 정원 안에는 처칠의 유품을 전시한 갤러리도 있다.

주소: Mapleton Road, Westerham, Kent TN16 1PS

전화: 44 (0) 1732 866 368

이메일: chartwell@nationaltrust.org.uk

홈페이지: www.nationaltrust.org.uk/chartwell

채스워스 정원 Chatsworth House & Garden

캐번디시 가문이 지켜오고 있는 정원으로 그 역사만 해도 400년이 넘는다. 아름다운 정원과 성城은 지난 몇 년간 영국 BBC의 '영국 최고의 성casle'에 선정되곤 한다. 400년의 역사를 자랑하는 곳답게 이곳에는 진귀한 국보급 건축물과 유산이 많다. 특히 영국에서 가장 높이 수직상승하는 분수가 이곳에 설치돼 있고, 영국에서 가장 아름답다고 일컬어지는 계단 폭포가 있다. 채스워스는 물의 정원이라는 별칭이 있을 정도로 각종 연못과 분수가 많다.

한때 이곳에는 이곳의 정원사였던 조셉 팩스턴이 만들었다는 대형 유리 온실이 있었다. 이 유리 온실 안에는 아프리카와 남아메리카 등에서 건너온 열대식물이 자랐지만 안타깝게도 10년이 되지 않아 제거되었다. 당시 석탄을 때 온실을 덥히면서 석탄의 이산화탄소 때문에 식물이 죽는 현상이 일어났기 때문이었다. 이후 온실은 석탄이 아니라 물을 가열해 내보내는 방식으로 전환되었다. 조셉 팩스턴은 이 채스워스의 온실에서 익힌 기술을 바탕으로 지금은 화재로 사라졌지만 영국 최고의 유리 온실로 알려진 크리스털 궁Christal Palace을 만드는 데 성공했다. 가난한 농부의 아들로 정규 교육을 거의 받지 못했지만 정원사와 건축가로 명성을 쌓은 그는 훗날 기사 작위를 받아 '경Sir'의 칭호를 얻었다.

주소 : Chatsworth House, Chatsworth, Bakewell, Derbyshire, DE45 1PP
전화번호 : 44 (0) 1246 565 300
홈페이지 : www.chatsworth.org

컬럼비아 로드 플라워 마켓 Colombia Road Flower Market

한겨울에도 화려한 꽃을 볼 수 있는 거리 꽃시장은 실내 공간이 주는 것과는 또 다른 묘미를 준다. 런던의 가장 큰 역 가운데 하나인 리버풀 스트리트 역에서 멀지 않은 해크니 지역에 컬럼비아 로드Columbia Road라는 거리가 있다. 폭이 5미터가 넘지 않는 비좁은 도로지만 매주 일요일 아침이면 거리 꽃시장이 열려 장관을 보인다.

이곳에 시장이 생겨난 것은 1869년으로 알려져 있다. 그러나 당시는 꽃시장이 아니라 음식을 파는 시장이었고 거리에는 고딕 양식의 건물이 늘어서 있었다고 한다. 그러나 이 시장은 1886년에 문을 닫게 되었고, 1900년에 이르면서 꽃을 파는 시장으로 다시 문을 열게 된다. 당시는 영국과 유럽에 정원 문화가 왕성하게 번지면서 꽃의 수요가 엄청나게 늘어났고 그 역할을 이 컬럼비아 로드 플라워 마켓이 담당했던 것이다.

그러나 제1, 2차 세계대전 중에 시장은 폭격을 맞았고 모든 건물이 사라지고 만다. 전쟁이 끝난 후 새로운 건물이 들어서고 1960년대부터 다시 문을 열면서 거리 꽃시장은 옛날보다 더 큰 명성을 얻게 된다. 컬럼비아 로드 플라워 마켓은 거리 시장으로 매주 일요일 오전 8시부터 오후 2시까지 연다. 상인들은 오전 4시부터 모여 팔아야 할 꽃을 진열하고 정리한다. 거리 시장이긴 하지만 상인 연합회인 로열 오크 펍Royal Oak Pub으로부터 라이선스를 부여받지 못하면 장사를 할 수 없다. 로열 오크 펍은 엄격한 기준으로 상인들을 선정하고, 한 달에 한 번 이상 거리 꽃시장에 참석하지 않으면 자격을 박탈하는 등 철저한 관리를 하는 것으로 알려져 있다.

일요일 오전에 이 꽃시장에 들어서면 자칫 무료해질 수 있는 일요일이 싱그러운 꽃과 활기찬 거리 악사들의 연주와 상인들의 생기 넘치는 외침으로 충만해진다. 비단 꽃만 볼 수 있는 것은 아니다. 중간중간 들어선 빵집과 치즈 가게, 골동품 가게, 가든 액세서리를 파는 곳이 있어 허기진 배를 채우며 정원용품을 구경하는 재미도 쏠쏠하다.

컬럼비아 로드 플라워 마켓을 찾으면 영국이 왜 정원 문화의 진수라고 불리는지 단편적이나마 느낄 수 있다. 커다란 가방 가득 꽃을 사서 돌아가는 런던 사람들의 표정에는 꽃이 주는 즐거움이 너무나 잘 드러나 있다.

홈페이지: www.columbia-flower-market.freewebspace.com

키프츠게이트 정원 Kiftsgate Court

히드코트 매너 정원에 이웃한 키프츠게이트 정원은 3대째 모계로 이어지고 있다. 맨 처음 정원을 디자인한 사람은 헤더 뮤어(Heather Muir)이다. 이때 많은 영향을 준 사람이 친구이자 히드코트 매너 정원을 디자인한 로렌스 존스턴이다.

헤더 뮤어는 존스턴의 조언을 바탕으로 꽃의 색감에 기초한 화이트 보더White Border, 옐로 보더yellow Border, 로즈 보더Rose Border 등을 만들어 키프츠게이트 정원의 뼈대를 만들었다. 헤더 뮤어가 세상을 떠난 뒤 정원은 1954년, 큰딸 다이아니 비니Diany Binny 부부로 이어지고, 다이아니 비니가 2005년에 세상을 떠난 뒤 지금은 그 딸인 앤 체임버스Anne Chambers 부부가 관리하고 있다.

키프츠게이트는 작은 개인의 숨겨진 정원이었다. 1951년 왕립원예학회의 기자 그레이엄이 신문에 정원을 소개하면서 유명해졌다. 그는 키프츠게이트에 대한 감탄을 이렇게 적었다. "키프츠게이트 정원은 내가 본 정원 중 가장 색감을 잘 쓴 정원이다." 그의 표현대로 키프츠게이트의 화단에는 식물의 색감이 살아 숨쉰다.

1930년 키프츠게이트 정원에는 가파른 경사를 이용한 로어 가든Lower Garden이 추가되었다. 경사면을 따라 이어진 관목성 식물과 초본성 식물의 조합이 풍성한 숲속 정원의 진수를 보여준다. 특히 산비탈의 중간에 휴식을 위해 지은 여름집Summer House에서 내려다보는 반달 모양의 수영장이 일품이다. 가파른 경사는 정원을 구성에 악조건이 틀림없지만 키프츠게이트 정원은 그마저도 장점으로 살려내 정원 디자인의 묘미를 보여준다.

워터 가든Water Garden은 현재의 주인인 체임버스 부부가 만든 정원이다. 원래는 테니스 코트였던 자리에 부부가 새로운 그들만의 정원을 만들기로 마음먹었다. 그들은 테니스 코트를 감싼 주목나무의 짙은 초록 울타리를 살리면서 그 초록을 투영할 수 있는 호수를 만들었다. 호수에 까만 색소를 타 푸른 하늘과 짙은 주목나무 울타리가 그대로 비치도록 했다.

워터 가든의 포인트는 24개의 스테인리스스틸로 만든 필로덴드론Philodendron 조각물이다. 뉴질랜드 출신의 조각가 사이먼 엘리슨Simon Allison의 작품이다. 동으로 만든 잎에서 물이 떨어지면 고요한 정원에 명상음악 같은 물방울 소리가 퍼진다. 그 외에도 정원에는 현대 조각가의 작품들이 있어 정원을 더욱 빛낸다. 모자상으로 알려진 작품은 조각가 사이먼 베리티Simon Verity의 1970년 작품이다. 세월의 이끼가 더해져 정원과 함께 시간의 향기를 뿜어낸다.

키프츠게이트 정원은 아트앤드크래프트의 말기 작품에 해당한다고 흔히 평가된다. 그만큼 현대로 오면서 아트앤드크래프트에도 현대적인 느낌이 많이 가미되는데, 이곳은 그 묘미를 가장 잘 보여주는 정원이다.

주소: Chipping Campden, Gloucestershire, GL55 6LNG

전화: 44 (0) 1386 438 777

이메일: info@kiftsgate.co.uk

홈페이지: www.kiftsgate.co.uk

햄프턴 코트 팰리스 정원 Hampton Court Palace Garden

햄프턴 코트 팰리스는 헨리 8세에서 비롯된 튜더 왕조 16세기부터 빅토리아 여왕이 통치했던 19세기에 이르는 영국 왕실의 역사를 고스란히 안고 있는 곳이다. 그러나 그리 오래전도 아닌 30여 년 전에 이곳은 옛날의 아름다웠던 모습이 아니었다. 주목 나무와 관목이 우거진 공원에 불과했다.

이곳이 대대적인 정원 복원 작업을 통해 원래의 모습을 되찾은 때는 1995년이다. 1701년에 그려진 스케치와 문헌 기록을 바탕으로 이뤄진 복원 작업은 '정원의 복원'이라는 개념이 없던 시기에 이뤄진 첫 시도이면서 가장 정확한 복원의 예로 꼽힌다.

햄프턴 코드 정원에는 그 역사만큼이나 일화가 많다. 윌리엄 3세와 메리 여왕Queen Mary이 무리하게 정원을 조성하여 왕실이 파산한 일은 유명하다. 그러나 이때 조성된 덕분에 햄프턴 코트 팰리스 정원은 지금까지 화려한 모습을 간직하고 있다. 햄프턴 코트 팰리스 정원에서 가장 화려한 곳은 프리비 가든Privy Garden인데, 이 정원 역시 이 시기에 조성되었다.

18세기에 이르러 햄프턴 코트 팰리스에 다시 변화가 왔다. 영국 풍경 정원의 최고 디자이너였던 케퍼빌리티 브라운이 새롭게 정원을 조성한 것이다. 놀라운 것은 1768년 브라운이 심었다는 포도나무가 아직도 살아남아 지금도 해마다 탐스러운 포도를 맺는다는 사실이다. 1838년 햄프턴 코트 팰리스 정원은 빅토리아 여왕의 명으로 대중에게 공개되었다. 왕궁의 정원이 일반 국민들에게 공개되자 단 몇 개월 만에 10만 명이 넘는 영국인이 방문했다고 한다. 그때 교통수단은 마차뿐이었다는 것을 감안하면 실로 어마어마한 숫자다.

주소: Hampton Court Palace, Surrey, KT8 9AU

전화: 44 (0) 20 3166 6000

이메일: hamptoncourt@hrp.org.uk

홈페이지: www.hrp.org.uk/hamptoncourtpalace

헤스터콤 정원 Hestercombe Gardens Trust

안타까운 일이지만 영국의 가장 유명한 가든 디자이너 중 한 사람인 거트루드 지킬의 정원이 남아 있는 곳은 그리 많지 않다. 무려 300여 개가 넘는 정원을 디자인했고 오늘날 영국풍이라고 부르는 정원에 막대한 영향을 미쳤지만, 정작 그녀의 정원은 거의 남아 있지 않다. 이유는 단순하다. 당시로서는 살아 있는 정원을 매년 같은 모습으로 유지하는 기술이 연구되지 않았다.

헤스터콤 정원은 사라져버린 거트루드와 에드윈 러천의 디자인을 그대로 복원한 곳이다. 거트루드와 에드윈 러천의 만남은 거트루드의 나이 마흔여섯, 에드윈의 나이 스물이었을 때다. 스무 살이 넘는 나이 차이에도 둘은 가든 디자이너와 건축가로서 동업자 관계를 잘 유지했다. 거트루드 지킬이 여든아홉의 나이로 사망 할 때까지 지속되었다. 에드윈은 건축가적인 감각으로 프레임을 짜고 거트루드 지킬은 거기에 자연스러우면서도 풍성하고 색감이 풍부한 식물 디자인을 넣었다.

헤스터콤은 이들의 감각이 가장 잘 살아 있는 정원 중 하나로 손꼽힌다. 영국의 다른 정원과 마찬가지로 제2차 세계대전 후 정원사의 부족과 재정적 문제로 방치되다가 그 모습을 잃었다. 그러다가 1993년 지방 정부가 땅을 사들여 복원 작업에 들어갔고 4년 후 1997년에 일반에게 공개됐다. 헤스터콤 정원은 시대에 따라 크게 세 부분으로 나뉜다. 풍경 정원인 조지안 풍경 정원Georgian Landscape Garden, 1750~1786, 19세기 빅토리아 시대에 조성된 테라스 정원Terrace Garden, 그리고 거트루드 지킬과 에드윈 러천의 정원Formal Garden, 1904~1908이다. 특히 거트루드와 에드윈의 정원은 완벽한 공간 예술을 보여준다. 어느 한구석도 허투로 쓴 곳이 없고 그 짜임새가 완벽해 왜 그들이 환상의 콤비를 이루며 40년 넘게 함께 일했는지 충분히 짐작하게 한다.

주소: Hestercombe Gardens, Cheddon Fitzpaine, Taunton, Somerset, TA2 8LG
전화: 44 (0) 1823 332 332
이메일: info@hestercombe.com
홈페이지: www.hestercombe.com

히드코트 매너 정원 Hidcote Manor Garden

히드코트 매너의 등장은 영국인들에게 충격을 주었다. 때로는 정원에 나무와 관목과 꽃이 혼란스러울 정도로 한데 어우러져 각각의 색감과 높이와 질감으로 피어난다. 그러나 그 각각의 아름다움은 서로에게 방해가 되는 게 아니라 오케스트라의 악기들처럼 아름다운 하모니로 모아져 완전한 조화를 이룬다.

이런 획기적인 정원 디자인을 고안한 사람은 정원사이면서 식물 재배자인 로렌스 존스턴Lawrance Johnston이다. 그는 어머니에게서 많은 영향을 받았다. 정원 가꾸기를 좋아하던 어머니가 18세기 건물이 딸린 히드코트 매너 땅을 구입했고, 이 정원을 이어받은 그가 40년간 그만의 방식으로 누구도 시도하지 않은 새로운 정원을 만들었다.

히드코트 매너 정원은 특히 봄부터 늦여름까지 절정을 맞는다. 로렌스 존스턴은 하나의 정원에 다시 '방'이라는 개념으로 정원을 분할시켜 각 방마다 독특한 주제를 담았다. 흰색의 꽃이 피는 화이트 정원White Garden, 한여름 붉은 꽃을 피우는 레드 보더Red Border, 탁 트인 직사각형의 잔디 광장 등 생울타리로 만든 담을 지날 때마다 매번 정원은 새롭게 나타난다.

히드코트 매너는 열두 명의 전속 정원사가 연중 내내 일한다. 영국 웨일스 출신의 시인이자 성직자였던 R. S. 토머스R. S. Thomas는 "정원, 그것은 야생에 대한 저항의 몸짓이며 그것은 다루기 힘든 잔디의 바다와 같다"라고 표현했다. 그의 말처럼 정원은 자연스럽지도, 결코 자연 그대로도 아니다. 자연스럽다는 말은 자연 그대로 놔둔다는 것이지만 정원은 끊임없는 인간의 노력이고, 인간이 만들어내는 몸짓이라고 볼 수 있다. 히드코트 매너 정원은 인간이 기울인 노력의 절정을 보여주는 정원이기도 하다.

주소: Hidcote Bartrim, near Chipping Campden, Gloucestershire, GL55 6LR

전화: 44 (0) 1386 438 333

이메일: hidcote@nationaltrust.org.uk

홈페이지: www.nationaltrust.org.uk/hidcote

히버 캐슬 정원 Hever Castle & Gardens

히버 캐슬은 영국 헨리 8세의 두 번째 왕비로, 왕비가 된 지 3년 만에 처형당한 '천일의 앤', 앤 불린Anne Boleyn의 친정집이다. 앤 불린은 이곳에서 태어나지 않았지만 1513년까지 어린 시절을 여기서 보냈다고 한다. 그녀는 1533년 왕비가 되었지만 1536년 남동생과 불륜을 맺었다는 죄명으로 처형당하고 훗날 집은 헨리 8세가 압류했다.

시간이 흘러 히버 캐슬도 여러 차례 주인이 바뀌었다. 그 와중에 건물은 관리 부실로 원형을 잃었다. 지금의 모습으로 성을 완벽하게 복원한 사람은 미국 사회에 회의를 느껴 영국으로 귀화한 백만장자 윌리엄 왈도프 아스터William Waldorf Aster다. 아스터는 죽을 때까지 복원된 히버 캐슬에서 살았는데, 어린 시절에 납치되었던 기억 때문에 밤이면 누구도 성에 남지 못하도록 한 채 문을 꼭꼭 닫아걸고, 머리맡에 권총을 놓고 잤다고 한다.

히버 캐슬은 후에 정원이라기보다 역사 관람지로 다소 변질되었지만 그래도 여전히 정원이 지닌 매력이 풍부하다. 특히 1987년에 완공된 워터 메이즈 정원Water Maze Garden은 인기가 높다. 일반적으로 메이즈(미로)는 사람의 키를 넘기는 주목나무 등을 올려 미로를 만들지만 워터 메이즈는 연못 위에 미로를 만들어 중앙에 있는 성에 오르도록 설계되었다.

주소: Hever Castle, Hever, Nr Edenbridge, Kent, TN8 7NG
전화: 44 (0) 1732 865 224 | 이메일: mail@hevercastle.co.uk
홈페이지: www.hevercastle.co.uk

Four Seasons
of a Dreaming Gardener